チャンミーグヮー

今野　敏

集英社文庫

チャンミーグヮー

1

「ミーグヮー、おまえは父(ヤーターリー)から手(ティー)を習っているだろう」

喜屋武朝徳(きゃんちょうとく)は、本部朝基(もとぶちょうき)にそう言われた。二人とも、生まれ年が明治三年（一八七〇年）で、同じ年だ。父親から武術を習っているだろうという問いかけだった。

二人は、満で五歳だった。朝徳と朝基は親戚(しんせき)同士で年も同じとあって、幼い頃からよくいっしょに遊んでいた。この日も、二人は本部の屋敷の庭で遊んでいた。

朝徳がこたえる。

「兄(ヤッチー)と角力(すもう)をやるだけだ」

「ヤーのターリーは、手の達人やっさー」

「俺(ワン)は、まだ子供だから、教えてはくれない。サンラーのほうこそ、本部家には代々、手が伝わっているんじゃないのか？」

朝基はつまらなそうにつぶやいた。

「わが家の手は、長男にしか伝えない。だから、よそで習うしかないんだ」

「習ったら、ワンにも教えてくれ」

　朝基は笑った。

「ヤーも負けず嫌いだな」

　負けず嫌いはお互い様だと、朝徳は思った。

　朝徳は朝基を「真三良（サンラー）（三郎）」と幼名で呼んでいる。朝徳も朝基と同じく三男なので、「三郎」と呼ばれることがあった。だから、朝基は、あだ名で「ミーグヮー」と呼んでいた。

　目が小さい（ミーグヮー）から、ミーグヮーだ。

「この前見た、闘鶏（タウチー）を覚えているか？」

　朝基が尋ねた。朝徳はうなずいた。

「ワンが賭（か）けた鶏が勝った」

　朝基は、顔をしかめた。

「どっちが勝ったか、なんてどうでもいい。ワンも、鶏を飼うつもりだ。ヤーもどうだ？」

　そう言われては引っ込みがつかない。

「ワンも飼おう」

「じゃあ、いつかヤーとワンの鶏で、闘鶏だ」

朝基は勝負事が好きだ。

「おうさ。ワンの鶏は負けない」

朝基は、ふんと鼻で笑う。

「弱いミーグヮーが育てた鶏も、弱いはずさ」

朝徳は、朝基を睨み返した。

朝基は体が大きくて、力も強く、なおかつすばしっこい。一方の朝徳は、体は小さいしひょろりと痩せている。幼い頃から病気がちで、親にずいぶんと心配をかけたものだ。

そんな朝徳だから、朝基にはいつもばかにされていた。言い返したいが、何か言えば負け惜しみになる。それがわかっているから、朝徳はじっと我慢をしている。

「何だ？　何か言いたいことがあるのか？」

朝基は、にやにやしながら朝徳を見ている。次に、何を言い出すかは明らかだった。

「別に何も言いたくはない」

「弱いと言われて腹を立てたか？」

「別に腹を立ててなどいない」

朝徳はこたえた。

「顔を見ればわかるぞ。ヤーは、士族の子のくせに、言いたいことも言えないんだ」

「サムレーの子は、無駄なことは言わぬものだ」

「おう。よく言った。そのとおりだ。では、口ではなく腕でその気持ちを示してみろ」

「腕で……?」

「角力だ」

案の定だ。朝基は、いつも自分の強さを誇示しようとする。彼とは何度立ち合ったかわからない。だが、体の大きさが違うし、力も違う。これまで、一度も勝ったことがない。負けるのがわかっていながら、朝徳は断ることができない。戦わないのは恥だと思うのだ。

闘鶏でも闘牛でも、わざと弱い相手と戦わせて自信をつけさせることがあるのだという。朝基は、それと同じような気持ちで朝徳と角力を取るのかもしれない。

朝基が言ったように、父の喜屋武朝扶(ちょうふ)は武術の名手として知られている。首里(しゅり)王府に仕える士族が身につけていた武術は、唐手(トゥディー)あるいは手と呼ばれていた。

ひ弱で病気がちだった朝徳は、兄の朝弼(ちょうひつ)とともに、沖縄角力をさせられていた。朝弼も朝徳より体が大きい。庭で角力を取ると、簡単に地面に転がされた。

体が小さいというのは、いかんともしがたい。年上の兄や、体の大きな朝基にはとうてい勝てない。朝徳は、幼くしてそれを思い知っていた。

「さあ、来い」

朝基が構える。仕方なく、朝徳は相手の帯を両手で握った。

お互いに帯を持って組み合う。沖縄角力はそこから始まる。強い相手は、組んだとたんにわかる。大地にしっかり根を張った大木にしがみついたように感じるのだ。

押しても引いてもびくともしないような気がする。

朝基がばかにしたように言う。

「どうした、ミーグヮー。ヤーは、木に止まった蟬か？」

朝徳は、悔しくて足を踏ん張り、力一杯押した。だが、朝基は平気だ。

ただ体が大きいだけではない。足腰が丈夫なのだ。朝基は足も速いし跳躍力もある。まるで猿のようだと言われていた。

朝徳は、顔を真っ赤にして踏ん張った。それでも朝基を動かすことができない。体の小ささ、ひ弱さを悔しく思った。

いきなり、体が左に振られた。同時に右側を引かれていた。捻りを加えられたのだ。

腰が宙に浮いて、次の瞬間、したたかに地面に打ちつけられた。

息が止まった。ひっくりかえったまま見ると、朝基が腰に両手をあてて笑っている。

「ヤーは弱い」

朝徳は、唇を嚙んだ。

弱いことはよくわかっている。それを朝基に指摘されるのも、いつものことだ。

生まれつき体の小さい者は、強くなることを諦めるしかないのか。

朝徳は、そんなことを思いながら、自信たっぷりの朝基を見上げていた。

朝基は、得意げな顔をしていたが、朝徳を見下ろしているうちに、次第に困ったような顔つきになった。

「そんなに睨むな」

朝徳はこたえる。

「睨んではいない」

「睨んでるじゃないか。何だか、ワンが悪いことをしたみたいだ」

朝基は手を差し出した。立ち上がるのに手を貸そうというのだ。意地っ張りの朝徳は、その手を無視して立ち上がった。

朝基は、さらに当惑の表情だ。

「ヤーと角力を取ると、いつも後味が悪い」

「ならば、ワンを相手に角力など取らなければいい」

朝徳の言葉を聞き、朝基が尋ねた。

「ワンにはとうてい勝てないと思っているのだろう」

悔しいが認めるしかない。

「ああ、勝てない」

「そんなことはないんだ」

朝徳は、思わず朝基の顔を見つめた。

「そんなことはないというのは、どういうことだ？」

「あっちへ行って座ろう」

朝基は、濡れ縁を指さした。返事を聞かずに勝手に歩き出す。朝徳は、その後をついていくしかなかった。

濡れ縁に、腰を下ろすと朝基は言った。

「今はワンのほうが大きくてヤーは小さい。だが、いつまでもそのままとは限らない」

朝徳は、朝基の隣に座った。

「ワンは、生まれたときから背丈も小さいし、ずっとひょろひょろのままだ。この先、ヤーよりも大きくなることなんて考えられない」

朝基は、真面目な顔で言う。

「それでも、いつかはワンに勝てるかもしれない」

「ヤーは何を言ってるんだ？」

「それが手というものだと、ターリーが言っていた」

朝徳は、正直に言って手などに興味はなかった。

士族の家に生まれたからには、手を学ばなければならない。まだ、本格的に習うには早いが、その準備として角力を稽古しろ。父の朝扶からはそう言われていた。

「手をやれば、ワンがヤーに勝てるというのか？」

朝基は、ふんと鼻で笑って言った。

「勝てるかもしれないと言ってるんだ。小さな者も、大きなやつに勝てる」

「ヤーのように大きなやつが手をやるとどうなるんだ？」

「もっと大きなやつにも勝てるようになる」

そんなうまい話があるものか、と朝徳は思っていた。ひ弱なやつは、常に朝基のような大きくて力が強いやつにいじめられるのだ。

「まあ、どうせ、もう少し大きくなったら、手をやらされることになるんだけど……」

たちまち朝基が目を輝かせる。

「そうしたら、どんなことを習ったのか、ワンにも教えてくれ」

朝基の言葉に、朝徳は思わず苦笑してしまった。朝基は、大人が遊びにくると、決まって「手をやりましょう」とせがむのだと聞いたことがある。

「そんなに手をやりたいのか？」

「そうだ。ワンにはそれしかないんだ」

朝徳は思わず眉をひそめた。

「それしかないって、どういうことだ？」

「ワンは、ターリーや母（アヤー）が話しているのを聞いた。近々サムレーの多くは、禄（ろく）をもらえなくなるそうだ。もう、サムレーの世ではなくなる」

朝徳も士族の世でなくなるという話は知っていた。なにせ、父の朝扶は「王政一新慶賀」使節団に賛議官として参加したのだ。それが三年前のことだ。

だが、士族が禄をもらえなくなるという話は初めて聞いた。

「まさか……。ヤーの家は御殿（ウドゥン）じゃないか。禄がなくなるはずがない」

御殿は、王子や按司（あじ）が住む屋敷のことで、その屋敷に住む人の尊称でもある。朝徳は、沖縄が今までのような国ではなくヤマトの藩になったということは知っていたし、世の中がそのことで騒然としていることも知っていた。だが、それがどういうことなのか、まだ実感がなかった。

朝基が言った。

「ワンの本部家やヤーの喜屋武家は、これからも禄がもらえるらしい。だが、そういう家はごく一部で、多くのサムレーは、禄がなくなる」

「どうやって暮らしていけばいいんだ？」

「だからよ」

朝基が身を乗り出した。「みんなたいへんなんだ。俺たち（ワッター）も安心してはいられない。ヤーもワンも三男坊だからな。家を継げるわけじゃない」

朝徳はまだ五歳だ。そんなことを考えたこともない。世の中がたいへんなことになってはいるが、なんとなく今までどおりに暮らしていけるように思っていた。

朝基の言葉を聞いて、急に不安になってきた。

「ヤーはどうするつもりだ?」

「ワンは手がやりたい。それで偉くなるんだ」

「そんなことができるのか?」

手、あるいは唐手は、士族の義務だった。朝徳にとって、それ以上の意味はなかった。朝基は、その手で身を立てると言う。それが、どういうことなのか、朝徳には理解できなかった。おそらく、朝基にもわかっていないのではないかと、朝徳は思った。

どうせ、誰か大人の受け売りなのだろう。

「ヤーが、手が好きなのはわかる。だけど、手はサムレーのたしなみだ。それを身につけたからといって、偉くなれるわけじゃない」

「なれるさ」

朝基はそう言ったきり、押し黙ってしまった。彼も、どうやったら手で身を立てられるか、実はわかっていないに違いない。ただ自分には手しかないと考えているに過ぎない。それでも、朝基が自分の将来のことを考えていることは確かだ。ワンは何も考えていなかった。朝徳の不安は募った。

喜屋武家は、殿内と呼ばれる名家で、喜屋武間切（現在の糸満市喜屋武）を領地とする大名だ。だから、どんな世になっても、不自由のない生活が約束されているものと、朝徳は信じていた。

だが、本部御殿の朝基ですら、これからの生活がたいへんだと言っている。ならば、喜屋武家はもっとたいへんだろう。

いや、朝基は、きっとワンを脅しているだけなんだ。嘘を言って、ワンを怖がらせているんだ。

朝徳はそう考えようとした。そんな朝徳の思いをよそに、朝基は言った。

「手はいいぞ。何より、はっきりしている。強いか弱いかだ」

そんなに単純なものだろうか。

朝徳は疑問に思う。だが、朝基の口調は自信に満ちている。

「ミーグヮー、ヤーだって強くなれるんだぞ」

「いや、ワンは、いつまでたってもヤーには勝てない」

朝基が真剣な眼差しを向けた。

「そうじゃないんだ。角力なら力勝負になる。だが、手は力だけじゃないと、ターリーやヤッチーも言っていた」

「手をやれば、ワンもヤーに勝てるかもしれないと言ったな？」

「おう」

「ならば、やってみてもいいな」

朝徳は言った。一時でも将来への不安を忘れたかった。

2

朝徳は、物心ついた頃から、外ではあまり喜屋武を名乗るなと言われていた。理由はわからない。だが、親や兄にそう言われるのだから、言うとおりにしていた。

商人の子のように、一所に何人も集められて勉強を教わるわけではないので、別に喜屋武を名乗る機会もない。朝徳にとって勉強とは、父から習う漢籍（かんせき）だった。士族（サムレー）の子は、みんなそうなのだと思っていた。

だが、成長するにつれて、なぜ自分の姓を名乗ってはいけないのか疑問に思いはじめる。母に尋ねたら、言葉を濁すだけだ。使用人に尋ねても理由は教えてくれない。

喜屋武家は、立派な家柄だと聞かされて育った。事実、父の朝扶は、首里王府の重職に就いている。

どういう仕事をしているのかは知らないが、偉い人だということはわかる。それなのに、喜屋武を名乗ってはいけないというのは、どういうことなのだろうか。

謙虚にしていろということなのかとも思った。喜屋武はあまりに立派な家柄なので、名乗ると他の人たちが恐縮してしまうということなのか……。

しかし、どうやらそういうことでもなさそうだ。

その疑問にこたえてくれたのは、長男の朝輔（ちょうほ）だった。あるとき、朝徳が尋ねた。

「兄さん（ヤッチー）、俺たち（ワッター）はどうして喜屋武家を名乗ってはいけないのでしょうか？」

このとき朝輔は、まだ満で九歳だったが、さすがに朝徳よりは世の中の事情がわかっていた。

「喜屋武家は、裏切り者なのだそうだ」

「裏切り者……？　誰を裏切ったんですか？」

「沖縄の人々（ウチナー）を裏切った」

「そんな……。だって父上（ターリー）は、首里城で大切な仕事をしているのでしょう？」

「ターリーは、『王政一新慶賀』使節団の賛議官だった」

朝徳はぽかんとしてしまった。

「何ですか、それは？」

「俺（ワン）もよくわからない。日本（ヤマト）の天子に会いに行ったんだ」

「それが、どうして裏切り者になるんですか？」

「ウチナーがウチナーでなくなることを、お祝いしに行ったということだからだ」

朝徳は、言葉を呑（の）み込んでいた。

朝徳も、沖縄が王様の国でなくなるということは漠然と理解していた。だが、それが具体的にどういうことなのかはわからない。

朝徳だけではない。大人たちもわかっていないに違いない。だから、混乱しているのだ。

兄の朝輔は言った。

「使節団でいっしょだった、宜野湾親方を知っているか？」

「知っています」

「頑固党に襲われたんだ」

「襲われた……？」

「使節団の代表は、伊江王子様だった。王子様にもの申すわけにはいかない。だから、次に偉い宜野湾親方が狙われたんだ」

「喜屋武を名乗ると、ワッターも同じ目にあうということですか？」

「そうなるかもしれない。だから、できるだけ名前を出すなということなんだ」

朝徳は、割り切れないものを感じていた。

ターリーだって、ヤマト世になることを喜んでいるわけではない。仕方なく使節団に加わったはずだ。それは、伊江王子も宜野湾親方も同じだろう。

なのに頑固党は、それが許せないと言う。どうすればいいというのだろう。

ウチナーは、琉球藩という名で、ヤマトの一部になった。それは、何も喜屋武家のせいではない。宜野湾親方のせいでもない。王様の責任でもない。

ヤマトが悪いのだ。それなのに、頑固党たちは使節団が悪いような言い方をする。

宜野湾親方を襲ったからといって、ウチナー王国が戻って来るわけではない。朝徳は、そんなことを思っていた。

だが、事はそれだけでは済まなかった。そうした事態に拍車を掛けたのが、本部朝基が言っていた秩禄制の廃止だ。士族の多くが、禄をもらえなくなった。生活できなくなった士族たちは、親類縁者を頼って首里を離れていった。

士族すべてが禄を奪われたわけではない。これも朝基が言っていたとおりだが、本部家や喜屋武家のような名門は引き続き禄をもらえることになっていた。彼らは、有禄士族と呼ばれて、無禄になった士族たちに、ひどく妬まれることになった。

ますます喜屋武を名乗りづらい世の中になったわけだ。何より、父の朝扶が一番辛かったに違いない。なにせ、「王政一新慶賀」使節団に加わった張本人なのだ。おそらく、日々の生活そのものが針の筵だったに違いない。

それでも、朝扶は毅然としていた。誰に怨み言を言うでもなく。以前と変わらずに生活をしていた。

朝扶の躾は厳しく、滅多に子供たちとは口をきかなかった。朝徳は、父を恐れていた。

幼い頃からひ弱だった朝徳は、父から「情けない」と言われ、すぐ上の兄である朝弼と毎日のように角力を取らされた。

朝基のような体の大きな力自慢は、角力も楽しみだろうが、朝徳にとってはただ苦痛なだけだった。痛いし苦しいからべそをかく。すると、父の朝扶は、「サムレーの子がそんなことでどうする」と、さらに厳しく鍛えられるのだ。

朝徳は、そんな父の厳しい指導から、突然解放されることになる。

琉球藩も廃止され、沖縄県が置かれることになった。それは、尚泰王(しょうたいおう)が首里城を明け渡すことを意味していた。沖縄人(ウチナンチュ)の大多数は、困惑を深め、絶望的な気持ちになっていた。

尚泰王が、東京に転居させられることになり、父の朝扶がそれに随伴することになったのだ。尚泰は、すでに国王ではなく、後に侯爵(こうしゃく)となった。朝扶の身分は「家扶(かふ)」だということだった。

それが、どういうものか、朝徳にはわからない。兄に尋ねてもよくわからない様子だ。母は、「名誉なお仕事ですよ」と言った。

使用人の一人が教えてくれた。

「王様は、ヤマトの政府から財産を分け与えられなさった。国を奪われたことを思えば、どんなに財産をもらったところでとても見合いはしないが、それでもたいした額だ。旦那(だんな)様は、その金庫番をなさるのですよ」

朝扶がどんな役目で東京に行くのか。朝徳にとっては、そんなことはどうでもよかった。父がいなくなれば、毎日角力を取らされたりしなくて済む。訳のわからない漢籍を読まされることもなくなるだろう。父がいなくなる淋しさよりも、その解放感のほうがずっと大きかった。父もウチナーで肩身の狭い思いをするより、東京に行ったほうが救われるのではないか。朝徳はそう思っていた。

尚泰王とともに、父朝扶が東京に旅立って行った。明治十二年（一八七九年）のことだ。朝徳が九歳になる年だった。

3

喜屋武姓を名乗るなと言われて育った朝徳は、体が小さくひ弱なこともあり、いつしか引っ込み思案な子供になっていた。

だから、親戚の子であり、年が同じ本部朝基と遊んでいると気が楽だった。

朝徳も鶏を飼える年になり、朝基とよく闘鶏(タウチー)をやって遊んだ。

「首里もすっかり淋しくなったな……」

朝基が朝徳に言った。

二人は、首里赤平(あかひら)にある朝基の自宅、本部御殿(ウドゥン)の庭で遊んでいた。

「そうなのか？」

朝徳が聞き返すと、朝基が驚いたように言った。

「おまえ(ヤー)は何も感じないのか？」

「あまり外に出歩かないので、よくわからない」

朝基は活動的だった。猿のようにすばしっこく、いつも坂の多い首里のあたりを駆け回っていた。

サンラーはいい。家名を隠す必要がない。朝徳はそう思った。今でも本部と聞くと、誰もが頭を垂れる。

「禄のない士族たちが、田舎に引っ越して行った。廃藩のサムレーは、屋取と言われてこそこそと隠れるように暮らしているそうだ」

士族が収入を絶たれ、親類縁者を頼って田舎で苦労をしている。朝徳は、まだそんな世の中が信じられずにいた。

「家にいると、そんなことはまったくわからないな……」

実際、本部家や喜屋武家がある赤平や儀保のあたりは、もともと高級士族の屋敷町だったので、今でもそのあたりに住む人々は有禄士族だった。

「最近、那覇や泊に行ったか？」

朝基にそう尋ねられて、朝徳はかぶりを振った。

「いや、用もないからな……」

「那覇も泊も、ヤマトンチュに乗っ取られてしまった」

それを聞いて、朝徳は驚いた。

「どういうことだ？」

「今まで首里の王様が支配なさっていたウチナーの特産物の売り買いを、ヤマトの商人がやってきて奪い取ってしまったんだ」

朝徳は唖然とした。

「ウチナーは、どうなってしまうんだ……」

朝徳は思わず、そうつぶやいていた。

「どうなるか、誰にもわからん。だから、頑固党が暴れているんだ」

王様を東京に連れて行かれ、今まで王府が管理していた貿易などの商売を、根こそぎヤマトンチュに奪われようとしている。

「そんなことがあっていいものか……」

「それだけじゃない」

朝基がさらに言う。「役人も、みんなヤマトンチュだ。それも、ウチナーを支配していた薩摩のサムレーだったやつらだ」

朝基の話を聞き、朝徳は怒りを覚えた。ヤマトは間違いなく侵略者だ。まず、島津藩がやってきて、ウチナーの自由は奪われた。そして今、明治政府によって人々の生活すら奪われようとしている。

頑固党の怒りがよくわかった。朝徳も同じ気持ちだ。だが、複雑なのは、喜屋武家が親ヤマトだと思われていることだ。

頑固党は喜屋武家を目のかたきにしているのだ。複雑な気持ちに整理をつけることができない。

父が「王政一新慶賀」の使節団に加わったということだけで、どうしてこうまで面倒なことになってしまうのか……。

いっそのこと、すべてヤマトンチュに支配されてしまえば、喜屋武家のことをあれこれ言うやつもいなくなるかもしれない。

そこまで考えて、朝徳はぞっとした。

言葉も違う、食べる物も違う、歌う歌も、奏でる楽器も違う人々にこの島を支配されてしまうなど、冗談じゃない。そんな事態には耐えられない。

だが、今のままだと、いつまでも喜屋武の名を隠して生きていかなければならない。

たった九歳にして、朝徳はそんな悩みに押しつぶされそうになっているのだった。

朝基は、あっけらかんとした口調で、そんな朝徳に言う。

「どうだ？　父（ターリー）がいなくなって、のびのびしているのではないか？」

朝徳は顔をしかめた。

「ターリーがいない分だけ、母（アヤー）と朝輔兄（ヤッチー）さんが厳しくなった」

朝基は笑った。

「相変わらず、角力を取っているのか？」

「ターリーは、朝弼ヤッチーと角力を取らせたが、今では、長男の朝輔ヤッチーが相手をする。前よりきつくなったくらいさ」

「手(ティー)はまだ習っていないのか？」

「ターリーが東京に行く前に、俺(ワン)に言った。今は手を覚えるよりも、角力で体力をつけるほうがいい、と……。角力だろうが手だろうが、ワンには荷が重い」

「相変わらず、小さくてひょろりとしているからな」

「ヤーのように、強いやつは最初から強い。手をやらなくても強いはずだ」

「つまらんことを言うな。手をやればヤーも強くなれる」

「ワンは興味がない」

「ヤーは何に興味があるんだ？　学問か？」

「四書五経をやっているが……」

朝徳は、かぶりを振った。「退屈なだけだ。学問が何かの役に立つとは思えない」

「そうだろう」

朝基がにっと笑った。「だから、手をやるんだよ。ヤマトンチュは、ウチナーから何もかも奪おうとしている。だがな、手だけは奪えない。手はウチナーの宝だ。ワンはそう思っている」

そう言い切れる朝基がうらやましい。朝徳はそう思っていた。

今の朝徳にとって、何一つ明るい材料はなかった。家名を名乗るなと言われて、屋敷に閉じこもりがちな朝徳にとって、朝基から聞いた話は衝撃的だったし、大きな不安材料でもあった。

「この前、うちにお客があってな」

朝基が目を輝かせて言った。彼の話題はころころと変わる。「少しだけ、手を教えてくれた。糸洲（いとす）に習っているということだった」

糸洲とは、このところ武士（ブサー）として名を上げている糸洲安恒（あんこう）のことだろう。さすがに、御殿の息子だ。糸洲を呼び捨てだ。朝徳は、そんなことに感心していた。

朝基は、足を開いて腰を落とし、踏ん張った。そして、腕を奇妙な形に曲げたり伸ばしたりした。

「どうだ？　チャンナンという型を少しだけ教えてもらったんだ」

父親が手をやっているので、手そのものの動きには見覚えがあった。深く腰を落とすのも、力強く手を動かすのも父の動きと同じだ。

だが、それを同じ年の朝基がやっているというのが驚きだった。

朝徳は、型の名前などよく知らない。朝基は「チャンナン」と言った。なんだか、朝基がずいぶんと先を歩いているような気がした。

朝徳にとって手は大人のものだった。それを、朝基がやって見せたのだ。

手をやれば強くなれると、朝基は言った。ただでさえ体格に恵まれ、体力もある朝基が手をやったら、もう一生ワンは、かなわないだろう。

朝徳は、朝基の手を見て、ますます暗い気持ちになるのだった。

頑固党は、ただ単に保守的なだけではなかった。役所の要職は、すべて薩摩をはじめとするヤマトの元士族らが占めている。特産品の交易もヤマトの商人に牛耳られてしまった。

元首里王府の下級士族たちは、食うこともままならなくなった。首里王府時代に戻りたいという切実な思いが、彼らにはあった。

それ故に、頑固党は清国と結んで、ヤマトからの独立を図ろうとするようになる。そうした活動は、相変わらず世の中を不安にしていた。

そして、警察が頑固党を取り締まるのだが、警察の幹部はほとんどが元薩摩藩士ということもあり、島民の反感を買っていた。

禄を失った下級士族たちの不満と怒りは蓄積していく。何か火種があれば爆発しそうな不穏な空気を感じたまま、月日は過ぎていった。

朝徳と朝基も、満で十一歳になった。何となく、世の中のことがわかりはじめる頃だ。

朝徳は、元士族階級の圧倒的多数を占める頑固党に怯えながら暮らしていた。彼らの前で喜屋武の名前を出せばどうなるかわかったものではない。

唯一の楽しみは、朝基と闘鶏をやって遊ぶことだった。

ある日、鶏の入った籠をかかえて本部御殿を訪ねると、顎髭を蓄えた立派な人が門から出てくるのが見えた。

本部の長男である朝勇と朝基が、門まで出て来て、その人物を見送っていた。

誰だろう……。

朝徳は立ち尽くして、その様子を眺めていた。やがて、立派な風貌の人物は去って行き、朝基が朝徳に気づいた。「やあ、ミーグヮーじゃないか」

「今の人は誰だ？」

「ああ、糸洲先生だ」

「あれが……」

以前は呼び捨てだったが、いつの間にか「先生」になっている。

「何の用で御殿に来られたんだ？」

「朝勇ヤッチーといっしょに、手を習うことになった」

「手を……」

その頃、糸洲安恒の武名はますます高まっていた。手を学びたくて日参する者も少なくないという。その糸洲を自宅に呼びつけて、子供に手を教えさせるというのだから、さすがに本部御殿だ。

それで、朝基は「糸洲先生」と呼んでいたのだ。糸洲に習うということは、本格的な修行を始めたということだ。

朝徳は、ますます取り残されたような気分になっていた。自慢げな朝基が何やら遠くに行きつつあるように感じる。

雄鶏（おんどり）の入った籠をかかえてぽつねんと立っている自分の姿が、やけに情けなく思えた。

それから、朝基にはあまり進んで会おうとはしなくなった。あんなに楽しみだった闘鶏も、なんだかつまらなくなってしまった。

だが、朝基のほうは、平気で朝徳に会いに来た。

「ミーグヮー、いつだったか、ワンがチャンナンをやって見せたのを覚えているか？そのチャンナンを糸洲先生から、正式に習ったんだ。ヤーもやってみるか？」

朝徳は、目を伏せたまま言った。

「ワンはいい」

「どうしてだ？　小さな頃に約束したじゃないか。どちらかが手を習ったら、それを教えようと……」

「手には興味がない」

「おかしなやつだなあ。サムレーの子なら、手をやるのが当たり前だろう」

「もう、そんな世の中じゃないんだ」

朝基は驚いたように、朝徳を見た。

「じゃあ、どんな世の中だというんだ？」

「サムレーの多くは、食うや食わずで手どころじゃないんだ」

「だからよ。俺たち（ワッター）がちゃんとやらなければならないのさ」

「とにかく、手には興味がない」

「まあ、そう言うならしょうがない」

たしかに、手に強く惹（ひ）かれているわけではない。だが、興味がないと言い切ってしまうほどでもないのだ。

朝基があまりに嬉々（きき）として手の話をするのが面白くなかった。朝基が言ったとおり、小さい頃に、どちらかが先に手を習ったら、それをもう一方に教えようと約束したことがあった。朝徳もそれは覚えている。

だが、いざとなると、朝基から教わるのが悔しかった。もしかしたら、自分のほうが先に手を習うかもしれないと考えていたのだ。

父の朝扶は、いずれは手を教えると言っていた。本部家伝来の手は、長男にしか伝えないということだった。

ところが、朝基にあっさりと先を越されてしまった。体は小さいが負けず嫌いの朝徳は、そのとたんにやる気をなくしてしまったのだ。

しかも、高名な糸洲安恒を自宅に招いて、兄の朝勇とともに習っているという。

御殿にはかなわない。

何となく、朝基との間に隔たりを感じるようになり、徐々に会うことが少なくなっていった。

4

東京に行っている父の朝扶も、年に二度ほどは沖縄に戻ってくる。朝徳は、父が帰ってくると気が重くなった。学問の進み具合と、体力を調べられるからだ。

父が帰ってくると、必ず四書五経を読まされたし、兄弟で角力を取らされた。そして、口数は少ないが、必ず厳しく説教をされるのだった。

明治十六年（一八八三年）は、これまでとは違い、特に朝扶が帰ってくることが多かった。母や兄たちとの会話を聞いていて、朝徳にもその理由がわかった。

東京にいる尚泰が、丸一商店を設立することを決め、その準備のために金庫番の朝扶が、忙しく東京と沖縄を行き来しなければならなかったからだ。

父は、子供たちにはあまり東京の土産話もしない。だが、母や客には、いろいろと話をする。それが耳に入ってくる。やはり父はウチナーにいなくて正解だ。

朝徳は、洩れ聞こえてくる話に耳を傾けながら、そんなことを思った。

東京では、喜屋武の名前を気にする者などいない。もし、父がウチナーにいたら、頑固党が標的にしていたかもしれない。そうなれば、家族に累が及ぶことも考えられる。

丸一商店は、ウチナンチュのための商社だ。王だった尚泰自らがかつての士族（サムレー）の窮状を憂い、沖縄の商業を少しでもウチナンチュの手に取り戻したいと考えて設立することを決めた。

これは、いつも不安と苛立（いらだ）ちを感じていた朝徳にとっては明るい知らせだった。直接朝徳の生活に関わるわけではない。しかし、ウチナーの支配を進めていくヤマトンチュに一矢（いっし）報いることになるだろう。

島の人々も、頑固党も丸一商店の設立を歓迎しているようだ。なにしろ、かつての王様が作る会社なのだ。

その翌年には、朝徳にとって一つの転機が訪れる。明治十七年（一八八四年）のことだ。朝徳は、満で十四歳になっていた。

沖縄士族の習わしで、十三歳になったら髷（まげ）を結う結髪式を行う。朝徳が十三歳になる年は、父が丸一商店の設立準備などで忙しく、式が延期になっていた。

尚泰が、長期の帰郷を政府に願い出て、この年に百日間沖縄に滞在することが許された。朝扶もそれに随行して帰って来たので、この機会に一年遅れで結髪式を行うことになったのだった。朝から、屋敷の中が華やいだ雰囲気だった。母は、ごちそうを作るために忙しく立ち働いていた。

いよいよ儀式が始まり、朝徳は普段は子供たちが立ち入ることのできない奥座敷に通された。髷を結ってから、父親に挨拶(あいさつ)をする。

口上はあらかじめ決められている。それが無事に済むと、朝扶が言った。

「朝徳、これでおまえ(ヤー)も一人前の男子の仲間入りだ。明日から、朝弼とヤーの二人に手(ティー)を教えるから、心して稽古するように」

朝徳は、かしこまって頭を下げた。

ついに、手の稽古が始まる。

兄の朝弼は素直に喜んでいる。だが、朝徳は複雑な気持ちだった。すでに親戚の朝基は、一歩も二歩も先に進んでいる。今さら稽古を始めても、朝基に追いつくことはできないのではないか。そんな不安があった。

そして、何よりも自分が稽古についていけるかどうか心配だった。体力にはまったく自信がない。朝弼と角力を取っても負けてばかりいる。

その反面、喜びもあった。朝基に遅れること三年、ようやく手を習うことができるのだ。朝徳は、闘鶏(タウチー)をやろうと本部御殿(ウドゥン)を訪ねて、そこで朝基が糸洲から手を習いはじめたと知った日のことを今でもはっきりと覚えていた。

鶏の籠をかかえて立ち尽くす自分のみじめな姿を思い出すのだ。

翌日からさっそく稽古が始まった。早朝に起こされ、庭に来るように言われた。

朝弼とともに、庭に裸足で立つと、父も庭に下りてきた。「やってみせるから、そのとおりにやりなさい」

父は膝を張って腰を落とし、左手を前に突き出し、右手を胸の脇に引き付けた。鋭い呼気の音を発すると、胸の脇の右拳を突き出した。同時に左の拳を胸の脇に引いている。それを交互に繰り返した。

朝徳は、拳が空気を切る音を聞いて目を見張っていた。

さらに、父は、軸足を軽く曲げて、蹴り技を見せた。鞭のように足がしなる。足先は目に留まらぬほど速い。

父の朝扶は朝徳とは大違いで、体が大きかった。筋肉もよく発達しており、たくましい。それだけにたいへんな迫力だった。

「さあ、やってみなさい」

丁寧にやり方を教えてくれるわけではない。朝徳と朝弼は、とにかく見よう見まねでやってみた。

朝扶は、濡れ縁に腰かけてその様子を見ている。見るとやるとは大違いだ。たちまち腿が張ってくる。ふくらはぎもつりそうだ。すぐに腰が浮いてくる。

「朝徳、腰を落とせ」

慌てて腰を落とそうとするが、もう脚に力が入らない。膝がふるふると震えてきた。

腿の筋肉がちぎれそうだった。腕も十回ほど突くとすっかり疲れてしまった。

腰が高くなると、父は怒鳴った。

「これまで、何のために角力を取っていたんだ？　足腰がちっとも強くなっていない。もっと腰を落とせ」

ただ、腰を低くして左右の拳を突き出すだけのことが、どうしてこんなに辛いのだろう。

朝徳は泣き出したい気持ちだった。小さな頃は、父に鍛えられるのが嫌で、よく家の中に隠れたものだ。さすがに結髪式を終えた男子が、そんな真似はできない。

脚に力が入らなくなってきた。がくがくと震え出す。すると、父がようやく言った。

「よし、いいだろう。楽にしなさい」

ようやく膝を伸ばすことができた。

「次は蹴りだ。自分の帯のあたりを蹴ってみなさい」

蹴りは、突きよりも体力を使った。脚がすぐに上がらなくなってくる。それでも父は黙って見ているだけだ。

脚は上がらないが、息がすぐに上がった。ぜいぜいと喉が鳴る。

「もっと膝を上げろ。まず、蹴る方向にしっかり膝を向けるんだ。それから、蹴り出す」

言われたとおりにやろうとするが、もう脚が言うことをきかなかった。

全身から汗が噴き出す。

父が、「終わり」と言ったときには、その場に崩れ落ちそうになった。ちらりと、兄の朝弼を見た。彼も辛そうだった。ようやく立っているのがわかった。

それで、朝徳は少しだけ安心した。

俺(ワン)だけが、弱いわけではないんだ。

父の朝扶が言った。

「手をやるための体ができあがるまで、まだずいぶんとかかりそうだ。まずは、足腰を練るためにナイファンチをやりなさい」

朝扶はそう言って、再び庭に下りてきた。

「よく見て真似るんだ」

朝扶が型を始めた。横に一歩踏み出すだけの型だ。左右に同じ動きをして終わる。短い型だった。これまで、何度か父の型を見たことがあったが、初めて見る型だった。

単純な動きに見えた。だが、見るとやるとでは大違いだというのは、すでに身に染みてわかっている。

なんだか、朝基がやっていたチャンナンのほうが恰好(かっこう)がいいな。朝徳はそんなことを思っていた。

「さあ、やってみなさい」

父が言った。

朝徳は、兄の朝弼と顔を見合わせた。一度見ただけで、型を覚えられるわけがない。

さすがに、朝弼が訴えた。

「父上（ターリー）、とても覚えられません」

父の朝扶は、表情を変えずに言った。

「覚えているところだけでも、やってみなさい」

朝徳と朝弼は、また顔を見合った。父にそう言われたら、やるしかない。

二人は並んで、動きはじめた。一歩右に動いたところで、朝徳は身動きを止めてしまった。どうやって動いていいのかわからない。

横目で朝弼を見る。朝弼も停止している。二人は、しばらくそのままでいた。

父が言った。

「そこまでか？」

朝弼がこたえる。

「はい、動けません」

父が言った。

「集中力が足りない。師がやることは、一挙一動見逃さず覚える気持ちでいないといけない」

　そんな無茶な……。

　朝徳はそう思ったが、父に逆らうことはできない。「はい（ウー）」とこたえるしかない。

　父はさらに言った。

「今はワンが教えているが、稽古が進めば、いずれ他の先生に型を習うこともある。そのときに、先生が何度も型を見せてくれると思ったら大間違いだぞ。師が型を見せてくれるのは極めて貴重だ。一度見て頭に叩（たた）き込むくらいの気概がなくてはならない」

「ウー」

「今日は、特別にもう一度やろう。しっかり見るように」

　父は、そう言って再びナイファンチを始めた。朝徳と朝弼は、食い入るように見つめた。まさか、見ただけで覚えろなどと言われるとは思ってもいなかった。

　ナイファンチは短い型だ。だが、それでも初めて手を習う朝徳には、覚えるのは荷が重い。

　父はあっという間に型をやり終える。

「さあ、やってみなさい」

　朝徳と朝弼は、再び並んで思い出しながらナイファンチをやってみる。

　一歩右に移動して、右手を水平に出し……。

肘を打ちつけていたな……。それから左側を払うように受けて、そちらを右手で突いていた……。

必死で思い出しながら、朝徳は動いた。兄のほうを盗み見る気にもなれない。右方向に移動して行った動作を、左右対称に今度は左側に向かって行う。いくつかの動作が抜け落ちていただろうが、とにかくやり終えることができた。

何度も止まって考えながら動いたので、ずいぶんと時間がかかってしまった。これでは、またターリーに叱られる。そう思って、朝徳は恐る恐る父の顔を見た。

驚いたことに、父がほほえんでいた。

ターリーの笑顔を見たのは、いつ以来だろうか……。

厳格な父は、滅多に笑うことがなかった。その父が笑顔を見せている。朝徳は、訳がわからず、ぽかんとしてしまった。

父が言った。

「とにかく最後までやってみようという、その思いが大切だ。どんな気持ちでやった？」

父の問いに、まず兄の朝弼がこたえる。

「ターリーの動きを思い出すのに無我夢中でした」

父が朝徳に尋ねる。

「ワンも兄さん(ヤッチー)と同じです。他のことを考える余裕もありませんでした」

「ヤーはどうだ？」

　父はうなずいた。

「それでいいのだ。何かを学ぼうとするときには、とにかく脇目も振らずに夢中になることだ。そうでないと、本当に自分のものにすることはできない。今日二人は、大切なものを学んだ。物事を習う心構えだ。それを、一生忘れてはならない」

　父が何を喜んでいるのか、さっぱりわからなかった。だが、いつになく機嫌がいいので、朝徳はそれがうれしかった。

　それから、父は二人がナイファンチを覚えるまで、日に一回だけやってみせてくれた。ようやく順番を覚えたのは、七日ほど経(た)ってからだった。父が言った。

「さあ、順番を覚えてからが本番だぞ」

　朝徳は、そう言われて不安になった。

　型を本格的に教わることへの期待感よりも、自分の体力や気力がもつだろうかという不安のほうが大きい。

　ナイファンチをやり終えると、父が言う。

「もう一度、やってみなさい」

　言われたとおりにやる。やり終わるまで、父は何も言わない。終わると、また同じように言われる。

「もう一度」

それが何度も何度も続く。

朝弼も同じようにやらされている。

最初は、ナイファンチは短い型なので、それだけ練習するなら楽なものだと思っていた。たしかに、最初のうちはそうだった。だが、何度もやらされているうちに、最初に突きを習ったときのように、脚がぱんぱんに張ってくる。つい、腰が浮いてしまう。

父は、腰を落として両膝を左右にしっかりと張っていた。だが、なかなかそういう形にはならない。膝を張ろうとすると、足の内側の土踏まずのあたりが浮いてしまう。

日に何度も、同じ型をやらされ、脚はがくがく、体はへとへとになる。

父は、ただ黙って見ているだけだ。そして、型が終わると「もう一度」と言うだけなのだ。

尚泰が許された沖縄滞在日数は百日。それが過ぎれば、父の朝扶も尚泰とともに東京に戻らなくてはならない。

それまで、あと二ヵ月ほどだ。

早く、父が東京に行ってくれないだろうか。

手の稽古が始まると、朝徳はいつもそんなことを考えるのだった。

手の稽古を始めて、瞬く間に一ヵ月半が経過した。父が沖縄に滞在できる日数の半分ほどが過ぎたことになる。

また、今日も繰り返し型をやらされるのだろう。そんなことを思いながら、ナイファンチを始めた。

やり終えると、父の「もう一度」を待った。だが、その日は、父は何も言わなかった。朝徳は顔を上げて父を見た。父は何度もうなずいていた。

「朝弼も朝徳も、ようやく立てるようになったな」

朝徳は、きょとんとした。

ターリーは何を言っているんだ。

ようやく立てるようになった、だって……。ワンは、ずっと立っていたじゃないか。

朝徳は、そんな思いで、父を見ていた。

父が言った。

「腰が落ちて膝が左右に張れるようになった。明日からは、巻藁(マチワラ)を突きなさい」

自宅には古い巻藁があって、それを打てるのは父と長男だけと言われていた。巻藁を突くのは、手の鍛錬の基本だと、朝徳は思っていた。だが、そこまでに、こうして一ヵ月以上もかかるのだ。

父は、さらに言った。

「ようやくナイファンチらしい立ちができるようになった。胴回りから上がぐらぐらしなくなった。いいか、ナイファンチは大切な型だ。この先、どんな型を習っても、必ず毎日やるように」

朝徳は、思わず尋ねた。

「チャンナンはどうですか？　本部のサンラーはチャンナンを習ったと言っていました」

「あれは新しい型だ。やりたければやってもよいが、どんな型よりもナイファンチを大切にしなければならない」

兄の朝弼が尋ねた。

「それは、どうしてですか？」

「二人にはまだわからないだろうが、ナイファンチには、手のあらゆる基本が含まれている。これから言うことは口伝だから、決して忘れないように」

朝弼が鸚鵡返しにつぶやく。

「口伝……？」

「師から弟子に伝えられる大切な教えだ。型はただやるだけでは役に立たない。口伝があって初めて本当の意味がわかる」

朝弼と朝徳は、かしこまって父の言葉を待った。

「いいか？　ナイファンチは、体を分ける訓練をする。それを覚えておきなさい」

朝徳は、何を言われたのかさっぱりわからなかった。きょとんとしていると、父の言葉が続いた。

「今は、何を言われたのかわからないだろう。だが、いつかわかる日が来る。その日まで口伝は胸にしまっておくのだ」

「ウー」

朝徳と朝弼は、ただそうこたえただけだった。


朝徳たち兄弟は、父からただ手だけを習っていたわけではない。漢籍をしっかりと勉強させられた。

士族としての心得をすべて教わったのだ。父の指導は厳しく辛かったが、同時に朝徳は誇らしくもあった。髷も結って、本格的にサムレーとしての教育を受けている。

もし、首里王府の時代だったら、もっと誇らしかったに違いない。新しい時代には新しい教育があるのかもしれない。だが、それがどんなものか朝徳にはわからない。

沖縄にも尋常小学校や中学校、師範学校などができた。そうした学校に通う者たちもいたが、朝徳のような上級士族の子供は、昔ながらに自宅で勉学を習っていた。

父の朝扶は、実に士族らしい武士(ブサー)だった。王に忠誠を誓い、王府を守ることを第一義としていた。そのために学問を身につけ、武術に励んだ。

王府がなくなった後も、尚泰に仕えている。それが父の誇りに違いない。そんな父を見て育ったのだ。朝徳はまだ、士族としての生き方しか知らない。

父の厳しい教育も、士族の誇りがあれば耐えられる。もう朝徳が首里王府に仕えることはあり得ない。それでも、士族としての生き方は変わらないのだと、朝徳は考えていた。

巻藁鍛錬が始まった。

巻藁は、地面に立てた柱に藁を巻き付けたもので、その藁を突いて鍛錬を行う。柱は、上端に向かって徐々に薄くなるように削ってある。独特のしなりを出すためだ。

巻藁を突く前に、父から注意された。

「常に正しい姿勢で突くように。ナイファンチのときの姿勢を忘れるな。最初は拳が痛いだろうが、それを耐えるのが鍛錬だ。だが、皮がむけるまで突いてはいけない。突く回数は、徐々に増やしていけばいい」

闇雲に巻藁を突いて、拳にタコを作り、自慢げにひけらかしているのは、本当の武士ではないと言われた。手をやっていることは、なるべく他人に知られないようにすべきだ、と父は言った。

たしかに、数回突くだけで、拳が痛くなった。すぐに皮がむけそうになる。父が巻藁に向かうときは、最低でも左右それぞれ百本ほど突いていた。しかも、突くたびに巻藁の柱が大きくたわむのだ。

いつの日か、自分もそうなれるのだろうか。それが、とても遠い日のような気がしていた。

やがて、父が東京に発つ日が近づいてきた。

沖縄にいる間、父はとても忙しそうだった。その仕事の合間に、勉学と武術の指導をしてくれた。

毎日、ナイファンチと巻藁突きをやっていると、自分の身体が変化してくるのに気づいた。

もともと朝徳は、食が細かった。だから、痩せていて弱々しい体格だった。手の稽古を始めて二ヵ月ほど経つと、だんだんと食が進むようになってきた。

走ったりすると、よくつまずいて転んだものだが、そういうことがなくなった。腿やふくらはぎが一回り太くなったようだ。

よく食べるようになると、体つきも少しずつ変わってくる。

へえ、手というのは健康のためにもいいと、ターリーが言っていたが、これほどの効果があるものなのか……。

それを自覚するようになってから、手の稽古にやり甲斐を感じるようになった。それまでは、サムレーのたしなみだから、やらなくてはならないという義務感が強かった。だが、自分の身体のためになるということがわかると、鍛錬もそれほど苦ではなくなる。足腰が強くなってきたことが自覚できると、よりいっそうしっかり立とうという気になる。

よし、できるだけターリーのように立ってみよう。

一人庭でナイファンチを始めた。一度目は足首がしっくりとこなかった。それで、もう一度やってみた。

今度は膝がぐらついた。再び試みる。三度目でなんとかしっくりきた。

そのとき、背後から声がした。

「なかなかいいぞ」

父の声だった。朝徳は驚いて振り向いた。父は仕事に出かけているものと思っていた。

「お戻りでしたか……」

「またすぐに出かけなければならない。今のナイファンチは悪くなかった。やっていてどんな気がした？」

「ターリーのように立とうと思っただけです」

「ワンのように立つと、どんな感じがした？」

朝徳は、考え込んでしまった。

「考えるな。感じたことを言うんだ」

「なんだか脚が台になったような気がしました」

「ヤーは今、とても重要なことを悟ろうとしている」

朝徳は、思わず目をぱちくりさせた。

「重要なことというのは、何ですか？」

父の朝扶が言った。

「ナイファンチについて、ワンが言ったことを覚えているか？」

「重要な型だから、一生大切に稽古するように、と……」

「体を分けて訓練するための型だと言ったのを、忘れてはいまいな？」

「覚えています。でも、どういう意味なのかわかりませんでした」

「今、ヤーは脚が台になったようだと言った。つまり、ガマクから下を台にして、ガマクから上を動かした。体を上下に分けることを体得したのだ」

そういうことか。

朝徳は、ようやく気づいた。父がさらに言った。

「ナイファンチを、馬に乗って槍（やり）を使うような型だと言った先達（せんだつ）もおられる。その言葉をよく吟味して、なお、稽古に励め」

「ウー」

「体を上下に分けることを覚えたら、今度は左右に分けることを訓練する。だが、まあ、それは難しいからまだ、先のことだな」

父の言葉の後半は、独り言のようだった。

それから、数日して父の朝扶は、尚泰とともに東京へ旅立った。

手の稽古を始めたばかりの頃は、休みたいがために、早く父がいなくなればいいのに、と思っていた。だが、体が頑丈になり、なおかつナイファンチの意味がわかりはじめると、稽古が面白くなってきた。

このところ、巻藁突きにも熱が入るようになっていた。つい、叩きすぎて拳の皮がむけそうになることもあった。

毎日の稽古は、巻藁突きとナイファンチだけだ。気が向くと、朝弼とともにくたくたになるまで、突きと蹴りの稽古をするが、それはあくまで補助運動に過ぎなかった。

5

そんなある日、ひょっこりと本部朝基が訪ねて来た。朝徳は驚いて言った。

「どうした、サンラー」

「どうしたはないだろう。近所なんだ。遊びに来ても不思議はあるまい」

そういえば、すっかりご無沙汰（ぶさた）だった。

小さな頃は、よく闘鶏（タウチー）をやったりして遊んだものだが、朝基が糸洲安恒から手（ティー）を習いはじめてから、あまり本部御殿（ウドウン）を訪ねなくなっていた。

だから、それ以来、朝基と手の話もしていない。ふたりは庭の濡れ縁に腰を下ろした。

朝基が朝徳に言った。

「どうだ？　手はやっているか？」

手に関して、一歩先んじていた朝基を、悔しく、また妬ましく思っていた朝徳だったが、今はそんな気持ちもなくなっていた。

父からしっかりと手を仕込まれているのだ。朝基に引け目を感じることはない。

「父（ターリー）から本格的に習いはじめた」

「俺(ワン)も、ずっと糸洲先生から習っている」

「チャンナンをやっているのか？」

「そうだ。チャンナンは、五つの型から成っていて、もうじき、ワンはそれを習い終わる。おまえ(ヤー)はどんなことをやっている？」

朝基は目を輝かせている。

ははあ、そういうことか、と朝徳は思った。

おそらく朝基は、朝徳が父親から手を習いはじめたことを誰かから聞いて知っていたのだ。朝徳がどんなことを学んでいるのか知りたくて、矢も楯(たて)もたまらなくなって訪ねて来たに違いない。

「知りたいか？」

朝基は、ちょっとだけふくれ面になって言う。

「別にヤーがどんなことをやろうと、ワンの知ったことではない」

本当は知りたくてたまらないのだ。朝基は、それほど手が好きなのだ。仲のよい朝徳がどんな手の稽古をしているのか知りたくないはずがない。

朝徳は笑いだしそうになりながら言った。

「ワンが習っているのは、まだ基本中の基本だ」

「習いはじめて三ヵ月ほどだな？」

やはり朝基は知っていたか。朝徳はそう思った。

「そうだ」

「では、突きや蹴りだけをやらされているということか？」

朝徳は、わざとさりげない口調で言った。

「ナイファンチを教わったし、巻藁（マチワラ）も突いている」

朝基が目を丸くした。

「ナイファンチをやっているのか？」

朝基が朝徳に尋ねた。

「ターリーが教えてくれた。どんな型よりも大切にしなければいけないと、ターリーは言っていた。だから、ワンは今はナイファンチと巻藁突きを主に稽古している」

朝基が悔しそうな顔をしている。それが面白かった。

「どんな型よりも大切だと？」

「ナイファンチには、手の基本のすべてが含まれているんだそうだ」

「それはどういうことだ？　横一直線に移動するだけの短い型だろう？　確か、裏拳はあるが、鉄拳（ティジクン）による突きもなければ、蹴りもない。それで、どうして手の基本と言えるんだ？」

「わからん」

「だって、ヤーはナイファンチを稽古しているんだろう？」

「今はわからないが、いつかわかる日が来ると、ターリーも言っていた」

「ふうん……」

朝基は、朝徳をじろじろと見ていた。

「何だ？　何を見ている」

「ヤーは、変わったな……」

「そりゃあ、髷(カンプー)も結ったしな……」

「昔は、ひょろひょろしていたが、なんだか腕も腰も太くなった気がする」

「毎日手を稽古しているからな。そのお陰だろう」

「毎日稽古しているのか？」

「ターリーがウチナーにいたからな」

朝基が悔しそうに言った。

「糸洲先生は、お忙しくて、さすがに毎日来られるというわけにはいかない」

「それでも先生がおられるだけいい。ターリーは先日また東京に行ってしまった。先生がいなくなったんだ」

「一人で稽古をするのか？」

「一人でやったり、兄(ヤッチー)といっしょにやったりする」

「ターリーがいないと、羽を伸ばせるじゃないか」

「本当はそう思っていたんだ。ターリーが東京に行ってしまうまではな……。でも、実際にいなくなってみると、なんだか不安になってくる。せっかく手を習いはじめたのに、稽古が進まなくなる」

「糸洲先生が言っていた。手のいいところは、一人で稽古できることだってな。ヤーも、ターリーがいない間、習ったことを繰り返していればいい」

「ヤーには、糸洲先生がいるからそんなことが言えるんだろう」

朝徳は、少しばかり悔しくなって、そんなことを言った。朝基はまったく気にした様子もなく言った。

「なあ、ヤーのターリーがそれほど大切だというナイファンチを見せてくれないか?」

朝徳は、簡単には見せたくなかった。

「ヤーが、チャンナンを見せてくれるのなら、やってもいい」

「前にやって見せたことがある」

「あのときは、まだ糸洲先生に、正式に習っていたわけではないだろう。ちゃんとした型を見たい」

「お安いご用だ。では、チャンナンの一をやってみるか……」

朝基は、濡れ縁から下りて、庭に歩み出た。朝徳のほうを見て気をつけをする。そして、チャンナンの一と彼が呼んだ型を始めた。

　短い型だが、拳でしっかり前を突く動きもあるし、蹴りも含まれている。方向転換もある。やはり、ナイファンチよりも垢抜けていると感じた。

　チャンナンをやり終えると、朝基が言った。

「さあ、今度はヤーがナイファンチを見せてくれ」

「ターリーは、型だけではなくて、口伝が大切だと言っていた。今の型には、どういう口伝があるんだ？」

「口伝か……。まあ、いろいろあるが、最初の動作には棒の手が含まれているのだそうだ」

「棒の手……」

　朝徳は、ぴんとこなかった。「手と棒の手が、何か関係があるのか？」

「ヤーは、手のことを何も知らないんだな」

　朝基が得意げに言った。「昔から、棒の手を知らない武士は、半人前だと言われていたのだ」

　これも、糸洲先生か誰かの受け売りだろうと、朝徳は思った。だが、朝基は間違いなく、手について、朝徳よりよく知っている。それもまた悔しかった。

「チャンナンに棒の手が入っているというのは、どういうことだ？」

朝徳の質問に、朝基がこたえた。

「最初の動きは、相手の連続した二つの突きを左右の腕で受け、相手の顔面に拳を振り当てるものだが、それは、棒の裏打ちそのままの動きなんだ。つまり、棒を持っても、素手でも使える動きというわけだ」

「なるほど、それがチャンナンの口伝か……」

「さあ、今度は、ヤーの番だ」

「わかった」

朝徳が濡れ縁を離れ、朝基と入れ替わりで庭に立った。

ナイファンチを始めた。いつもやっているように、しっかりと腰を落とし、膝を両側に張ることを心がけた。

型はあっという間に終わる。朝徳は、恐る恐る朝基のほうを見た。何か批判されるのではないかと思った。力や敏捷（びんしょう）さでは、とても朝基にかなわない。

朝基は、ぽかんとした顔で朝徳を見ていた。

やはり、あきれているのか……。それほど、情けない型だったのだろうか。

そんなことを思っていると、朝基が言った。

「糸洲先生がやられるナイファンチとは、ちょっと違うな……」

「ワンは、間違っているのか？　ターリーに習ったとおりやったつもりだが……」

「いや、同じ型でも武士によってやり方が違うものだそうだ」

「糸洲先生のナイファンチと、ワンのとでは、どこが違うんだ？」

「立ち方が違う。糸洲先生は、両膝を内側に締めるように立つ。両足のつま先も内側を向く」

「そんな立ち方は、ターリーからは教わらなかった」

「おそらく、糸洲先生が、長濱筑登之親雲上（ながはまチクドゥンペーチン）から教わった立ち方だろう」

「長濱……？」

「首里の手ではない。もっと新しい手の立ち方だ。サンチンとかいう型を練習するらしい」

「へえ……」

やはり、朝基は手についていろいろなことを知っている。朝徳は、手は一つだと思っていた。首里の手の他に、別の手があるなんて聞いたこともなかった。もしかしたら、他の若者なら知っているのかもしれない。朝徳はもともと、武士については、あまり興味を持っていなかった。

「なるほど、糸洲先生のナイファンチよりもヤーのナイファンチのほうが使えるかもしれないな……」

朝徳は、朝基のこの言葉に、すっかり驚いてしまった。

「自分の先生のことだ。そんな言い方をしていいのか？」

「自分の先生であろうが、何であろうが、使えるもののほうがいい。第一、糸洲先生は、ご自分ではっきりと、首里の手と、長濱先生のような那覇のほうの手とは、決して混同しないように、と言っているのに、ナイファンチにサンチンのような立ち方を採り入れてしまったんだ」

朝徳は、何と言っていいのかわからなくなった。

糸洲は、今や有名な武士だ。朝基はその糸洲を批判していることになる。

「ワンの先生は、ターリーだから、とてもそんなことは言えない」

朝基は、ふんと鼻で笑った。

「ワンも、ヤーと同じく、ヤッチーといっしょに、糸洲先生から手を習っているのだが……」

「どっちのヤッチーだ？」

「長男の朝勇だ。いっしょに糸洲先生から習っていては、ヤッチーに勝てない。向こうのほうが年上だからな。どうしたらいいか考えているんだ」

「それでワンのところに来たのか？」

「何か参考になるかもしれないと思ったのでな……」

朝徳はあきれた。

「ヤッチーに勝つために手をやっているのか？」

「ばかを言え。そんなに志は低くない。だがな、ヤッチーにも勝てないのに、他の手小(ティーグワー)に勝てると思うか？」

ティーグヮーというのは、手を修行している人たちという意味だ。

朝徳は、この言葉にも驚いた。

「ティーグヮーと立ち合うということか？」

「手の稽古なんだ。掛け試し(カキダミシー)は当たり前のことだろう」

たしかに昔から、手の修行者は、さかんに掛け試しをやったと言われている。掛け試しとは野試合のことだ。だが、朝徳は掛け試しをやるなど、考えたこともなかった。知らない相手と戦うなど、想像するだけで恐ろしい。やはり、朝基はワンとは違う。いや、他の誰とも違うかもしれない。朝徳は、そんなことを思っていた。

その朝基が、うれしそうな顔になって言った。

「なあ、ヤーも手をずいぶんと稽古しているようだ。試しにワンと立ち合ってみないか？」

子供の頃そのままの顔に戻っている。

朝徳は、かぶりを振った。

「ワンはナイファンチと巻藁突きを習っただけだ。どうやって立ち合うのかわからない」

「アイ、ばかたれ（フリムン）。何のために手をやってる。戦うためだろう」

「士族（サムレー）のたしなみだからやっている」

「王様を守って戦うのがサムレーだった。だから、手は戦うためのものだ。強くなければ意味がない」

「ワンは、体が弱かった。手をやるようになって、自分でもずいぶん丈夫になったと思う。それだけでもいい」

「体が丈夫になるのは、おまけ（シーブン）みたいなもんだ。本当の目的は戦いに強くなることだ」

父の朝扶から、戦うことを禁止されているわけではない。おそらく、朝徳が誰かと立ち合うことなど、考えてもいないのだろう。朝徳自身がそうだった。

朝基は腕試しがしたくて仕方がないようだ。習った手の技を使ってみたいのだ。だが、朝徳は、ナイファンチと戦いがどうしても結びつかない。

「ワンには、まだそこまで考えられない」

「つまらんやつだ」

朝基は、がっかりしたように言った。それから、また子供のような笑顔を見せて言った。

「それなら、角力はどうだ？」

「ヤーが勝つに決まっている」

「やってみなければわからない」

「昔、何度もやったじゃないか」

「昔と今は違う。やってみよう」

朝基は、もう庭の中央に歩み出ている。こうなったら、誰が何を言っても引かないのが朝基だ。朝徳は、仕方なく朝基と対峙(たいじ)した。

どうせ、結果は見えている。

互いに帯を持って組み合う。

朝基が言った。

「行くぞ、それっ」

朝基が押してきた。朝徳は、かなわないまでも、せめて抵抗してやろうと足をふんばった。

小さい頃の記憶がよみがえる。どんなに頑張ろうが、体の大きな朝基に、簡単に転がされてしまうのだ。

朝徳は、夢中で朝基の帯を引き、腰を落としていた。朝基が、小さい朝徳を左右に振ろうとするのがわかる。

さらに朝基は押してくる。そして引こうとする。

どれくらい時間が経っただろう。ふいに朝基が力を抜いた。そして、朝徳の帯から両手を離してしまった。

朝徳は、ぽかんと朝基を見た。

「どうしたんだ？」

朝徳が尋ねると、朝基も同じような表情で朝徳を見ていた。

「驚いた（アキサミヨー）……」

朝基が朝徳を見つめたままつぶやいた。

「どうしたというんだ？」

「昔みたいに簡単にはいかん」

「え……？」

「ヤーは、自分では気づいていないのか？」

「何のことだ？」

「投げようとしても、昔のようにうまくはいかん」

「サンラー、ヤーは角力がへたになったのか？」

「そうじゃない。変わったのはヤーのほうだ」

「ワンが変わった？」

「全体にがっしりとしたが、何より足腰の粘りだ。まるで根っこが生えたように感じたぞ」

「それは、ワンが昔ヤーに感じたことだ」

「ヤーは、小さい頃のヤーではないな」

つくづく感心したように言う朝基に戸惑いながらも、やはり朝徳はうれしかった。

ナイファンチをやり続けたおかげだろうか。

ただ健康になっただけでなく、足腰が強くなって角力で簡単に負けなくなった。肉体的な自信というのは、これまで感じたことのない感動だった。

朝基が少しばかり悔しそうに言った。

「ふん、まあ、今でもヤーは小さいがな……」

背丈ばかりはどうしようもない。

「手をやっていれば、いずれワンもヤーに勝てるようになるかもしれないと、ヤーは言ったな？」

「言ったかもしれないな」

「今でも、そう思うか？」

朝徳の問いに、朝基はふんと鼻で笑った。

「必ず勝てると言ったわけではない。手の稽古をやっているのはヤーだけではないぞ。ワンも糸洲先生から習っている。今に、ヤッチーの朝勇にも負けないようになってやる」

たしかに、朝基が言うとおりだ。同じように手の稽古をやっていては、もともと体格や体力に勝る朝基には、未来永劫勝てないかもしれない。

だが、勝てる可能性があるということだ。朝徳は、そう思うと、わくわくした。

「ワンも強くなれるのだな？」

「強くなるために手をやっているんだろう。今さら、何を言ってるんだ」

朝基の明快さが羨ましかった。もしかしたら、自分も朝基のような生き方ができるかもしれない。朝徳は、そんな期待を抱いていた。

かつて、士族にとって結髪式を終えるというのはとても誇らしいことだった。今、朝徳は髷を結っているが、複雑な気持ちでいた。

新たにヤマトから来た役人たちは、皆断髪をしている。それにならって、開化党と呼ばれる人々はやはり断髪をしていた。だが、士族たちの多くは、未だに髷を結っている。朝徳も、まだ自分が士族であるという意識を捨てきれずにいる。

にもかかわらず、頑固党と呼ばれる保守的な人々からは、喜屋武家は裏切り者だと思われているのだ。そして、頑固党は、圧倒的に多数派なのだ。

士族でありながら士族に忌み嫌われる。そんな理不尽な状況では、何を拠り所にしていいのかわからない。ずっとそんな思いを抱きつづけてきた。

そんな朝徳にとって、今日の出来事は一筋の光明だった。ただ、朝基と角力を取っただけのことだ。他人から見れば取るに足らないことかもしれない。だが、今の朝徳にとってはとても大きな救いとなる可能性があった。

朝基とは幼い頃から仲がよかったが、ずっと劣等感を抱いていたことも事実だ。家柄の差もあるし、体格の差もある。性格もずいぶん違った。

その朝基が自分を手強いと言った。

その事実は、朝徳にとってはとても大きかった。今、朝徳には何かすがるものが必要だった。

「ワンも、これから本気で手を稽古するぞ」

朝徳の言葉に、朝基が笑った。

「今までは、本気ではなかったのか？　ならば、まだまだワンには遠く及ばないな」

幼い頃なら癪に障ってたまらなかった朝基の憎まれ口も気にならなかった。今は、それが激励にすら聞こえる。

朝徳は言った。

「お互い、修行はまだ始まったばかりだよ」

効果がはっきりとわかると興味が湧いてくる。興味が湧いてくると、稽古に前向きになる。前向きになると、今まで辛いとしか感じなかった鍛錬も辛くなくなる。

6

朝徳は、それからナイファンチと巻藁(マチワラ)鍛錬に励んだ。まだ、父が言った「ナイファンチは体を分ける型だ」という言葉の意味はわからない。

だが、足腰が頑強になってきたことは確かだ。それはナイファンチの効果の一つだろう。足腰が盤石になることで、胴回り(ガマク)から上と下を分けることができる。そこまではわかった。

今度は、体を左右に分けて使うということだが、これはまだまったくわからない。だが、毎日型をやることで、いつかわかるに違いないと思った。

体力がついてくると、さらに向上心が湧いてくる。それまで、あまり屋敷を出たことがなかった。だが、庭だけの稽古では体を鍛えるのにも限界がある。

朝基のように、坂の多い首里のあたりを駆け回ることで、さらに体を丈夫にすることができるはずだと思った。朝徳は、まず屋敷の周りを駆け回った。坂を登ると、たちまち息が上がった。とたんに、気分が萎(な)えてしまいそうになる。

そのたびに、朝基と角力を取ったときのことを思い出した。父に手(ティー)を習いはじめたときは、突きの稽古だけで息が切れ、脚ががくがくになった。それが、いつしか朝基も驚くほどの足腰の強さになっていた。

最初から坂を駆け回れるわけではない。少しずつ走る長さを増やしていけばいい。

朝徳はそう考えて、毎日外に出かけるようになった。

ある日、いっしょに稽古をしていた次男の朝弼に尋ねられた。

「おまえ（ヤー）は、最近、ときどき家からいなくなるな。どこに行ってるんだ？」

「家に閉じこもっていると息がつまるだろう。散歩だ」

朝徳はそうこたえた。

体を鍛えるために坂を駆け登っているなどと、兄にも知られたくなかった。別に隠す必要もないのだが、なんとなく知られるのが照れくさかった。

朝徳は兄弟の中でも体が小さく、それゆえに兄たちには弱虫だと思われていた。そんな朝徳が負けん気を発揮すると、きっと兄たちはばかにするだろうと思ったのだ。

だから、家を出るときは、こっそりと誰にも見られないようにしていたし、坂を駆けている最中に、誰かがやってきたら、走るのをやめて、まるで散歩をしているような風情でやり過ごした。

他人に体を鍛えているところを見られるのが、何だか恥ずかしかったのだ。

そんなことを毎日続けているうちに、いつしか首里の坂も苦にならなくなってきた。そして、やたらに腹が減るようになった。食事の量が増えたので、母が驚いたほどだった。ナイファンチも毎日稽古したし、巻藁を突く回数も増えてきた。今では、拳も丈夫になって何百回叩いても拳の皮がむけるようなことはなくなっていた。

そして、初めてナイファンチを習ってから一年ほど経った頃、また父が沖縄に帰ってきた。丸一商店などの仕事のための短期の帰郷だ。

父が帰ってくるとうれしいのだが、やはり同時に息苦しさを感じる。

家に帰ってくると、父はさっそく朝徳たち兄弟の勉学の成果を確かめた。その翌日は、手の稽古だ。

この一年間、休まず稽古したという自信はあった。だが、たった一年で何が変わるだろう。そんな不安もあった。

朝輔、朝弼、朝徳の順番でナイファンチをやらされた。

二人の兄もそれなりに稽古していた。父は、満足げだった。

いよいよ朝徳の番だった。ひどく緊張した。

いつもやっているようにやればいいんだ。

朝徳は、そう自分に言い聞かせて濡れ縁に腰かけている父の正面に歩み出た。

礼をしてから、ナイファンチを始める。上がっているのか、意識が浮き上がるような気がする。それを沈めようとつとめた。

あっという間に型が終わった。朝徳は父の言葉を待った。

二人の兄弟の型を見たときは、穏やかな表情だったが、朝徳が型をやり終えると、とたんに険しい表情になった。

朝徳は、どきどきしていた。まだまだ稽古が足りないと叱られるのかと思った。父はしばらく無言で、難しい顔をしていた。

やがて、父は言った。

「朝徳」

いよいよ叱られるのかと思い、かしこまった。

「はい(ウー)」

そのとたんに、父がにっこりと笑った。

「よく稽古したな」

「は……?」

「ヤーは、体格も貧弱でひ弱だった。だが、今は見違えるほどになった。足腰もますます盤石になった。よほど鍛錬(ナンヂ)をしたと見える」

どうやら褒(ほ)められているようだ。父に褒められた経験などほとんどないので、朝徳はすっかり面食らってしまった。どうしていいのかわからず、ただ突っ立っていた。

「手が気に入ったようだな」

父に尋ねられて、即座にこたえた。

「ウー。しかし、まだまだ型のことはわかりません」

「それでいい。ヤーは今、手の修行の入り口に立っている。さて、明日は兄弟のうち、誰を連れて行こうかと考えていたのだが、朝徳、ヤーを連れて行くことにする。朝出かけるから用意をしておきなさい」

それだけ言うと、父は立ち上がり、奥に引っ込んだ。

朝輔と朝弼が、朝徳を見ていた。二人とも驚きの表情だ。朝弼が言った。

「ヤーがそんなに手を一所懸命にやっているとは思ってもいなかった」

朝輔も朝徳に言う。

「俺(ワン)も、決して手を抜いていたわけではないのだがな……」

朝徳は、二人がやっかんでいるのではないかと心配したが、どうやらそうではないようだ。朝徳はこたえた。

「本部のサンラーがやたらに手の話をするので、ワンもつい熱心になってしまって……」

朝弼が言う。

「父上(ターリー)が明日出かけようと言ったのは、ただのお供ではないようだぞ」

朝徳は、朝弼の言葉に不安を覚えた。

「では、どのような用事なのだ？」

朝弼に代わって、長男の朝輔がこたえた。

「明日、ターリーは、識名園（しきなえん）に行かれる。そこである方にお会いになる。俺たち（ワッター）兄弟三人のうち、一人を連れて行こうと決めておられたようだ。最初は、ワンがいっしょに行く予定だったようだが、ヤーの型を見て、考えを変えたらしい」

「ある方というのは……？」

「聞いて驚くな。武士松村（ブサーまつむら）だ」

「武士松村……」

驚くなというのが無理な話だ。

武士にそれほど関心がない朝徳も、さすがにその名前は知っていた。それくらいに武名が轟（とどろ）いている。

松村筑登之親雲上宗棍（チクドゥンペーチンそうこん）。唐名は武成達（ぶせいたつ）。尚灝（しょうこう）、尚育（しょういく）、尚泰の三代の王に、御側守役（おそばもりやく）として仕えた。王を直接警護する役目だ。

さらに、松村宗棍は、国王の武術指南役でもあった。

手だけではなく、剣術の使い手でもあったということだ。薩摩に赴任していたときに、示現流（じげんりゅう）を学び、免許皆伝を允許（いんきょ）されているという。

当代一の武士と言ってもいい。明日、父は、その松村宗棍に会いに行くという。それに、朝徳をお供させるというのだ。

朝徳は、朝弼に尋ねた。

「ただのお供ではないというのは、どういうことなんだ?」

「本格的に手の修行をさせるということだ。ヤーは、武士松村から手を習えるんだよ」

朝徳は、信じられない思いだった。手を学ぶ者としてこれほどの好機と名誉はない。

だが、朝徳は、それで有頂天になるような性格ではない。つい、気後れしてしまうのだ。

ワンなどが、武士松村の稽古についていけるだろうか。いや、それ以前に、どうして
長男の朝輔ではなくて、ワンなのだろう。

つい、そんな疑問が先に立ってしまう。朝徳は、それを素直に口に出した。

「どうしてワンが連れて行かれるのだろう? もともとは朝輔兄さん(ヤッチー)が行くはずだった
のでしょう?」

「ワンがいっしょに行くと決まっていたわけではない。ターリーはずっと誰にするか考
えておられたのだ」

「でも、やはり長男の朝輔ヤッチーが行くべきでしょう」

朝徳のこの言葉に、朝輔は苦笑した。

「ヤーが一番変わったんだ。ターリーは、それをお認めになったのだ」

朝弼がそれを補足する。

「ワンと朝輔ヤッチーは、ヤーよりも体が大きく体力もあった。ヤーは、ひょろひょろの弱虫だった。それが、一年で見違えるようになったんだ」

朝輔がさらに言う。

「正直に言って、ワンも今日、ヤーのナイファンチを見て驚いた。日頃いっしょに稽古しているワンが驚いたのだから、ターリーはもっと驚いただろう。そして、ヤーに武術の才覚があると見込んだのだ」

「ワンに武術の才覚などありません」

「本当に才覚があるかどうかは問題ではない。ターリーはそう思い、期待されているのだ。いいか、朝徳、ターリーの期待を裏切ってはならんぞ」

今の朝徳には、その一言はとても重く感じられた。

識名園は、首里城の南に位置する王家の別荘だ。王府が、海外からの客をもてなし、宿泊させるのに使われた。海外からの客は、ほとんどが中国からの来賓（らいひん）だ。南苑（なんえん）の別名がある。

朝徳がここを訪ねるのは初めてだった。なにせ王様の別荘だ。士族（サムレー）といえども、ここに足を踏み入れることができる者は限られていた。

父の朝扶は、自由に出入りできる立場にあった。

朝徳は、思わず溜め息をついていた。大きな池の周りに沖縄風の屋敷や中国風の建物が並んでいる。その広大さと美しさに目を見張った。

池と空の青と芝生や木々の緑が実に見事な均衡を見せている。今さらながら、かつての王の威光を実感せずにはいられなかった。

きょろきょろと苑内の見事な風景を眺めながら、父のあとをついていくと、池の畔(ほとり)の東屋(あずまや)に誰かが待っているのが見えてきた。

父と朝徳を見ると、その人物は立ち上がり、丁寧に礼をした。

父が言った。

「松村筑登之親雲上だ」

東屋に着くと、松村宗棍はさりげなく場所を移動して、父朝扶に上座を譲った。

身長はそれほど高くはない。父朝扶のほうが大きい。なおかつ、筋骨隆々という体格でもなかった。印象的なのは、女性のようななで肩だ。

立派な髭を蓄えており、表情は柔和だが、さすがに眼光が鋭い。その眼を見るだけで、身がすくむような気がした。

この人が武士松村か……。

「親方(ウエーカタ)、ご無沙汰しております。東京のほうはいかがですか?」

「冬の寒さがこたえる」

「さようでございましょうな。ワンが薩摩におりましたときも、冬の寒さがこたえたものです。東京ならなおさらでしょう」

「それにな、文明開化はすごいものだ。ワンは尚泰様とともに陸蒸気に乗ったが、その力強さと速さに圧倒された。東京では西洋風の大きな建物が次々と建っており、商業もどんどん発展している」

「話には聞いておりますが、ヤマトは西洋の文化を取り入れて、おおいに変わっていきつつあるようですね」

「今やウチナーもヤマトの一部となった。国力が増すのは悪いことではない」

「そうかもしれません」

「しかしな、何でもかんでも西洋の真似をすればいいというものではない。わが国にも立派な文化がある。それを忘れてはいけない」

「まことに、おおせのとおりだと存じます」

「ワッターは、これからもウチナーの豊かな文化を守り伝えていくのだ。特にサムレーは、文武両道の教えをしっかりと守っていかなければならない」

「それこそがウチナーのサムレーの誇りだと存じます」

　朝徳は、二人の会話を聞いてほっとしていた。父が東京の発展ぶりを話しはじめたときは、沖縄のことを忘れようとしているのかと思った。父も沖縄士族の誇りを捨てたわけではなかった。

「松村翁（おう）、三男の朝徳だ。人一倍体が弱く、行く末を心配しておったが、手を教えて一年、見違えるようにたくましくなった。どうやら、手が向いているようだ。ワンは、また東京に戻らなくてはならない。一つ、朝徳を鍛えてはくれぬか？」

　父朝扶の言葉に、松村宗棍はうなずいた。

「心得ましてございます。親方のお役に立てるのなら、喜んで」

「いやいや、あなた（ウンジュ）はワンの師だ。息子のこともよろしくお願いします」

　宗棍は、朝徳のほうを見て言った。

「さて、ワンは、この識名園のそばに住んでいますが、御茶屋御殿（おちゃやうドゥン）で、手を教えています。そちらのほうが、お宅からも近くて通いやすいでしょう」

「ウー」

「だが、一度はわが家に来てもらわねば困ります。手を教えるに当たっては、万が一にも間違いがないように、我が先祖にも誓っていただかなければなりません」

　すると、父朝扶が言った。

「これからうかがおう」

「かしこまりました。では、参りましょう」

　宗棍が言うとおり、彼の自宅は識名園の近くだった。筑登之親雲上は、それほど高い身分ではないので、決して大きな屋敷ではなかった。それでも、屋敷が残っているだけましだ。

世の中には家も収入も失った士族が山ほどいる。その多くが、親族を頼って地方へ移り住み、屋取（ヤードゥイ）と蔑（さげす）まれている。

家の中は士族らしく、きちんと片づいており掃除も行き届いている。

「親方は、こちらでお待ちください。では、息子さんはこちらへ……」

朝徳は仏間に連れて行かれた。仏壇の前に座らされると、宗棍に言われた。

「手は、教えるほうも習うほうも覚悟が必要です。師弟というのは親子も同然。親の言葉は先祖の言葉でもあります。さ、我が先祖に線香を上げて、師の教えに背くことのないように誓っていただきます」

「ウー」

朝徳は言われるままに、線香を上げて、手を合わせた。

これで後戻りはできない。そう感じた。父から手を習っている間は、どこか甘えがあった。だが、有名な武士松村に習うとなると、中途半端な気持ちではいられない。

宗棍は、にっこりと笑って言った。

「これで、ウンジュはお父様同様にワンの弟子となりました」

7

識名園が、南苑と呼ばれるのに対して、御茶屋御殿(ウドゥン)は、東苑(とうえん)と呼ばれている。こちらも王の別荘だった。そこで、宗棍は弟子に手(ティー)の指導をしていた。

筑登之親雲上(チクドゥンペーチン)の身分では、普通は御茶屋御殿を使うなど許されることではないが、歴代の王の護衛役であり、なおかつ武術指南役だった宗棍は特別だった。

満で十五歳、かぞえで十六歳になった朝徳は、もうかつてのような病弱な子供ではなかった。今でも、首里の坂を駆け回り、足腰はいっそう丈夫になっていたし、持久力もついていた。

宗棍は、七十代の後半だ。だが、腰はぴんと伸び、動きは危なげない。

習いはじめてしばらくは、昔ながらに師と弟子が一対一で行う稽古だった。

最初の稽古で宗棍は、まず朝徳に尋ねた。

「喜屋武親方(ウエーカタ)からは、何を習っておられますか?」

朝徳が親方の息子なので、宗棍は敬語で話しかけてくる。

「突き、蹴り、それにナイファンチを教わりました」

「では、ナイファンチをやってみてください」

「はい」

朝徳は、緊張しつつ、ナイファンチをやってみた。いつもより息が切れた。緊張していると、どうしても力が入ってしまうのだ。

宗棍は、うなずいた。

「けっこうです。少し手直しをさせていただきます」

朝徳にもう一度型をやらせる。

「真横を払ったり、突いたりするときに、肩が動きます。できるだけ、肩を動かさないように……」

これまで、勢いに任せて払いや突きをやっていた。それを正された。もう一度ナイファンチを繰り返す。

「失礼します」

宗棍は、型を始めた朝徳の背中に掌を当てた。ちょうど肩甲骨のあたりだ。「ここを意識して受けや突きをやってください」

「背中の貝殻骨ですか?」

「そう。手の力は貝殻骨から発すると思ってください」

「ウー」

「肩を動かさずに……。腰の動きも徐々に小さくしていきます」

言われたとおりにやるが、なかなかうまくいかない。

それを何度か繰り返すうちに時間が来た。次の弟子がやってくる。

「今日はここまでにしましょう」

宗棍が言った。「今申し上げたことを、充分に工夫してください」

朝徳は、礼をして自宅に向かった。帰り道も駆けることにしていた。行き帰りの首里の坂道は足腰を鍛えるにはもってこいだった。

同じような稽古が何日も続いた。

肩を動かさず、肩甲骨を意識する。腰の動きも小さくしていく……。

そうやってナイファンチをやってみると、どうにも力が入らないような気がする。前のやり方のほうが、巻藁（マチワラ）を突くときも力強いような気がしていた。だが、師の言うことに逆らうわけにはいかない。

朝基は、糸洲のナイファンチに対して疑問を持っているようだったが、それは朝徳にとっては信じがたい考え方だった。

今はただ、宗棍に言われたとおりに稽古を続けるしかない。

宗棍について稽古を始めて何日目だろう。突然、変化が表れた。

体の中心に壁ができたような感覚があった。その壁を支点にして貝殻骨が動くような感覚だ。すると、肩は動かないが、力が拳に乗るような気がした。

朝徳がそう感じた瞬間に、宗棍が言った。

「けっこうです」

朝徳は、今自分の体に起きた変化が何なのかわからずに、ぽかんと宗棍の顔を見ていた。宗棍が朝徳に尋ねた。

「今、どのように感じましたか？」

朝徳は感じたままにこたえた。

「体の真ん中に壁ができたような気がしました」

「それがナイファンチです。あなたは今、体を左右に分けて使うことを悟られたのです」

朝徳は、あっと思った。まず、下半身を練ることで体を上下に分けることを学んだ。だが、体を左右に分けるという意味がずっとわからなかった。今、ようやくそれを体感することができたのだ。

それが、何の役に立つのかはわからない。だが、きっと手にとって重要なことなのだろうと、朝徳は思った。

松村宗棍が言った。

「さて、それではセーサンをお教えしましょう」

「もともと中国の南のほうで盛んにやられていた型です。ウチナーでは、首里の士族(サムレー)にではなく、那覇のほうに伝わっていたのですが、呼吸法と身体の鍛錬に役立つので、採り入れました」

那覇の久米(くめ)村には、通辞と呼ばれる中国からの帰化人たちが数多く住んでいた。通辞とはもともと、通訳のことだが、いつしか久米村の帰化人たちを指す言葉になっていた。

おそらく、そうした帰化人たちが伝えた型なのだろうと、朝徳は思った。

「よく見て覚えてください」

そう言うと、宗棍はセーサンの型を始めた。朝徳は、かつての父の教えを守り、宗棍の動きを注意深く見つめた。

最初はゆっくりとした動きだ。深い呼吸に合わせて受けや突きの動作を行っている。方向転換すると、今度は開掌(かいしょう)で技を使った。やはり、呼吸に合わせて動いている。

途中から動作が速くなる。裏拳、突き、蹴り……。同じ動きが左右を替えて繰り返される。

宗棍の動きは、もうじき八十歳の老人とは思えなかった。突き、蹴り、受け技、どれをとっても力強く、なおかつ無駄な力が入っていないのがわかる。

これが達人の型というものか……。

朝徳はすっかり感心してしまった。

セーサンは長い型だった。にもかかわらず、やり終えた宗棍はまったく息が乱れていない。若い頃によほどの鍛錬をしたのだろう。いや、おそらく今でも鍛錬を続けているに違いない。

「さあ、やってごらんなさい」

やはり、教え方は父朝扶と同じだ。朝徳は、宗棍の動きを思い出しながら型を始めた。型の前半で、宗棍は、深い呼吸に合わせて動いていたが、その呼吸の方法がわからない。朝徳は取りあえず、形だけを真似て動いた。

初めてナイファンチを習ったときと同じで、途中で何度も止まって考え込んでしまった。宗棍は、そのたびに先の動きを教えてくれた。

父朝扶よりも、宗棍のほうが教え方が丁寧だった。動き方を思い出せなくて止まっている朝徳を、黙って見ているようなことはなかった。

それから何日かかけて、セーサンの挙動の順番をなんとか覚えることができた。

「型の前半は、しっかり体を固めて行うことが肝要です。首里の手の多くは、体面を斜めにしますが、セーサンは腰も体面も真正面を向きます。これは、中国の南方の拳法の特徴であり、那覇の手の特徴でもあります」

宗棍の説明はわかりやすかった。

「さらに前半で重要なのは、呼吸法です。セーサンの前半では、四つの呼吸法のすべてを学びます。すなわち、ゆっくり吸ってゆっくり吐く、速く吸ってゆっくり吐く、ゆっくり吸って速く吐く、速く吸って速く吐く。この四つです。呼吸は、下腹でするように意識します。臍下丹田(せいかたんでん)と呼ばれるところです。では、呼吸法とともに動く前半部分の稽古をしましょう」

「ウー」

朝徳がセーサンの型を始めると、宗棍が近づいてきて言った。

「そこで止まってください。決して肩を上げないように。肩と貝殻骨をぐっと下げると、自然と腰が前に出ます。そうすることで、胴回り(ガマク)がしっかりと安定します。拳は、しっかりとガマクから出すように……」

また次の挙動で止められた。

「ナイファンチで体を左右に分けたのを思い出してください。突くときも受け技を使うときも、貝殻骨を意識するように」

言われたとおりにやってみるが、貝殻骨を意識しろと言われても、なんだかぴんとこない。ナイファンチではたしかにある感覚を得られたが、新しい型になると、順番を追うのが精一杯だ。

「ナイファンチでは、体の真ん中に壁ができたように感じたと言いましたね？　セーサンでは同様に背中に壁を作るようにします。そうすることで、当破(アティファー)の威力を生み出すことができるのです」

やはり、武士(ブサー)松村の稽古は難しい。説明は丁寧だが、それを体感することができない。何度も繰り返すことで、いつかは理解することができるはずだ。そう信じて稽古するしかない。

朝徳は、ほぼ毎日御茶屋御殿に通って、宗棍から手を習った。セーサンの稽古が一ヵ月ほど続いた。

ある日、型をやり終えると、宗棍が言った。

「明日は、もっと遅い時刻に来てください」

「遅い時刻ですか?」

「そう。日が暮れてからがいいでしょう」

「わかりました」

時間が変わったのは、先生の都合だろうと思っていた。太陽が沈むと、御茶屋御殿の庭はたちまち暗闇(くらやみ)に包まれる。屋敷のほうからかすかな光が洩れているだけだ。

手は夜に稽古するものだと、朝徳は聞いたことがあったが、それは昔のことだと思っていた。実は、今でも武士や手小(ティーグヮー)たちは夜の暗闇の中でひそかに稽古しているらしい。

その日、宗棍は誰かを伴ってやってきた。

「喜屋武親方のご子息、朝徳殿です」

宗棍が連れに紹介した。「たしか、ウンジュとは従兄弟同士だったはずですな」

従兄弟……。

いったい、誰だろう。朝徳は、闇の中の相手の顔をよく見ようと目をこらした。

その人物が言った。

「喜屋武の三郎か……」

「あ、義村の亀か……」

たしかに宗棍が言うとおり、それは朝徳の従兄に当たる人物だった。本部朝基とも従兄の関係にある。朝徳や朝基よりも四歳年上だ。

名前は、義村朝義。幼名が思亀なので、朝徳たちは昔からカミーと呼んでいた。従兄とはいえ、ずいぶんと会っていない。義村の家は、本部と同様に王族で御殿と呼ばれていた。

宗棍が言った。

「さて、今日から朝徳殿にも、変手を稽古していただきます。朝義殿がそのお相手です」

変手とは、型の中の動きを実際に相手に使ってみることを言う。これまで、朝徳は変手を習ったことがなかったので、どんなものか楽しみだった。

そのとき、義村朝義が言った。

「喜屋武の三郎といっしょに手の稽古をするなど、真っ平だ」

朝徳は、その言葉に驚いてしまった。

驚いたのは宗棍も同様のようだった。宗棍が朝義に言った。

「どうしたというのです？」

「先生もご存じのはずでしょう。喜屋武親方は、ウチナーを裏切ったのです」

あっと朝徳は思った。そういえば、朝義の父、義村朝明（ちょうめい）は、頑固党の中心人物だということだった。朝明は、沖縄の独立を主張している。そのために、清と手を結ぶことを画策しているらしい。

朝義も父の影響を受けているのは間違いなかった。朝義とは幼い頃には何度か会ったことがあるが、ここ数年はまったく会っていなかった。

朝徳の父、朝扶が「王政一新慶賀」使節団に参加したことが原因に違いなかった。

ウチナーを裏切ったと言われても、朝徳は、何も言い返すことができない。

宗棍が珍しく厳しい声で言った。

「喜屋武親方は、裏切り者などではありません。尚泰王を今でもお守り奉っておられるのです」

「東京に幽閉される王に、黙って従っただけではないか」

「幽閉ではございません。東京に転居あそばされただけです」

「首里城を追われたのだ。こんな屈辱はない」

「そういう時代なのです」

　宗棍は、いつもの穏やかな口調に戻っていた。

「とにかく、俺(ワン)は喜屋武の息子とは変手などやりたくはない」

「そうですか……」

　宗棍は悲しげに言った。「では、お帰りいただいてけっこうです」

「帰るのなら、三郎のほうだろう。喜屋武はもともと親雲上の家柄ではないか」

「手は家柄でやるものではありません。いっしょに変手をやってくださいという師の言いつけに従えないのでしたら、お教えすることはできません。お帰りいただくのは、朝徳殿ではなく、ウンジュのほうです」

　暗闇の中でも朝義の顔が赤くなっているのがわかった。朝義は義村御殿の次男坊で、使用人たちに大切に育てられた。そのせいもあってか、幼い頃からわがままだった。

「ふん、帰れというなら、帰るさ」

　朝義が宗棍に言った。「このことは、父上(ターリー)に言っておくからな」

　朝義は本当に踵(きびす)を返して歩き去った。朝徳は、ぽかんとその様子を眺めていた。

「申し訳ございません」

宗棍は朝徳に対して頭を下げた。「ご親戚だし、お年が近いので、いっしょに稽古されるのがいいと思っておりましたが、私の思い違いでした。お許しください」

朝徳は、すっかり恐縮してしまった。

「先生がそのようなことをおっしゃると、ワンはどうしていいかわからなくなります」

宗棍は顔を上げて言った。

「変手のお相手がいなくなってしまったので、今日は私がお相手をしましょう」

先生自ら変手の相手をしてくれるのは願ってもないことだ。だが、だいじょうぶだろうかと、朝徳は思った。

いくら武術家として有名だといっても、宗棍はもうじき八十歳になろうという老人だ。けがでもさせてはたいへんだ。

宗棍が説明した。

「セーサンで、呼吸をしながら、ゆっくりと掌を返す動きがあります。あれは、相手の突きを受け外した後に、相手の腕を取り、崩す技です」

たしかに上向きにした掌をゆっくりと下向きにする動きがある。

「さあ、突いてきてください」

朝徳は宗棍と向かい合った。その瞬間に、背筋が寒くなった。なで肩の宗棍の全身から得体の知れない力が放射されているように感じた。暗闇の中でも、眼が炯々と光っているのがわかる。

朝徳は、身動きが取れなくなった。おそらく、獅子や虎に睨まれたら、こんな気持ちになるだろうと、朝徳は思った。

「どうしました。攻撃をしてくれなければ、変手は始まりませんよ」

「ウー」

朝徳は、自分を奮い立たせる思いで、足を踏ん張った。右足で一歩踏み込んで、右の拳を宗棍の腹めがけて突き出す。その瞬間に、地面に這いつくばっていた。

何をされたのかわからなかった。

宗棍に突きを受け外されたのだけは辛うじて覚えている。だが、その後のことはまったくわからない。

がくんという衝撃を首に感じた。気がついたら地面に両手をついていたのだ。

宗棍が説明した。

「まず、相手の攻撃をここでひっかけるように受けます」

自分の掌を出し、親指のつけ根のあたりを示す。気がつくと、月明かりで苑内はほのかに明るくなっていた。「そのまますかさず掌を返して相手の腕を取って、引き倒します。さあ、今度はワンが突いていきますので、やってみてください」

「ウー」

再び宗棍と向かい合う。独特の威圧感だ。

宗棍が、すっと右足を進めて右の拳を出していた。受けようと思ったときはもう遅かった。宗棍の突きが、朝徳のあばらに決まっていた。息ができなくなる。

「相手の攻撃が来るのに、同じところに突っ立っていてはいけません。受け技は、必ず体をかわしながら使います。それが、技を用いるということです」

「技を用いる……？」

「型を学んで、どんなに多くの技を知っていても、その用い方を知らなければ、何の役にも立ちません」

「用い方ですか……」

「技を用いるためには、体捌（さば）きや拍子など、多くのことを学ばねばなりません。一人の型稽古ではなかなかそれを身につけることができません。そのためには変手をしっかりと稽古しなければならないのです」

父朝扶は、変手はまったく教えてくれなかった。まだ、朝徳がその段階まで来ていないということもあったのだろう。あるいは、よほどの実力者でなければ、変手は教えられないのかもしれない。

「もう一度やってみましょう」

　再び宗棍が突いてくる。老人とは思えない恐ろしい突きだ。朝徳は、なんとかそれを親指のつけ根で押さえ、言われたとおり、即座に掌を返した。

「けっこうです」

　宗棍が言った。「この技は、相手に手首を取られたときに、逆に相手の手首を極めるのにも使えます。つまり、柔の手、取り手としても使えるのです」

　宗棍は、それを実際にやってみせてくれた。

「私の腕を取ってください」

　朝徳は、右手で宗棍の左の手首を握る。そのとたんに、握ったほうの手首に激痛が走り、思わず声を上げていた。

　宗棍は、セーサンの型のまま掌を返しただけだ。たったそれだけで、朝徳の手首が見事に極められていた。朝徳は地面に膝をついていた。

　宗棍が説明した。

「このように、型にある技の中には、剛法、つまり突きや受けとしても使えますし、柔法、つまり取り手としても使えるものがあります。よく工夫することです」

「ウー」

　朝徳は、手の技が取り手に使えるとは思ってもいなかった。手の技というのは突きや蹴りであり、取り手はまた、まったく別の技だと思っていたのだ。

型は見るだけではわからない。やってみてもわからない。やはり、師の口伝が必要なのだと思った。

これから沖縄がどうなっていくのか、自分自身の将来はどうなるのか。そうした先のことがまったくわからず、不安と苛立ちをかかえていた朝徳だったが、宗棍に手を習いはじめて、すっかり変わった。

父から習っていたときとはまったく違う。父朝扶も手の名手といわれていた。今でもそのことには疑いはない。だが、達人というのはやはり違うものだ。

それまで、サムレーのたしなみだから、やらなければならないと考えていたに過ぎない。

幼いせいもあっただろう。父に教わった頃は、体力もないし、手のことなど何もわからないので、ただ言われることをやっていたに過ぎない。

だが、宗棍に習う頃には体力もついてきて、手の基本も身についていた。だから、手の稽古そのものに集中することができた。

宗棍の指導は丁寧で、なおかつ驚きに満ちていた。朝徳は、手の奥深さを実感した。まだまだ修行の第一歩に過ぎない。だが、道筋が示されたと感じたのだ。先の見えない日々に戸惑いおののいていた朝徳は、闇の中で進むべき道を照らす光を見たような気がした。何より、宗棍の手はおもしろかった。興味が尽きない。

宗棍は、型だけではなく変手をよく教えてくれた。鍛錬と同時に、技を用いる方法を学ばねばならない。それが、宗棍の教えだった。

剣術家でもある宗棍は、一人で型を稽古するだけではなく、二人で向かい合って技を出し合う稽古を重視していた。

それは、宗棍が長年の修行で見いだした彼自身の稽古法でもあったのだろう。

朝徳は、セーサンに続き、ウーセーシーの型を宗棍から習った。ウーセーシーは、「五十四歩」と表記し、その中国語読みだ。

宗棍によると、ウーセーシーは、中国武術の特徴を色濃く残しているという。

沖縄の手の特徴は、なんといっても鉄拳（テイジクン）だ。拳で突くことはもちろん、受け技を使うときもたいていは拳を握っている。

だが、ウーセーシーは開掌で受けたり、そろえた指先で攻撃したり、あるいは、親指、人差し指、中指の三本を、何かをつまむような形に合わせ、その指先で攻撃したりといった、拳以外の手の使い方が豊富に見られる。宗棍によると、これは中国武術で多用される技だという。

また、片方の足をふわりと真横に上げる動作が出てくるが、これは実は、中国各地にかつて伝わっていた「酔拳」の動作だという。

酔漢がふらふらとよろけるような動作を真似、倒れそうで倒れないという体の独特な使い方を練るのだ。

　また、その動作は、体の平衡感覚を鍛えるだけでなく、蹴り技として使えるのだという。それも中国武術独特の蹴り方なのだそうだ。

　振り上げた足を下ろす勢いで、相手の足首を刈ったり、膝を蹴ったりするのだ。見るだけでは、また、実際にやってみても、ウーセーシーの動作の意味合いはわからなかった。宗棍の説明を受けてようやく理解できた。

　中国武術で使われていた技が、沖縄に入り、形が変わったものも多いのだという。中国の人々と沖縄の人々では、生活様式も違い、体の使い方がまったく違うらしい。長い年月を経るうちに、沖縄の人々に合ったように変化していく。さらに、宗棍はただ中国武術を伝えるだけでなく、剣術の理合いを加味することで、沖縄独特の手を作り上げたのだ。

　後の先、対の先、先の先という剣術の理合いは、そのまま宗棍の手の理合いでもあった。宗棍が体の鍛錬や技の威力だけでなく、その用い方を厳しく指導したのには、そういう理由があった。

　相手がどんなに強力な技を持っていても、それが当たらなければ倒されることはない。また同様に、自分がいかに威力のある突きを身につけていても、それが相手に当たらなければ何の意味もない。

朝徳は、そういう理解が深まるにつれ、ますます宗棍の手に興味を惹かれていった。興味が深まれば、さらに稽古に熱が入る。

朝徳は、宗棍に習ったことを自宅に戻って繰り返し稽古し、また工夫した。変手には自分なりの工夫が必要だというのが、宗棍の教えだった。

宗棍のもとでの手の修行は、二年に及んだ。その二年間は、これまで朝徳が生きてきた中で最も濃密な二年間だった。

将来の希望が何もなかった朝徳に、生きる目標を与えてくれた。この二年間で、手は朝徳にとってかけがえのないものになっていた。

残念なことに、まだまだこれからというときに、宗棍のもとを去らなければならなくなった。朝徳は、二人の兄とともに、東京に住むことになった。父朝扶は、東京市麴町区富士見町にある尚家の敷地に屋敷を与えられて住んでいたが、朝徳ら兄弟もそこで父とともに暮らすことになったのだ。

急に決まった話で、朝徳はおおいに戸惑った。またしても不安が頭をもたげてくる。

未知の東京は、興味深いというより、何やら恐ろしかった。このまま、沖縄で過ごしていたいと、朝徳は思うのだった。何より、宗棍に稽古をつけてもらえなくなるのが残念でならなかった。

東京に移り住むことを告げると、宗棍は言った。

「若い人が新しい土地に出かけて行くのはよいことです」

「先生に手を教われなくなるのが残念でなりません」

「これからは、喜屋武親方の教えにしたがってください。喜屋武親方は、立派な武士です」

「ウー」

「鍛錬と工夫を忘れないように。それと、これだけは覚えておいてください。武は平和の道です。平和は武によって保たれるのです」

「平和は武によって保たれる……」

手は戦いのためにあると思っていた。他人より強くなることが修行の目的だ。それなのに、宗棍は平和が武術によって保たれると言う。若い朝徳には、その言葉の意味がよく理解できなかった。

しかし、大切な師の教えだ。手の稽古と同様に、今理解できなくても、いつかは理解できるときが来るかもしれない。そう思い、その言葉を胸にしまっておくことにした。

8

何もかもが動いている。

朝徳は、東京にやってきてまずそう感じた。

そして、すべてが大きく、活力に満ちあふれているように感じられる。道幅も広く、首里や那覇のようにくねくねと曲がりくねっていない。

その広い道路を、大勢の人々が行き交っている。その歩調が、沖縄の人々とはまるで違う。何かに追われているのではないかと思うほどにあわただしい。

その人の多さに、祭でもあるのかと思ったほどだ。

そして、賑やかだった。物売りの声もする。そこかしこで建設作業が行われており、その槌音やかけ声が響く。馬車や人力車も行き交っている。

ぼんやりしていると、取り残される。

朝徳は、そう感じていた。

そして、寒い。沖縄では、すでにうりずんだ。冬が終わり潤いが増して、草木が一斉に勢いづく季節だ。だが、東京はまだ肌寒かった。

いや、通行人を見るとすっかり春の装いのようだから、寒がっているのは、朝徳ら沖縄からやってきた兄弟だけかもしれない。

沖縄のように暖かくはないが、その代わりに、呆然とするほど美しい光景を目にした。尚家の屋敷がある麴町区富士見町に近づくと、薄桃色の霞がかかったように見えた。

「あれはいったい何だ……？」

朝徳が思わずつぶやくと、案内の者が言った。

「ああ、桜です。今年は開花が早いようで……」

朝徳は、その美しさに圧倒された。呆然と見とれてしまいそうになる。沖縄にも美しい風景はあった。特に海と空の青、濃い緑、色鮮やかな花々が織りなす光景は見事だった。

ヤマトの風景は、それとはまったく違う。木々の緑も沖縄に比べれば淡い感じがする。沖縄とは違うが、美しい。朝徳は、素直にそう感じていた。

尚家が与えられた土地は広大だった。その中に、尚家だけでなく、これから朝徳が住むお付きの者たちの屋敷がある。

その敷地内には、父朝扶だけでなく、同様の元高級士族たちがともに住んでいた。

父朝扶は、沖縄にいるときと同じく、芭蕉布の着物を着ていた。尚家が王でなくなり、ヤマトに移り住んだ今もなお、沖縄士族の誇りを忘れてはいないのだと、朝徳はうれしく思った。

尚家の土地は靖国神社と隣り合っている。東京の中心にあって、緑豊かな環境だった。

朝徳は、漢文を学ぶために二松學舍に通うことになっていたが、その校舎もすぐ近くにあった。

東京にやってきて二、三日は、まるで熱病にでもかかったように頬が火照っていた。緊張と興奮のためだった。

これからこの大都会で生活していくことを思うと、わくわくすると同時に、不安と恐怖を感じる。

宗棍と初めて識名園で会ったとき、父が言っていた。文明開化はすごいものだ、と。東京に来て、その言葉がようやく実感できた。ヤマトは、西洋の文化を採り入れて、大きく変わりつつある。

その変化は、力強くまた華々しくもあった。朝徳は、その迫力にたじろぐ思いだった。

幼い頃は、この世で一番偉いのは、首里の王様だと信じていた。父が首里王府に勤めていたので、ごく自然にそう思うようになっていた。当時は、沖縄中の人々が幼い朝徳と同じように思っていた。

その思いは、十八歳になった今もそれほど変わっていない。理屈の上では、尚家が王でなくなったことはわかっている。だからといって、すぐに気持ちを切り替えられるものではない。三つ子の魂百までという言葉もある。

沖縄の多くの人々も同様なのだ。だからこそ、尚家は今でも沖縄の人々に大きな影響力を持ちつづけている。

桜が満開の時季に、二松學舍の授業が始まった。幼い頃から四書五経に親しんでいる朝徳は、漢文を読むことは得意だった。学友が戸惑っている漢籍をすらすらと読むことができる。朝徳は、ちょっとばかり優越感を覚えた。

その朝徳に対して、ちらちらと視線を送ってくる者がいた。

何だろう。朝徳は、気になったが別に取り沙汰するほどのことではないと思っていた。

桜も散り、青葉が茂る頃になり、東京もようやく暖かいと感じられるようになってきた。いい季節なので、放課後に千鳥ケ淵でも散歩しようと思い、朝徳は校舎を出た。

その朝徳を校舎の陰で待ち伏せしていた者がいた。授業中に、朝徳を見ていたやつだ。

彼は一人ではなかった。仲間を二人連れている。

彼は金兵衛という名だった。同学年なので、名前だけは知っている。いっしょにいる二人は、真吾と道之介だ。

金兵衛は、二人よりも背が高いが、ひょろりとしている。真吾は背が低いが、朝徳よりは大きい。道之介は突き出た額が特徴だ。

朝徳は金兵衛に言った。

「何か用か？」

ヤマトグチではなく、沖縄弁（シマグチ）だった。金兵衛は言った。

「おまえは、琉球（りゅうきゅう）から来たそうだな」

「そうだ。ウチナーから来た」

真吾が顔をしかめて言う。

「こいつ、何をしゃべっているかわからないぞ」

漢文を読むときはヤマトグチを使う。だから、朝徳もヤマトグチを知らないわけではない。だが、今さらこの三人に合わせてしゃべる気にはなれなかった。

金兵衛が言った。

「琉球のやつに、字が読めるなど、考えたこともなかった」

朝徳は、金兵衛が考え違いをしているのだと思った。沖縄は、東京から遠く離れているので、異国だと勘違いしているのかもしれない、と。

朝徳は、笑ってその間違いを正そうとした。

「ウチナーは王国だったが、もともと日本の言葉を使っている。今は同じ日本人だ」

「同じ日本人だと……？　南海の未開地の住民が何を言う」

朝徳はこの言葉に驚いた。

「たしかに南海の島だが、未開地ではない。首里には王府があり……」

道之介が朝徳の説明を遮った。

「生意気だと言ってるんだ。琉球人が、一人前に漢籍を読むなど……」

朝徳は、言葉を失っていた。

「それは、どういうことだ？」

朝徳は、訳がわからず、問い質した。

道之介が憎々しげに言った。

「漢籍はな、我々のような士族が学ぶものだ」

「ワンだってサムレーの子だ。こうして、カンプーも結っている」

真吾が薄ら笑いを浮かべて、再び言った。

「こいつの言っていることはわからない。やっぱり未開の人種だ」

朝徳は、仕方なくヤマトグチで話すことにした。

「私だって士族の子だと言ってるんだ」

「ばかを言うな。士族というのは、日本の侍のことを言うんだ。おまえなんか士族じゃない」

朝徳は、なぜそんなことを言われるのか理解できなかった。

「何を言う。沖縄の王にお仕えした沖縄の侍も立派な士族だ」

「沖縄の王だって？　沖縄はずっと島津藩だったじゃないか」

真吾のこの言葉も、勘違いだった。たしかに、島津藩の侵攻を受けて、沖縄は支配されていた。しかし、王府は存続していたのだ。

彼らは、沖縄に対して間違った認識を持っている。朝徳は、なんとかそれを正そうとした。

「沖縄が琉球藩になったのは、明治五年のことだが、そのときも王様が藩主となった。王様が首里城を明け渡したのは、明治十二年のことだ。それまで、我々は王様のもとで暮らしていたし、王府に仕える士族もたくさんいた」

「うるさい」

いかにも短気そうな道之介が言った。「何が沖縄の士族だ。おまえたちが同じ二松學舎で勉強することすら不愉快なんだ」

朝徳は、ただ戸惑い、困惑するばかりだったが、やがて、おぼろげにわかりはじめた。この三人は、朝徳が沖縄から来たというだけで気に入らないのだ。そして、そんな朝徳が見事に漢籍を朗読するのが腹立たしいのだろう。

朝徳が生まれて初めて直面する差別だった。

沖縄の文化に誇りを持っていただけに、差別されているのだと知っても、どうしていいのかわからない。

真吾が言った。

「おまえ、変な名前だったな？」

「喜屋武のどこが変なんだ？」

「チャンだと？　そんな苗字があるものか」

「沖縄では名家の名前だ。何か文句があるのか？」

「言葉が変なら、名前も変だ。やっぱり琉球の未開人だ。いいか、金兵衛の前でいい気になって漢文を読んだりするなよ」

それで、ようやく金兵衛がちらちらと自分のほうを見ていた理由に気づいた。彼は、すらすらと漢文を読む朝徳をいまいましいと感じていたのだ。

おそらく、金兵衛も勉学には自信があるのだろう。朝徳が目障りなのに違いない。

だが、そんなことを言われて、はいそうですか、というわけにはいかない。

「私も勉強するために東京に出て来たのだ。おまえたちの言いなりになるわけにはいかない」

道之介が言った。

「黙って言うことを聞いていればいいんだ。そうすれば、無事に卒業だけはさせてやる」

「卒業するのにおまえたちの許しを得る必要などないはずだ」

「うるさい。本当ならおまえなんか、すぐに追い出してやりたいくらいだ」

「徒党を組んで、理不尽なことを押しつける。それが、ヤマトの士族なのか？」

道之介の顔色が変わった。

「何だと……」

彼は一歩朝徳に近づき、どんと胸を突いた。朝徳は、どうしていいかわからず、立ち尽くしていた。

こんなとき、朝基ならどうしていただろう。またとない好機と考え、腕試しをやるかもしれない。だが、朝徳はとてもその気になれなかった。

自分の手（ティー）がどの程度のものかわからない。相手は三人だ。まったく自信がなかった。

「待て待て」

金兵衛が余裕の表情で言った。「そんな小さなやつをやっつけたところで、何の自慢にもならない。まあ、どうせ俺たちの言うことを聞くしかないと、じきにわかるはずだ」

朝徳は唇を噛（か）んでいた。

「行くぞ」

金兵衛の一言で、三人は去って行った。どうやら、真吾と道之介は、金兵衛の取り巻きか手下のような連中なのだろう。

すっかり気分を害し、散歩どころではなくなっていた。すぐに自宅に帰った。一人で部屋にいると、今の出来事にだんだん腹が立ってきた。

ウチナーのサムレーの子が、どうしてヤマトのサムレーの子にばかにされなければならないんだ。どこがどう劣っているというのだ。

たしかに、東京は首里や那覇とは違う。だからといって、金兵衛たちが偉いわけではない。

ウチナンチュで何が悪い。ウチナーには、ヤマトに負けない文化があり風土がある。

どうにも腹の虫が治まらないので、庭に出てナイファンチとセーサンをやった。何度か繰り返すうちに汗が流れ出てきて、ようやく気持ちが落ち着いてきた。

その日から、金兵衛たちは露骨に朝徳に嫌がらせをするようになった。その様子を、教師たちは知ってか知らずか、何も言わなかった。

最初のうちは、相手にすまいと思っていた朝徳だったが、他の学友を巻き込んで、金兵衛たちの嫌がらせが、さらに頻繁になっていくにつれ、どうにも我慢ができなくなってきた。

初めて金兵衛たちから難癖をつけられた日から、ほぼ一ヵ月後のことだ。ついに、朝徳の堪忍袋の緒が切れた。

「いい加減にしたらどうだ？　そんな卑劣な真似をして、恥ずかしくないのか？」

面と向かって反撃された金兵衛は、少しばかり驚いた様子だったが、すぐにいつもの余裕を取り戻し、笑みを浮かべた。

「何が卑劣だ。おまえのようなやつが、この学校にもぐり込んでいることのほうがずっと卑劣だ。追い出されないだけでも感謝しろ」

「それが士族のやることか」

「士族でもない、おまえに言われたくはないな」

「私は士族だ」

「士族というのはな、幕府を支えた者たちを言うんだ。おまえたちは士族などではない」

この言葉は、許せなかった。手は朝徳の生きがいだ。そして、手は沖縄士族の誇りなのだ。

「これまでは大目に見てきたが、もう許せんぞ」

朝徳が言うと、突き出た額をさらに前に突き出して、道之介が言った。

「許せなければ、どうする？」

「三人まとめて、かかってくればいい」

「何だとお……」

道之介の顔が真っ赤になる。「おのれ、ふざけたことを……」

道之介が朝徳に向かって突進してきた。机が並んだ教室後方の、狭い場所だ。身をかわすほどの広さはない。朝徳は、右足で真っ直ぐに道之介の腹を蹴り込んだ。

相手が突っ込んでくる勢いを利用していた。

「ぐえ……」

道之介は、妙な声を出してその場にうずくまってしまった。

金兵衛や真吾だけでなく、周りで見ていた学友たちも、あっと息を呑んだ。

「何だ……」

真吾が言った。「いったい、何をやったんだ?」

金兵衛がうめくように言う。

「こいつ、琉球の怪しげな妖術を使うぞ」

おそらく、蹴りが速すぎて金兵衛たちの目に留まらなかったのだろうと、朝徳は思った。

「くそっ」

真吾が悔しげにつぶやいてつかみかかってきた。朝徳は、襟を掴まれた瞬間に外側からその腕を打って外し、腹に右の拳を打ち込んだ。

先ほどの道之介と同様に真吾も背を丸めてうずくまってしまった。

金兵衛は、顔面蒼白になって朝徳を見つめていた。真吾と道之介がふらふらと立ち上がる。彼らは、朝徳の一撃ですでに戦意を喪失しているようだ。

金兵衛が朝徳に言った。

「こんな真似をしてただで済むと思うな」

朝徳はこたえた。

「先に手を出したのはそっちだ」

「うるさい」

金兵衛がもう一度言った。「ただでは済まぬぞ」

彼は、教室を出て行った。真吾と道之介は、しばし躊躇していたが、結局金兵衛に従って出て行った。彼らは、その後の授業には戻って来なかった。

その日一日、学友たちは朝徳の様子をしきりと盗み見ていた。彼らは露骨に嫌がらせはしないものの、心情的には金兵衛に近いはずだ。琉球の怪しげな妖術を使ったという金兵衛の言葉の影響も強かっただろう。本土とは異なる着物をまとい、変わった言葉をしゃべる朝徳は、おそらく異分子とみなされていた。

だからといって、差別を受ける理由にはならないと、朝徳は思っていた。だが、理由はなくても差別はある。

金兵衛たちに手を出した日から、朝徳と話をする者はいなくなった。朝徳を忌避している者もいることはいるが、多くは金兵衛に気を遣っているようだった。そして、その他の者は面倒事に関わりたくないのだ。

別に友人を作るために学校に通っているわけではない。勉強のためなのだ。

朝徳は、そう考えようとした。だが、そんな目にあって楽しいはずがない。気分はふさぎ、苛立ちが募った。こんな状態では、勉強にも身が入らない。

そのうち、手の稽古にも気が乗らなくなってきた。

そんな朝徳の様子を見て、厳しい父は言った。

「最近のおまえはたるんでいる。何事にも熱意が感じられない。ヤーは、尚泰侯爵のお金で東京に出て来て生活をし、勉強をさせていただいているんだ。昔ならば公費だ。ヤーはウチナーを背負っているも同然なのだぞ」

そのウチナーが差別されているのだ。

朝徳は心の中でそう言い返していた。口ごたえなどできない。そんなことをしたら、どんな目にあわされるかわからない。

父の罰は、学友たちの嫌がらせどころの騒ぎではない。実際に足腰が立たなくなるまで打ち据えられるに違いない。学友からは差別を受け、父からは叱られる。

そんな毎日が続き、朝徳はすさんだ気分になっていった。このまま沖縄に逃げ帰りたい。そう思うこともしばしばだった。

だが、沖縄に帰ったら帰ったで、頑固党を恐れて暮らさなければならない。なるべく喜屋武の名を出さないようにして生活していかなければならないのだ。八方ふさがりとは、まさにこのことだ。

二人の兄もあまり救いにはならなかった。兄たちは父親の手伝いをしているので、露骨に差別されるようなことはないはずだ。基本的には、尚泰侯爵とその家族の面倒を見ることが仕事なので、屋敷内にいることが多いのだ。

もちろん、差別は経験しているはずだ。東京に来て数ヵ月経ち、ヤマトの人々が沖縄をどう思っているか、だいたいわかってきた。

総じて言えるのは、無知ということだ。沖縄のことをほとんど知らない。異国だと思っている人すらいた。

そして、無知故に差別をする。理解できないものは、不気味に思えるからだ。家族の中で、朝徳だけがひどい差別の現実を突きつけられていたのだ。

9

気分がすさめば、生活も荒れる。朝徳は、父や兄の目を盗んで、夜に出かけるようになった。酒を飲みに行くのだ。父が有禄士族なので、朝徳の懐にはそれなりに余裕がある。

別に悪いことをしているとは思っていなかった。憂さ晴らしをして何が悪い。朝徳は、そう考えていたのだ。

その日も神田のそば屋に飲みに出かけた。泡盛しか知らなかった朝徳は、最初にヤマトの酒を飲んだとき、やけにべたべたして感じられた。だが、まずくはない。

第一、まだ酒の味がわかる年でもない。酔えればいいのだ。

あまり長く家を空けると、兄や父にばれてしまう。そこそこに酔って、朝徳は引きあげることにした。

季節は夏を迎えようとしており、周りの酔客らがしきりに「暑い、暑い」と言っているのだが、朝徳はさっぱり暑いとは思わなかった。やはり、ヤマトとウチナーでは気候が違うのだと、朝徳は思った。

そば屋を出て、ぶらぶらとお堀沿いに尚家の屋敷がある麹町区富士見町まで歩くことにした。首里の坂道を歩き慣れている朝徳にとって、たいした距離ではない。賑やかな東京の街も、さすがに夜が更けると人通りが少なくなる。憂さ晴らしの酒では、いい心持ちには酔えない。朝徳は、どこか中途半端な気分で歩いていた。

その朝徳の行く手を阻むやつらがいた。人数は四人。街並みを外れたあたりで、周囲は暗い。月も出ていなかった。

だが、首里の暗闇（くらやみ）に慣れている朝徳には、相手が誰かわかった。

金兵衛たちだ。いつもは三人だが、今日は一人知らない男を伴っている。

朝徳は立ち止まった。

金兵衛は背が高いが、ひょろりとしている。見知らぬ男は、金兵衛と同じくらい上背があり、なおかつ、がっしりとしたたくましい体格をしていた。

「金兵衛だな……」

朝徳は言った。「こんなところで、また待ち伏せか？」

道之介の声がした。

「琉球人め。この前は、ふざけた真似をしてくれたな。おまえらを退治するのに、もってこいのやつを連れてきたぞ」

たくましい男が、じりっと足を進めた。

「琉球のやつが、怪しげな術を使いよると聞いて、ぴんときた。手（ティー）を使うな？」

ヤマトで手を知っているやつに会うのは珍しい。朝徳は、待ち伏せされたことも一瞬忘れて、そんなことを思っていた。

朝徳がこたえずにいると、また道之介の声が聞こえた。

「今夜は、この前みたいなわけにはいかないぞ」

よく見ると、たくましい男は細長いものを持っていた。木剣ほどの長さだ。

なるほど、剣術が得意なやつを連れてきたか……。

朝徳は、どうするべきか迷っていた。このまま立ち去ることもできる。逃げるが勝ちという言葉もある。だが、むしゃくしゃした気分で毎日を過ごしていた朝徳は、何もかも面倒臭くなっていた。

やるというのなら、やってやろう。

かつて、名だたる武士（ブサー）たちは、辻（つじ）と呼ばれる色町などで掛け試し（カキダミシー）をやったものだという。ならば、ここで朝徳がそれをやっても問題はないだろう。

朝徳は、そんなことを思っていた。自分に対する言い訳だ。

男が棒を右肩の上に立てた。

それを見て、道之介が言ったことを理解した。

蜻蛉（トンボ）か……。

それは、薩摩示現流の特徴的な構えだった。右肩の上に高々と掲げた太刀や棒を、矢継ぎ早に振り下ろす。

沖縄を支配していた薩摩人に、朝徳をやっつけてもらおうという、金兵衛たちの計画に違いない。

どこまで卑劣な連中なのだ。朝徳は奥歯を嚙みしめていた。金兵衛たちへの憎しみをその男に向ける。朝徳は、棒を構える男と対峙した。

闇の中から声が聞こえる。

「手の噂は聞いちょった。じゃっどん、実際に立ち合うのは初めてのことごたる」

薩摩訛りだ。

朝徳の怒りが増した。沖縄に攻め込み、沖縄を支配していた薩摩の男だ。廃藩置県後は、沖縄の特産物をほぼ独占的に売買していたのも、薩摩の商人たちだ。

いや、それよりも、いわれのない差別を受けている、今の状況に腹が立った。何も知らずに朝徳を叱る父にも腹が立った。

怒りに駆られて、朝徳は一歩踏み込み、右の拳を相手の腹めがけて突き出した。そのとたんに、激しい衝撃が全身を駆け抜けた。

今まで感じたことのない衝撃だった。体が動かなくなる。棒で打たれたことは間違いない。だが、どこを打たれたのかわからなかった。

打撃が強力過ぎて、全身が一瞬麻痺(まひ)してしまったように感じられる。

さらに二の太刀が来る。

それはわかっているのだが、思うように体が動かなくなっていた。

何かが怒りを押しのけていく。

それが恐怖だと気づいたとき、朝徳は戦慄(せんりつ)した。

俺(ワン)は、殺されるかも知れない。

腰から力が抜けていくように感じた。そこに、再び棒が襲いかかった。そこからは、まったく覚えていない。

再び打たれたようにも思う。気がついたら相手が尻餅(しりもち)をついていた。暗くて地面がよく見えないが、相手が着ている着物が白っぽいのでなんとか見て取れた。

その後方で、金兵衛たち三人が、凍り付いたように立ち尽くしている。

朝徳は肩で大きく息をしていた。耳の奥がじんじんと鳴っている。

尻餅をついている男が言った。

「たまげもした……」

朝徳は、まだ動けない。だが、その一言を聞いて、汗がどっと噴き出してくるのを感じた。体から力が抜けて、朝徳もその場に崩れ落ちそうになる。

さらに男の声が聞こえてくる。

「手というのは、すごかもんごわんの……」

薩摩訛りだが、なんとか意味はわかる。手というのはすごいものだと言っているのだろう。

金兵衛の声が聞こえた。

「まだ勝負はついていない。早く、そいつをやっつけてくれ」

それに対して、男が何かを言った。薩摩訛りがきつくて、朝徳には意味がわからなかった。

ただ、「素手ごわんど」という言葉が聞き取れた。おそらく、自分は棒を持っていたが、相手は素手だと、金兵衛に言っているのだ。

真吾の苛立った声がする。

「ええい……。琉球のやつといい、鹿児島のやつといい、言ってることがさっぱりわからん」

金兵衛が言う。

「もう戦う気はないということか？」

それに男がこたえる。

「そんとおりじゃ」

金兵衛の舌打ちが聞こえる。

「ふん。薩摩モンも、見かけ倒しだな」

「ならば、ワイがやっておみやんし」

金兵衛が、ふんと鼻を鳴らした。それから、真吾と道之介の二人に言った。

「おい、引きあげるぞ」

三人は、足早にその場を去って行った。

薩摩の男は、もそもそと立ち上がった。朝徳は、まだ戦いの余韻の中にいた。全身を汗がつたっている。

「オイの負けごわんど」

自分が負けたと言っているのだろう。

うまく声が出るかどうかわからなかった。朝徳は、ごくりと喉を鳴らしてから言った。

「何がどうなったのか、よく覚えていない」

「オイの打ち込みを受けつつ、反撃しちょってごわんど」

朝徳は言った。

「私もヤマトグチで話しているのだから、そちらも同様にお願いする」

「ヤマトグチ……？　ああ、関東言葉のことか？　不本意だが、まあ、仕方がない……」

「どうして、君は尻餅をついていたんだ？」

「本当に覚えていないのか……」

あきれたような声が聞こえてきた。

「覚えていない」

朝徳はこたえた。

「ワイは、オイの一の太刀を肩で受けた。それで終(しま)いだと思っていたら、ワイはさらに一歩近づいてきた。オイは慌てて二の太刀を振り下ろした。それを腕で受けながら、さらにワイは近づき、オイの腹に当て身を食らわした。三発ほど食らったかな……。たまらずオイは尻餅をついた」

それを聞いているうちに、左肩が猛烈に痛みだした。どうやら、最初の一撃を受けたのは、左肩のようだ。

今まで痛みを感じていなかったのが不思議だ。そういえば、宗棍から聞いたことがある。戦っている最中は、血の中に麻酔のようなものが流れているようで、痛みをあまり感じない。戦いが終わって、あちらこちらが痛み出すものだ、と……。

「ヤーは、ワンが勝ちだと言ったが、やっぱりワンの負けだ。もし、ヤーが持っていたのが棒っきれじゃなくて、本物の刀なら、ワンは最初の一撃で死んでいた」

「それを言うなら、ワイの拳も同じことだ。もし、ワイの拳が短刀だったら、オイの命もなかった。それにな、ワイは素手で、オイは柞(ゆす)の木の棒を持っていた」

「ユスノキ……？」

「示現流では稽古のときに柞の棒を使う」

相手は自分のことをオイ、朝徳のことをワイと呼んでいる。朝徳も、それにあわせて一人称と二人称だけをシマグチで言っていた。ヤマトグチを話すにしても、「君」とか「僕」とか言うのはなんだか尻がこそばゆいような気がする。それは、おそらく薩摩出身のこの男も同様なのだろうと、朝徳は思った。

「いかん……」

朝徳は慌てて言った。「あまり遅くなると、父に出かけていることを知られてしまう」

「学校でまた会おう」

朝徳は、驚いた。

「ヤーも二松學舎の学生なのか？」

「なんだ、とっくに気づいているものと思っていた」

「暗くて顔がよく見えなかった」

「まあ、これまで話をしたこともなかったしな……」

「ワンは、喜屋武朝徳だ」

「もちろん知ってるさ。オイは有島常久だが、名前くらいは覚えているだろう？」

そう言えば、名前に聞き覚えがあった。有島常久が言ったように、まだ話をしたことがなかった。もっとも、今の学校では、誰も朝徳と話をしようとしない。

「とにかく、急いで帰らなければならない。話は明日だ」

朝徳が言うと、常久は力強く応じた。

「おう」

朝徳は、駆け出そうとして、思わずうめいた。左肩の痛みはどんどんひどくなり、今では腕が上がらないほどになっていた。走ろうとすると、痛みがひどくなる。響かないように慎重に、なおかつ急いで歩を進めなければならない。いつもなら、どうということのない距離が、ひどく長く感じられた。

自宅にたどり着いたときには、くたくたに疲れ果てていた。誰にも気づかれないように、こっそりと部屋に戻ると、そのまま蒲団(ふとん)にもぐり込んで寝てしまおうとした。だが、打たれたところがじんじんと痛んで眠れない。寝返りも打てない。さらに、うとうとすると、嫌な汗をかいて目を覚ました。

傷が熱を持っているようだ。

剣術というのは恐ろしいものだ。朝徳はつくづく思った。たった一撃で意識が半分吹っ飛んでいた。あれが肩ではなく、脳天に決まっていたら、今頃まだひっくり返ったままかもしれない。へたをしたら死んでいた。

そう思うと、今さらながら、背筋が寒くなる。とにかく、この怪我(けが)はやっかいだ。朝、手の稽古のときに、父に気づかれるのではないかと、朝徳は心配していた。傷の痛みと熱でよく眠れず、朝を迎えた。

寝起きは、打撲傷がさらにこわばり、痛みがいっそうひどくなっている。兄たちと並んで庭に立ち、父が来るのを待つ。まともな突きができるだろうか。朝徳はどきどきしていた。少しだけ肩を回してみる。ずきりと痛んだ。

庭にやってきた父の姿を見て、朝徳は覚悟を決めた。もう、どうにでもなれ、という気分だった。

突きと蹴りをやったあと、一人ずつ型をやる。ナイファンチとセーサンだ。

突きはじめの頃は、肩がもげるのではないかと思うほど痛んだ。だが、突いているうちに、その痛みが和らいできたように感じられた。宗棍が言っていた血の中の麻酔のようなものがまた流れはじめたのだろう。

朝徳の番が来て、ナイファンチをやる。それを一目見て、父が言った。

「どうした、朝徳。具合が悪いのか?」

「いえ、何でもありません」

「妙に汗をかいているし、顔色も悪い」

「今日は、いつになく蒸し暑いですから……」

「ウチナンチュが、これくらいで蒸し暑いなどと言うはずがない。具合の悪いときに無理をして手の稽古をしてはいけない。先達も、健康をそこねるような鍛錬（ナンヂ）はしてはいけないと言っている」

「はい（ウー）」

「今日はいいから、もう上がりなさい」

助かったと思った。

もしかしたら、父は怪我に気づいているのではないだろうか。そればかりか、毎夜出かけていることも知っているのかもしれない。

朝徳はそんなことを思ったが、もちろん、それを確かめる術（すべ）はない。そして、夜遊びをやめるつもりはなかった。


登校して、学級の中を見回した。

長身でたくましい学友が朝徳のほうを見ていた。眼が合うと、そいつはにっと笑った。目がぎょろりと大きく、眉毛（まゆげ）が濃い。笑うと愛嬌（あいきょう）のある顔をしている。あいつが、有島常久か……。

顔に見覚えはあった。名前も知っていた。だが、両者がこれまで一致したことはなかった。常久は、ずかずかと近づいてきた。そして、朝徳に声をかけた。

「よう。どうやら傷はだいじょうぶそうだな」

周囲にいた学友たちが驚いた顔で常久を見ていた。誰もが金兵衛の顔色をうかがって、朝徳に話しかけようとはしなかったのだ。

朝徳は、こたえた。

「朝の稽古で難儀した」

常久が好奇心を露わにした。

「毎朝稽古しているのか？」

「ああ。父に稽古をつけてもらっている。それが済まないと朝飯も食わせてもらえない」

「オイも稽古させられるが、毎日というわけではない。なるほど、手はあなどれんな……」

常久が、腕組みをして唸るように言った。

「剣術も恐ろしい。示現流だな？」

朝徳は有島常久に言った。「沖縄で見たことがある」

「昔は、琉球士族も示現流をやったそうだな？」

「ワンは、松村宗棍という先生に手を習ったが、松村先生も示現流の名人だということだ」

「いつだったか、道之介とやり合ったときに、ワイは蹴りを使ったな。それが文字どおり目にも留まらない速さだった」

常久が感心したように言うので、朝徳はいい気分になった。

「道之介は、何をやられたのかわからなかったようだがな……」

「うん。それほど、速かった。あれは恐るべき技だ」

手を学ぶ者にとって、蹴りは基本でしかない。だが、その基本が恐ろしいと常久は言う。

そうか。ワンは、知らないうちに恐ろしい技を身につけていたということか。

朝徳はそんなことを思った。

その日から、常久と話をするようになった。友達などいらないと開き直っていた朝徳だが、やはり親しい学友ができるのはうれしい。

それにしても、不思議なものだと、朝徳は思う。小さい頃から薩摩を毛嫌いしていた。ウチナーの人々が薩摩に支配されていたからだ。その薩摩人と親しくしているのだ。

実際に、薩摩藩士たちの横暴さは目にあまるものだったと、老人たちから聞かされて育った。薩摩藩士たちは、ウチナーの人々を人間扱いしていなかったということだ。

ウチナーの人々はそれにじっと耐えなければならなかった。血気にはやって薩摩藩士に楯突(たてつ)けば、家族皆殺しにされるのだ。

だが、一矢(いっし)報いたウチナー武士もいる。松茂良興作(まつもらこうさく)だ。首里の松村宗棍と並び称された泊の武士だった。

　薩摩の役人は当時、いたるところに番小屋を置いて、ウチナンチュを支配していた。あまりにひどい、薩摩の役人の所業に松茂良興作は彼らを懲らしめる機会を狙っていた。ただし、薩摩藩士は帯刀しており、なおかつ実戦的な示現流を学んでいる。いくら手の達人だからといって、素手で太刀打ちできるものではない。

　そこで、松茂良興作は手ぬぐいを使う工夫をした。一瞬でティサージを相手の剣に巻き付け、それを封じようとしたのだ。

　いつものように沖縄の住民に乱暴狼藉を働いていた薩摩の役人の前に、松茂良興作が立ちはだかった。薩摩の役人は剣を抜き、構えた。

　松茂良興作は相手が打ち込んでくる瞬間を狙っていた。相手が動いた。稽古したとおりティサージを相手の剣に打ちつける。くるりとティサージが相手の剣に巻き付いた。

　松茂良興作にとっては、その一瞬で充分だった。相手に鍛え抜いた鉄拳を打ち込む。相手はその一撃で倒れ、立ち上がろうとしなかった。

　薩摩の役人に手を出したのだから、松茂良興作もただでは済まない。覚悟の上だった。そのまま彼は山原に逃げてしばらく隠れ住むことになった。

　このような話を聞かされて育ったのだから、薩摩を憎く思うのは当然だ。また、朝徳自身も、沖縄の特産物の商いを薩摩の商人が独占していた事実を知っていた。

東京に出て来て、初めてできた友達が薩摩人だというのは皮肉なものだった。こうして、個人対個人で接してみると、薩摩だからといったこだわりはまったく感じられなかった。

有島常久の父親は、警察官だという。巡査などではなく、警視庁の偉いさんのようだ。それを聞いた朝徳は、思わず言った。

「なんとウチナーだけでなく、東京にも薩摩の役人がいるのだな」

「ああ。明治政府には薩摩・長州(ちょうしゅう)の役人が多い。警察は特にそうだ」

夜に屋敷を抜けだして、一人で酒を飲んでいた朝徳は、常久と飲み歩くようになった。やはり、一人で飲むよりも話し相手がいたほうが楽しい。

常久は、朝徳の知らない酒場も知っていた。警察官の息子だし、剣術をやっているので、堅苦しいやつかと思ったら、まったくそうではなく、遊びにかけては朝徳より一枚も二枚も上手だった。

10

真夏のある日のこと、朝徳はいつものように、常久と飲みに出かけた。そば屋で一杯やり、さて、どこかで飲み直そうかと二人で外に出た。

しばらく神田界隈をぶらぶらしていると、常久が言った。

「つけてくるやつがいるな……」

「え……？」

朝徳は思わず振り向いた。

常久が苦笑して言った。

「おいおい、こういうときは、知らんぷりをして手頃な場所に相手を誘い込むものだ」

朝徳は慌てて前に向き直った。

常久はこういうことにも慣れているようだ。彼は、賑やかな人通りを外れ、川沿いの道に向かった。

「やはりついてくるな……」

常久が振り向いた様子はない。

「どうして後ろのことがわかるんだ？」

「剣術の稽古を積めば、人の気配に敏感になる。足音だって聞こえる」

「なるほど……」

手(ティー)の稽古では、そういうことを考えたことはまだなかった。体の使い方と鍛錬をもっぱら重視していたのだ。そのとき、朝徳は宗棍の教えを思い出した。

宗棍は、体を鍛えるだけでなく、技を用いる工夫が大切だと教えてくれた。朝徳はまだ本当にその意味を理解していなかったことに気づいた。

常久は、尾行されたら気づかぬふりをして、適当な場所に相手を誘い込めと言った。それがうまくいけば、勝負はおおいに有利になる。

技を用いるという教えには、そういう気配りも含まれているのだと悟った。

常久と遊ぶことも手の稽古に役立つじゃないか。

朝徳がそんなことを思ったとき、常久が立ち止まり、突然振り向いた。

「何用か？」

二人をつけて来た連中も、一間(いっけん)ばかりの距離を取って立ち止まった。相手は三人組だった。

朝徳は緊張した。相手は地回りか何かかもしれないと思ったのだ。この状況だと戦わざるを得ないだろう。常久は、それを前提で、彼らをここに誘導してきたのだ。

「あれ……」

常久がすっとんきょうな声を上げた。「金兵衛じゃないか……」

言われて朝徳は、闇を透かし見るように相手を凝視した。たしかに、常久が言うとおり、金兵衛、真吾、道之介の三人組だ。

彼らは、懲りずにまた朝徳を襲撃しようというのだろうか。朝徳は身構えた。

だが、待てよ。

朝徳は思った。金兵衛は前回、常久に朝徳を襲わせたのだ。自分たちは手を下そうとはしなかった。つまり、朝徳も常久も手強いことを知っている。そして、彼らは別な誰かを伴っている様子もない。

自分たちだけで朝徳と常久に勝てると思っているのだろうか。だとしたら、やつらは大馬鹿だ。

常久が言った。

「どうして俺たちをつけて来た？」

金兵衛の声が聞こえる。

「近くで飲んでいた。君らを見かけたので、何となく……」

常久が首を捻る。

「何となく……？　そりゃ妙な言い草だ」

金兵衛の慌てた声がする。

「本当にそうなんだ。声をかけようと思っただけだ」

おや、と朝徳は思った。

なんだか様子がおかしい。金兵衛たちに襲撃の意思はなさそうだった。朝徳を目のかたきにしていた三人が、今さら何の用だろう。

同じことを常久も感じたようだ。常久は戸惑ったように尋ねる。

「声をかけてどうするつもりだった？」

金兵衛は口ごもった。

「どうって、その……」

「ええい、はっきりせんやつだな」

「いっしょに飲むなら、人数が多いほうがよかろうと思った。それだけだ」

朝徳は驚いた。思わず常久と顔を見合わせていた。

「おまえ（ヤー）が琉球の未開人と酒を酌み交わすというのか？」

朝徳がそう言うと、金兵衛は声を落としてこたえた。

「済まんと思っている。水に流せとは言わん。だから、今夜は俺がおごろう」

朝徳と常久は、再び顔を見合わせた。互いに「どうする」と、無言で尋ねている。

常久が言う。

「オイは別にどうということはないが、この朝徳の気持ちは収まらんと思うぞ」

三人は、わずかにたじろぐ様子を見せた。それを見て朝徳は言った。

「おごってくれるというのなら、断ることはないな」

朝徳の言葉を聞いて、常久が言う。

「どうせ、飲み直そうと思っていたんだ。朝徳がそう言うのなら、オイはかまわん」

金兵衛が言った。

「じゃあ、俺の知っている酒場に行こう」

それから五人は連れだって移動した。金兵衛が案内したのは、一階が酒場で二階が宿になっている店だ。待合茶屋というらしい。

朝徳は、こういうところには初めてやってきた。金兵衛は土間ではなく、畳が敷かれた小上がりに席を取った。

「さ、飲んでくれ」

金兵衛がやってきた徳利(とっくり)を朝徳に差し出す。この豹変(ひょうへん)は何を意味しているのだろう。

そう訝(いぶか)りながら、朝徳は盃(さかずき)に酒を受ける。

金兵衛は続いて常久に酒を注ぐ。真吾が金兵衛に注いだ。

「さあ、飲んでくれ」

常久が言う。

「毒でも入っているのではあるまいな？」

朝徳も同じ気持ちだった。金兵衛が、ちょっとむっとした顔になり、ぐいっと盃を干した。

「ご覧のとおり、毒など入っていない」

常久がにやりと笑い、盃を傾ける。朝徳もそれにならった。

どうも、金兵衛たちの魂胆がわからず落ち着かない。だが、酒が入るにつれてどうでもよくなってきた。

俺もつくづく人がいい。

朝徳は思った。さんざんウチナーのサムレーが侮辱されたんだ。こうしていっしょに酒を飲んでいる場合ではないだろう。そう思う一方で、細かなことにこだわっているのはつまらないという気もする。酒を飲むときは、嫌なことは忘れよう。そう決めた。

たちまち徳利が何本も空いた。

すっかり酔った様子の道之介が常久に言う。

「君たち薩摩や長州はいいなあ……。政府の要職をほとんど独占だ。下級士族だった人々が、東京で何をやっているか知っているか？」

朝徳は、この言葉に興味を持った。常久は黙って聞いている。道之介が続けて言った。

「剣術や柔術の道場をやっていたり、骨接ぎをやったりしているのはいいほうだ。大道芸人に身を落とす士族もいる」

　朝徳は思わず尋ねていた。

「そうなのか?」

　道之介はうなずく。

「おお。それはひどいものだ」

　朝徳は言った。

「ウチナーでもそれは同じことだ。廃藩のサムレーは田舎で顔を隠しながら農作業や人足をしている」

　真吾が言った。

「あんな大きなお屋敷に住んでいるのだから、琉球の連中はさぞ豊かな暮らしをしているのだろうと思っていた」

「あのお屋敷におられるのは、かつての王様だからな。もとは琉球すべてを支配されていたんだ。特別だよ。ワンの父はそれに随行してきたに過ぎない」

「ふん」

　常久が皮肉な笑いを浮かべて言った。「薩摩だからすべていいというわけではない。幕末から明治維新にかけて、どこよりも血を流したんだ。それにな、出世できるのは薩摩の中でもごく一部だ。出世のために多くを犠牲にする者もおる」

　金兵衛が言う。

「どこの生まれでも、みなそれぞれに厳しいということか……。それよりな……。俺たちは学校で漢籍を学んでいるわけだが、それが時代遅れだという者がいる」

　常久が顔をしかめる。

「今は、何でも西洋文明一辺倒だ」

「だがな」

　金兵衛が言う。「武士の心を忘れてはいけないのだ」

　朝徳は言った。

「幕府を支えた者だけが士族だと言ったな？　だが、沖縄にも侍の心はあるのだ」

「わかっている。つまらぬことを言って悪かった。つまり、東洋にも西洋に負けない立派なものがたくさんあるということだ」

　同年代の者たちと、酒を飲みながらこういう話をするのは楽しい。

　それから、時折この五人で飲み歩くようになった。いつしか、学内で朝徳や常久を特別視する者はいなくなっていた。

　学校にもすっかり慣れた頃、思いも寄らぬ試練がやってくる。初めて経験する東京の冬だった。

日に日に寒さが増していった。

沖縄では経験したことのない寒さだ。毎朝、兄たちと手の稽古をするのだが、そのときに生まれて初めて霜柱というものを見た。銀色に光る針の束のようなものが、地面を押し上げている。

地面にも、きらきらと光るものが見て取れる。朝徳は、何やら神秘的なものを見ている気がした。

庭での稽古は辛かった。霜柱の立った地面に裸足で立つ。たちまち足の感覚がなくなる。強く着地すると、じんと痛みが走る。

手の指先も冷たい。耳も冷えて痛くなってくる。

父が言った。

「ヤマトの寒さなどに負けてはいけない」

口だけではない。父も庭に下りてともに稽古をするのだ。しかも、父は冬でも沖縄にいたときと同じ芭蕉布の着物を着ていた。これは、ヤマトの袷などに比べれば、ずいぶんと薄着だ。

芭蕉布を着続けるのは、沖縄の誇りを意味しているのだろう。同時に、沖縄に住む多くの元士族たちと同じ心を持っているという証しなのかもしれないと、朝徳は思った。

寒さと手足の冷たさのために、つい動きが縮こまってしまう。それを見て、父が言う。

「大きく動かないと、よけいに寒い思いをする。首里の手では、強く踏み込んでも足音を立てないものだ。足が冷えて痛いと、どたどたと踏み下ろすことができないだろう。首里の手の足運びを稽古するにはもってこいだぞ」

たしかに、宗棍にも足音を立てぬようにと教わった。ヤマトの冬の寒さがそのための鍛錬に役立つとは思ってもいなかった。

これからどれくらいこの辛い朝稽古が続くのだろうか。朝徳は、それを思うと暗澹（あんたん）とした気分になった。

冬の朝はたいてい晴れていた。だが、ある日、庭に出ようとすると空が灰色の雲に覆われている。日が出ていてさえ寒いのに、その日はいっそう辛く感じられた。

すると、ふわりと目の前を何かが通り過ぎた。埃（ほこり）だろうかと思い、手で払った。だが、気づくと、次から次へと白いものが舞い降りてくる。

思わず空を見上げた。曇り空から綿埃のようなものがふわふわと散ってくる。

雪だ。朝徳は、寒さも忘れてその光景に見とれていた。

霜柱同様に、生まれて初めて見る雪だった。だが、その美しさと神秘は、霜柱の比ではなかった。

見とれている場合ではなかった。雪が降っても稽古は休みになるわけではない。その日も、いつもと同じく稽古が始まる。とにかく、手の稽古を終えなければ朝食をとることができないのだ。

朝徳は、寒さが痛いものだということを、初めて知った。冷え切った手足や耳は痛い。稽古を終えて室内に入ると多少手が温まってくるが、そのときにまた痛む。痺(しび)れが戻るときのようなものだ。

そして、手のあかぎれや足のしもやけを初めて体験した。これも痛い。しもやけなどは、耐えがたいほどの疼痛(とうつう)だ。

寒さというのは、単に気候の変化ではない。絶望感をもたらすほどの作用がある。心理に直接作用する責め苦でもあるのだと、朝徳は実感した。

ヤマトの人たちは、こんな寒さを毎年経験しているのか。朝徳は、今さらながら驚いた。冬の寒さに毎年耐え続けているだけでもたいしたものだ。

沖縄では、寒さといえば、餅(ムーチー)を思い出す。旧暦の十二月八日に月桃(サンニン)の葉で巻いたムーチーを食べるのだが、この時期が一年で一番寒い。この寒さを餅寒(ムーチービーサ)さという。

小さい頃は、ひどく寒いと思ったものだが、ヤマトの寒さはそんなものではなかった。寒さに耐えるヤマトンチュがたいしたものなら、夏の暑さに耐えるウチナンチュも立派なものだろうと言う者がいるかもしれない。

夏の暑さなら日陰でじっとしていればなんとかなる。だが、東京のこの寒さは耐えようがない。

冬の間は、夜に家を抜け出す気になれない。常久などは、豪快にこう言ってのけた。

「寒いからこそ、酒で温まるのではないか」

朝徳は閉口した。

「木枯らしが身に染みて、とてもではないが、出かけられない」

「ならば、洋装をすればいいのだ。そんな着物よりはずっと温かいぞ」

学校では洋装をする者も少なくなかった。おそらく、慶應義塾などの他の学校ではもっと多いのだろう。

「このカンプーで洋装はおかしかろう」

朝徳が言うと、常久が言った。

「カンプー？　ああ、髷のことか。それなら、切ってしまえばいいだろう」

常久も、金兵衛たちもすでにザンギリ頭だ。士族、士族と言いながら、ヤマトではもう髷を結っている者のほうが少数派になってしまった。

沖縄では、まだ圧倒的多数を占める頑固党がカンプーを結っている。朝徳は、どうしても彼らに気兼ねしてしまう。

さらに言えば、ずっと彼らが恐ろしいと思ってきた。頑固党は単なる不満分子の集まりではない。政治活動も行い、時には実力行使も行う危険な勢力だった。

清国と手を結んで、沖縄の独立を勝ち取ろうと、本気で考えているのだ。

沖縄にいる頃は、どちらかというと、彼らに対する共感を抱いていた。朝徳だって、ヤマトに対する反感は強かったし、何より沖縄が大切だと感じていた。

たしかに喜屋武家の立場は微妙だが、父は沖縄を裏切ったわけではないし、ましてやヤマトに心を売ったわけではない。だからこそ、頑固党とは距離を置きつつも、彼らに対する共感は消えなかった。

そして、その共感がある間は、カンプーは切れないと考えていた。

だが、東京でヤマトの極めて躍動的で力強い変化を見るにつけ、沖縄にこだわり続けている頑固党のことが、なにやらひどく小さなものに感じられてきたのだ。

彼らは、世の中を知らない。このヤマトの冬の寒さすら知らないのだ。

朝徳は、常久にぽつりと言った。

「そうだな……。切ってもいいかもしれないな……」

11

朝徳にとっては、長い長い東京の冬だったが、それも永遠に続くわけではない。やがて、冬は終わりを告げようとしている。日の光の強さでそれが実感できた。

おそらく、まだ沖縄の真冬よりは寒いだろう。だが、不思議なもので、厳しい冬を経験した者には、ずいぶんと暖かくなったと感じられるのだ。

朝徳にとって二度目の東京の春だ。

冬の間は、外出をひかえていたが、暖かくなってくると、また常久らと飲みに出かけるようになった。東京の街にも慣れてきて、行動範囲も広がっていった。

たいてい金兵衛たち三人組もいっしょだった。

ある日、五人で浅草まで足を延ばそうということになった。根岸興行部の常磐座ができ、浅草はおおいに賑わっていた。

「芝居を見る柄じゃないな……」

常久が人混みを見て、独り言のように言う。それを受けて金兵衛が言った。

「ならば、飲もう」

五人は、ちょっと背伸びをして料理茶屋に入った。こういう店については、金兵衛が詳しかった。門構えや暖簾の出し方で、だいたい店の格式がわかるのだという。

朝徳は金兵衛に言った。

「なんだか落ち着かんな。神田あたりのそば屋で気楽に飲んでいたほうがいい」

「士族なんだろう？　こういう酒場にも慣れておいたほうがいい」

そういうものか。ヤマトのサムレーは見栄を張るものらしい。料理は上品だが、若い朝徳にとってはもっと量がほしかった。

適度に酔って店を出たところで、酔漢の一団がやってくるのに気づいた。向こうも五人連れだ。柄のよくない連中だと、一目見て思った。地回りかもしれない。

細い路地を我が物顔で歩いてくる。朝徳は、道を空けようと思った。せっかくほろ酔いでいい気分なのに、面倒事に巻き込まれるのはごめんだ。

当然、金兵衛たちもそうするものと思っていた。だが、そうではなかった。

金兵衛、真吾、道之介の三人が道の中央を進んでいく。彼らとぶつかるのは必至だ。

朝徳は彼らを止めようとした。だが、遅かった。

剣呑な五人組と、金兵衛たちが鉢合わせする恰好になった。五人組と金兵衛たちは同時に立ち止まり、対峙する。

「道を空けねえか」

五人組の一人がどすの利いたすごみのある声で言った。金兵衛がこたえる。

「そちらこそ、道を空けろ。天下の往来だぞ」

「元士族の坊っちゃんか。残念だが、お侍さんの時代はとっくに終わってるんだ。怪我をするから、どきな」

「怪我をするのはどっちかな？」

「なに……」

五人組は、気色ばんだ。ある者は着物の袖（そで）をまくり、派手な入れ墨を見せている。やはり地回りか、と朝徳は思った。

それにしても、金兵衛は強気だなと、感心していた。そのとき、金兵衛が言った。

「おい、朝徳。出番だぞ」

何だって……。

朝徳は驚いた。喧嘩（けんか）を売っておいて、それを押しつけようというのか……。

地回りの一人が言った。

「何だ、こいつ。妙な恰好をしているな。清国人か？」

その一言で、朝徳はやる気になった。昔の武士（ブサー）も、辻でよく掛け試し（カキダミシー）をやったという。

ならば、朝徳がここでやっても非難されるべきことではない。

それにしても、相手は五人。いかにも喧嘩慣れした様子だ。一人では荷が重い。朝徳は、常久を見た。常久は、しかめ面で近づいてきた。

　彼は朝徳にささやいた。

「こういう連中と揉めると面倒だぞ」

「なに、手間は取るまい。後は姿を消すまでだ」

「人だかりがしてきた。やるなら、さっさと片づけよう」

　地回りの一人が叫んだ。

「何をごちゃごちゃ言ってやがる」

　朝徳は言った。

「犬のように吠えていないで、さっさとかかってきたらどうだ？」

「何だと……？」

　そう言いながら、一人がつかみかかってきた。朝徳は相手が触れたとたんに腰を落として相手のあばらに拳を打ち込んだ。毎日鍛錬している自慢の拳だ。

　あばらを狙ったのは、腹を狙うよりずっと効果があるからだ。腹を打っても相手はなかなか倒れないが、あばらの三枚という急所を突くと、一時的に呼吸ができなくなってしまうのだ。三枚は水月と水平の位置にある。水月というのは鳩尾のことだ。

　狙いどおり、相手は一撃で沈んだ。

　地回りたちは、一瞬たじろいだ。その隙を見逃さなかった。朝徳は地面を蹴って舞い上がり、次の一人の顎を蹴り上げた。

蹴られた相手はのけぞって倒れる。

「野郎……」

朝徳の早業に、一瞬呆然としていた地回りたちだが、我に返ると、怒りに駆られた様子で向かってきた。また一人がつかみかかってくる。

朝徳は相手の手が届く直前に、素速く前蹴りを放っていた。今度は足先が、水月を深々とえぐった。相手は、ぺたんと座り込むように崩れ落ちた。

「遊びはそこまでだな……」

残った地回りたちは、懐に隠し持っていた匕首を抜いた。九寸五分の刃が店の明かりを映して冴え冴えと光る。

背中に恐怖が這い上がってくる。刃物を持つ二人を素手で相手にするのは、さすがに恐ろしい。

そのとき、ずいと朝徳の脇から前に出た者がある。常久だった。彼はどこから持って来たのか、棒を手にしていた。それを蜻蛉に構える。どうやら、暖簾をかけてあった竹の棒のようだ。

「怪我で済ませるわけにゃあいかなくなったな」

地回りの一人がそう言って、前に出ようとした。その瞬間、激しい気合いとともに、常久の棒が続けざまに振り下ろされる。

たちまち、二人の匕首は叩き落とされていた。しかも、相手は小手をしたたか打たれ、ひるんでいる。

朝徳は飛び込んだ。二人のあばらに鉄拳を叩き込む。そして、駆け出した。常久や金兵衛たちがどうするかなど考えていなかった。ただひたすら人をかき分けて駆けた。どこをどう走ったのか覚えていない。気がつくと、大川のほとりに出ていた。

「おい、待て、朝徳」

呼び止める声に思わず振り返った。常久だった。息を切らしている。

「いやあ、おまえは手足も速いが逃げ足も速いな」

そこに、金兵衛たちもようやく追いついた。金兵衛も息を切らしている。

「とにかく、船に乗ろう」

帰り船に乗り、ようやく落ち着いた様子で金兵衛が言った。

「まったく朝徳がいると心強い」

「おまえの魂胆がようやくわかった。俺を用心棒にでもしたつもりだな」

金兵衛が慌てた様子で言う。

「いや、用心棒だなんて、とんでもない。俺は朝徳のことを、友達だと思っているんだ」

そのしどろもどろの様子を見て、やはり思ったとおりだと、朝徳は思った。

「言い訳をしなくてもいい。用心棒なら用心棒でいいんだ」

「別に利用しようというわけじゃないんだ。ただ、おまえといっしょにいると、何が起きても安心だ」

　常久が笑いながら言った。

「こいつは、俺(オイ)にも同じことを言った」

　朝徳は常久に言った。

「なるほど、未開の地から来た者や、田舎から出て来た者は、都合よく利用されるということか？」

　金兵衛たち三人が、はっと身を硬くするのが闇の中でもわかった。

　金兵衛の声がする。

「いや、それは誤解だ。ただ、俺たちは……」

　金兵衛の慌て振りに、朝徳は笑い出した。

「冗談だ。ワンや常久といっしょにいて心強いというのなら、いつでもいっしょにいてやろう。ワンにとっても都合がいい」

　道之介が恐る恐るという体(てい)で尋ねた。

「都合がいいというのは……？」

　朝徳の代わりに、常久が言った。

「オイたちは、田舎者だ。東京の暮らしにまだ慣れん。東京に慣れているワイたちがいっしょだと、何かと便利だ。そうだな、朝徳」

　朝徳はうなずいた。

「そういうことだ。だから、金兵衛たちも遠慮なくワンらを使ってくれ」

　金兵衛が言った。

「本当に、用心棒だなんて思っていないさ。でもな、俺たち元士族はいろいろと嫌がらせにあう。明治維新までは、でかい顔をしていたし、維新後もなかなかそうした習慣が抜けなかった。町人たちはそれを忘れない」

「わかっている」

　朝徳は、また廃藩のサムレーのことを思い出していた。


　その日、部屋に戻り、朝徳は今日の喧嘩のことを思い出していた。手（ティー）は、今のところ無敵だ。荒くれ者たち五人を相手にして一歩も引けを取らなかった。

　刃物を出されたときは、常久のおかげで助かった。しかし、朝徳が五人をやっつけたことは間違いない。

　血が燃えるような感覚が残っており、なかなか寝付けなかった。眠れぬままに、いろいろなことを考えた。

手のおかげで、金兵衛たちは朝徳を頼りにしてくれる。朝徳は、それが誇らしかった。これまで、誰かに頼りにされたことなどなかった。三男坊で、小さい頃から体が弱く、兄たちのお荷物でしかなかった。それが、今は学友から頼られるようになった。

手をやっていてよかったと、朝徳は思った。もし、手をやっていなかったら、学校ではいまだに疎外されたままだったかもしれないと、朝徳は思った。

差別に理由などない。だが、厳然として差別は存在する。だったら、それをはねのけるだけの力が必要なのだと、改めて朝徳は思った。


金兵衛たちや常久との夜遊びは続いた。家の者たちの目を盗んでこっそりと出かけていたものだが、いつしかあまり気にしなくなっていた。

父が気づいているかもしれなかった。それでも、朝の手の稽古では何も言われなかった。兄たちも、特にとがめることはない。

金兵衛たちと、東京の街で遊び歩くうちに、朝徳は、髷（カンプー）が煩わしく感じるようになっていた。父や兄はまだカンプーを結っている。朝徳も、カンプーはウチナーのサムレーの誇りだと思っていた。

おそらく沖縄にいたら、カンプーのことなど考えることはなかっただろう。だが、酒場で奇妙な眼で見られることが少なくなかった。沖縄にいたら、そう言われても気にしなかっただろう。沖縄と清国は、地理的にも文化的にも近しく、清国を悪く思う者はいない。圧倒的多数を占める頑固党は、ヤマトよりも、清国に親近感を抱いている。

だが、このところ、ヤマトと清国との関係は何やら怪しげになっているようだ。もともと、琉球処分を巡り清国はヤマトに対して強い猜疑心を抱いていたが、それが朝鮮半島を巡る思惑で、反目の度合いを高めていた。

東京では、そうした政治的な動向が民間にもいち早く反映する。反清国的な風潮が広まりつつある時勢だった。

朝徳は腹を決めて、父、朝扶に話をすることにした。

「カンプーを切りたいと思います」

簡単にできる話ではない。朝徳は、父と向かい合って正座し、そう告げた。

父は、しばらく無言でいた。朝徳は、覚悟を決めてはいたものの、何を言われるかびくびくしていた。

怒鳴りつけられてもじっと耐えるつもりだった。朝徳は、東京の街を見聞し、新しいヤマトがどういうものか身をもって体験している。

きれい事だけではない。おそらく、ヤマトに出てくるウチナンチュが今後体験するであろう差別をも実感している。ほとんど尚泰侯爵の屋敷で仕事をしている父や兄とは違うという思いがあった。

朝徳は、父が口を開くまでじっと待ち続けた。見ると父は目を閉じて何事か考えていた。遠くから建築現場の槌音（つちおと）がかすかに聞こえてくる。馬車が表通りを通り過ぎる音がした。

やがて父が目を開いた。

「わかった」

父、朝扶は静かにそう言った。朝徳は、肩すかしを食らったような気分だった。

「よろしいのですね？」

「世の中は激しく変わっていく。それはワンにもよくわかっている。ヤーがそうしたいのなら、止めはしない。ただし……」

「はい（ウー）」

「やるべきことはやらなくてはならない」

父の眼に厳しい光が宿った。それだけで、朝徳は萎縮（いしゅく）してしまった。黙って話を聞くしかない。

「一つ尋ねる。ヤーにとってカンプーを切るというのはどういうことなのか」

朝徳は思ったとおりにこたえようと思った。

「カンプーを切るからといって、ウチナーのサムレーの心を捨てるわけではありません。姿形にこだわる必要はないと思ったのです。ウチナーにいたなら、カンプーを結っていることにも意味があるかもしれません。しかし、東京で暮らしていくには必要はないと思います」

「ウチナーのサムレーの心と、ヤーは言ったな?」

「ウー」

「ならばいい。夜な夜な飲み歩いていても、それを忘れなければ……」

朝徳は、背中に冷や水をかけられたような気がした。

やはり、ターリーは知っていた。知っていながら、今まで何も言わなかったのだ。朝徳は、顔がかっと熱くなるのを感じ、うつむいていた。

父の言葉が続いた。

「ワンも、若い頃は辻にでかけたものだ。だから、飲みに行くなとは言わん」

朝徳は驚いていた。厳格な父の言葉とは思えない。

ターリーは、こんなにものわかりがよかったのだろうか。もしかしたら、ワンに愛想を尽かして、もうどうでもいいから好きにしろと言っているのではないか……。

朝徳は、そんな思いでそっと父の顔を見た。父の表情は穏やかだ。怒っているようでもなければ、冷ややかでもない。

　これはどういうことなのだろう。朝徳は訝りながら、黙っていた。

「だがな、これだけは覚えておけ。遊びには必ず落とし穴がある。それに気をつけることだ」

　なんだ、遊んでもいいと、ターリーは言っているのではないか。

　昔の武士もさかんに辻あたりに飲みに行っては掛け試しをやったという。もちろん、父はそれをよく知っている。

　朝徳は、恐る恐る尋ねた。

「ターリーも、掛け試しをなさったのですか？」

「やらなかったと言ったら嘘になる。手の修行には実戦も必要だ。だがな、掛け試しも稽古の一つだ。ウチナーの中では、そういう暗黙の了解があった。だから、殺し合いになることもないし、大怪我をすることも少なかった。だが、東京はウチナーとは違う。掛け試しではなく、喧嘩になってしまう恐れがある。東京では、ウチナンチュ同士のような約束事が通用しない」

「ウー」

「だから、いつかのヤーのように怪我をしてしまうことになる」

　常久にやられた傷のことを言っているのだろう。やはりすべてお見通しだったのだ。

「くれぐれも注意を怠るな。落とし穴はいたるところにあるぞ」

「わかりました」

朝徳は両手をついた。


その翌日、朝徳は髷を落とした。さぞかし、いろいろな思いが去来するものと想像していた。皆より一年遅れた十四歳での結髪式から、五年が経過していた。その間、ずっと髷を結っていたのだ。髷はウチナーのサムレーの誇りだと思っていた。それを切り落とすのだから、ひどく辛く感じるだろうと思っていた。

だが、実際にやってみると、あっけないものだった。不思議なほど何も感じなかった。仰々しい儀式があったわけではない。近所の理髪店でザンギリ頭にしただけのことだ。理髪店でも、髷を落とすことなど慣れたものだった。

ザンギリ頭になると、何か憑き物が落ちたような気分になった。父は今でも芭蕉布の沖縄風の着物を着ているが、朝徳はヤマトの書生風の着物に袴姿でいることが多かった。

そうすると、ようやく東京の街に溶け込めたような気がする。シマグチで話すことも減り、日常ではほとんどヤマトグチで話をしていた。

夜な夜な飲みに出かけているのを、父は知っていた。なのに咎められなかった。それは、つまり飲みに行くことを認められたのだと、朝徳は勝手に解釈した。そして、相変わらず、金兵衛や常久たちと飲み歩き、時には色町まで足を延ばしたりした。

やることをやれば文句はなかろうと、朝徳は、毎朝の稽古は欠かさなかったし、勉学にもそれなりに力を入れていた。

二松學舍では、舎長の三島中洲(みしまちゅうしゅう)から直接学んだ。幼い頃から四書五経に馴染(なじ)みがあったので、読む分にはそれほど苦労しなかったが、解釈となるとまた話が別だった。

「修己治人」とか「経世済民」などと言われても、どうもぴんとこない。「心正しくして身は修まり、身が修まれば家が治まり、国が治まり、そして天下は平らかになる」というのだが、それをどうやって実現すればいいのかがさっぱりわからない。

今、世の中は何だかきな臭い。朝鮮半島を巡って、清国と睨(にら)み合いが続いているような状態だ。人々は不安半分、面白半分で成り行きを見守っている。それで世の中が落ち着かないのだ。

つまりは、心正しく身を修めているような人が少ないから争い事が絶えず、世の中がざわついているのではないか。ならば儒学など学んでも無駄なことじゃないのか。

朝徳は、つい、そんなことを考えてしまう。教室にいるのが退屈で、早く金兵衛や常久たちと遊びに行きたいと考えていた。

ウチナーのサムレーの心を忘れたわけではない。だから、こうして勉学をするし、手の稽古も続けている。だが、世間知らずの堅物にはなりたくない。

だから、遊ぶことも必要だと朝徳は考えていた。人は清濁を併せ呑まなければならない。だから、論語みたいにきれい事ばかり言っていてもしょうがないのではないか。朝徳は、授業の終わりを待ちながら、そんなことを考えていた。

12

瞬く間に時が過ぎて行った。

ザンギリ頭に書生姿の朝徳は、すっかり東京の街に慣れて、学友たちと楽しい日々を送っていた。

初めて経験したときは、あれほど辛いと思った冬の寒さにも、二年目からは次第に慣れてきた。父は、相変わらず年に一、二度沖縄に帰っていた。父が留守にしている間は、いつもより羽を伸ばした。

長男の朝輔(ちょうほ)が眉をひそめて言ったことがある。

「もう少し、身を慎んだらどうだ？　おまえ(ヤー)が飲んだり買ったりするのに使っているのは、尚泰侯爵からいただいている大切なお金なんだぞ」

朝徳は悪いことをしているとは思わなかった。

「すべては人生修行ですよ」

朝徳は朝輔にそう言い返していた。

父が沖縄に戻っている折、朝徳は、金兵衛、常久たちと再び仲(なか)に出かけた。仲というのは吉原遊郭(よしわらゆうかく)のことだ。五人で賑やかな通りをぶらぶら歩いていると、いつかのように人相風体のよくないやつらが正面からやってくる。

三人組だ。

ほう、これは恰好な掛け試し(カキダミシー)の相手だ。かつて、同じような地回り五人を相手にしたことがあるので、朝徳は自信満々だった。

あのときは、金兵衛が地回りたちの行く手を遮った。今日は朝徳がそれをやってみようと思った。朝徳は、真正面から三人組に近づいて行く。

金兵衛が小声で朝徳に言った。

「おい、あいつらはまずいぞ。やめておけ」

「心配するな」

金兵衛が制止するのも聞かず、朝徳は往来の中央を進んだ。正面から三人組が近づいてくる。

三人は、すでに朝徳に気づいているはずだ。

先日のような展開を予想していた。相手が「どけ」と脅す。こちらは道を譲らない。そして、戦いが始まる……。

朝徳は真っ直ぐに歩を進めた。

相手は立ち止まるはずだ。朝徳はそう思った。そして、言い合いになり、相手が手を出してくる。その瞬間を狙っていた。

おや……。

朝徳は、戸惑った。

三人組は、すっと右に寄って道を空けた。そして、何事もなかったように朝徳の横をすり抜けていく。

なんだ、こちらに道を譲るのか……。

肩すかしを食らったような気分だった。その三人のほうを見たとき、朝徳は氷を背筋に押し当てられたような気がした。

思わずぞくりと身震いする。

三人組は、朝徳のことなど気にしない様子で歩き去った。眼を合わせてすらいない。だが、睨まれたよりずっと恐ろしいと感じていた。

まるで、刃を突きつけられたような気分だった。朝徳は思わずつぶやいていた。

「いったい、何者だ……？」

金兵衛がこたえた。

「あれは、ただの荒くれ者ではない。本物の俠客だ」

「俠客……」

「あんなのに手を出したら、命がいくつあっても足りない」

「だが、俺に道を譲った」

「素人には迷惑をかけないというのが、本当の俠客だ」

なるほど、一般人と違って人相風体はよくないが、たしかに先日の五人組のように崩れた感じではなかった。

それにしても、あの無言の圧力は何だろう。戦わずして、すでに結果がわかっているような気がした。朝徳は、松村宗棍のことを思い出していた。宗棍は年老いていたが、とても太刀打ちできるとは思えなかった。

今の俠客たちも宗棍とは違うが独特の迫力があった。

なるほど、戦わなくても勝てる境地というものがあるのかもしれない。だが、そんなものは、まだまだ自分には無縁のものだと感じていた。


座敷に上がって飲みはじめると、手が震えているのに気づいた。

おや、と朝徳は不思議に思った。別に寒いわけではない。銚子から盃に酒を受けるときに、かちかちと鳴る。理由がまったくわからない。

そのとき、さきほどの俠客たちの眼を思い出して、はっとした。眼が合ったわけではない。彼らは朝徳など眼中にないかのように正面を見据えていた。

にもかかわらず、その凄みに恐怖を感じていた。震えているのは、恐怖のためだと気づいた。

もし、戦っていたらどういうことになっていただろう。それを想像すると、さらに恐怖が増した。朝徳は、敗北感を味わっていた。実際に戦ってはいない。しかし、間違いなく敗北したのだ。

「どうした？」

常久が尋ねた。「顔色が悪いぞ」

朝徳は、盃を干した。

「何でもない」

「ならば、いつものように飲め」

酒が入ると、震えは止まった。その日もよく飲み、遊び、深夜に自宅に戻った。

蒲団に入ると、また三人の侠客たちのことを思い出した。そして、疑問に思った。

朝徳は十四歳のときから、手(ティー)の稽古を始め、その翌年から二年間、当代一の名手と言われた武士(ブサー)松村から手ほどきを受けた。それからも、毎日修行を続けている。

街中で、それなりに実戦の経験も積んだつもりだ。簡単には負けない自信がある。それなのに、あの侠客たちには勝てる気がしなかった。彼らの眼を見たとき、戦いを挑む気も失せた。

いったい、それはなぜなのだろう。まだまだ修行が足りないというのだろうか。それとも、実戦が足りないのだろうか。

ただこれまでのように稽古を続けていれば、朝徳も戦わずして勝てる境地にたどり着けるのだろうか。

それは、ずいぶんと遠い到達点に思われた。手の稽古は、毎日同じことを繰り返すだけだ。突きや蹴りの稽古、巻藁鍛錬、そして型。それの繰り返しだ。それで、松村宗棍やあの侠客たちのように、見るだけで恐怖を与えるようになれるのだろうか。

その日から、朝徳は手の稽古に迷いを覚えるようになった。手を始めた頃は、迷いなどまったくなかった。ただ、父や宗棍に言われたことを必死で稽古するだけだった。

沖縄から戻った父に、尋ねてみることにした。

「うかがいたいことがあります」

「何だ?」

「戦う前に、すでに勝っている。それが手の達人の境地だと思いますが、毎日同じ稽古をしていて、その境地に到達することができますか?」

「達人など誰もがなれるものではない」

「しかし、それを目指すのが武士ではないですか?」

「ヤーは、体が小さく、しかも人一倍ひ弱だった。そのヤーが今ではすっかり頑強になった。それで充分ではないか」

朝徳は、そのこたえに納得できなかった。手がそれだけのものなら、必死で稽古する価値などない。

宗棍は、いったいどんな修行をしたのだろう。父は戦いのときに、どれくらいの迫力があるのだろう。この先、何をすれば、宗棍のようになれるのだろう。

さまざまな疑問が浮かんでくるが、それを父にぶつけることはできなかった。親の言葉は先祖の言葉であり、先祖の言葉は神の言葉だ。

そう教えられて育った。

父は話題を変えた。

「勉学のほうはどうだ？」

「ちゃんとやってます」

「学校を出た後のことも考えなければならない。どうするつもりだ？」

朝徳は、そう尋ねられて戸惑った。卒業後のことなど考えたこともない。長男の朝輔は父と同様に、侯爵家に仕えている。だが、三男坊の朝徳はそうはいかないだろう。何か仕事を見つけなければならない。

今は、ただ金兵衛や常久たちと遊び歩くのが楽しかった。それ以上のことは考えていなかった。

「これから考えます」

「その恰好では、ウチナーに帰って仕事を見つけるのは難しいかもしれないな……」

父は、ザンギリ頭のことを言っているのだ。沖縄では、頑固党が圧倒的な多数派で、まだ相当な力を持っているようだ。未だに、清国と結んで独立するための活動を続けている勢力もあるという。

たしかに、髻を切った朝徳は沖縄には帰りにくかった。仕事が見つかるかどうか、という実際的な問題もさることながら、精神的な葛藤がよみがえる。

東京にいる限り、そんなことは考えなくて済むのだが、沖縄に帰るとなると、どうしても士族の誇りということを考えざるを得ない。

朝徳は、漠然と、卒業しても東京に残り続けることになるだろうなと思っていた。故郷に帰れないのは淋しい。だが、今の朝徳にとって東京が魅力的であることも否定はできなかった。

父は会話の締めくくりに言った。

「将来のことは、よく考えておきなさい」

さまざまな疑問を抱きながらも、朝徳は毎朝の手の稽古は続けていた。そして、夜には金兵衛や常久たちと街に出かけていく。

入学した当時、朝徳の成績は抜きん出ていたが、次第に落ちてきていた。だが、朝徳は気にしなかった。学校など卒業できればいいと考えていた。

父から「将来のことを考えておけ」と言われていたが、それもどうでもいいような気がしていた。実家が有禄士族だからという思いがあったのだろう。何をしても、食いっぱぐれることはないと高をくくっていたのだ。


明治二十三年（一八九〇年）、朝徳が満で二十歳のときのことだ。沖縄に出かけていた父が東京に戻ってきて、朝徳に伝えた。

「松村宗棍先生が、お亡くなりになった」

朝徳は大きな衝撃を受けた。宗棍の家の仏間で師弟の誓いをした。師弟は親子も同然だ。つまり、親の死に目に会えなかったことになる。そのことが残念だった。

たった二年だが、多くのことを教わった。東京に発つ直前に、宗棍に言われたことを思い出していた。

「武は平和の道。平和は武によって保たれる」

その言葉の本当の意味は、まだわからない。今度会うまでにそれをちゃんと理解できるようになっておこう。そう思いながら、月日は流れていった。

宗棍が亡くなったと聞いて、これからどうしたらいいのだと、朝徳は思った。実をいうと、師が逝去したことの悲しみよりも、その戸惑いのほうが大きかった。沖縄に帰ったら、また先生に教えを請おう。そう考えていた。

その思いはもう叶わない。それが最大の衝撃だったのだ。

達人の師を失ったということは、達人への道も閉ざされたということではないだろうか。朝徳は、そう思った。

ならば、もう手の稽古など無用ではないか。

激しく動揺したせいもあり、朝徳はそんなふうに考えるようになっていた。

父の指導があるので、毎朝の稽古は続けなければならない。だが、こんな稽古を続けていて何になるのだろう。どうしても、そう思ってしまう。

勢い、飲みに行ったり、色町に出かける回数が増えていき、学校の成績はますます下がっていった。

父は相変わらず何も言わない。あるとき、朝徳は思った。父が朝徳の素行について叱責しないのは、それを認めているからではない。三男坊などどうなってもいいと思っているからではないか……。

そう考えると、何もかもがむなしくなった。

朝徳は、そのむなしさに捉えられて、気の晴れない日々を過ごしていた。出口のない穴蔵に入り込んだようなものだ。

その真っ暗な穴蔵から、なんとか這い出そうと、必死にもがいた。そんな精神状態では、酒を飲もうが夜の街で遊ぼうが、ちっとも楽しくない。

楽しくないから、楽しいことを求めて、さらに飲み、遊ぶようになる。そんな状態のまま、卒業を迎えた。入学当時は上位だった成績が、卒業のときには、下から数えたほうが早いくらいに落ちていた。

卒業を機に、金兵衛や常久らとも会わなくなった。彼らはそれぞれ、違う道に進んでいったのだ。朝徳は、何もせずに自宅でだらだらする日々を過ごしていた。

日本と清国の関係は日々悪化していた。屋部憲通が、志願兵として、陸軍教導団に入隊したという噂が、尚泰侯爵の屋敷にも伝わってきた。

屋部は、糸洲安恒の弟子だ。なるほど、手はそういうことにも役立つのだなと、朝徳は思った。だが、朝徳の体格では、兵隊になるのも無理だ。

なにせ、五十名の志願者のうち、甲種合格したのは、屋部憲通らたった三名だった。その三名はいずれも糸洲安恒の門下生だった。

ワンは、兵隊にもなれない。朝徳は、捨て鉢な気分のまま、日々を暮らしていた。そんな朝徳に朗報が届いたのは、明治二十五年（一八九二年）のことだ。

朝徳は、満で二十二歳になっていた。

尚泰侯爵の第四子である尚順が、新聞社を設立する準備を始めたというのだ。

その新聞社設立に参加できれば、沖縄で仕事ができる。朝徳は、そう期待した。

二松學舍を卒業し、東京で見聞を広めた自分には、充分にその資格があると、朝徳は考えた。

朝徳は、父に相談することにした。

「尚順様が、沖縄で新聞を作る計画があると聞いております。その設立に、ワンが参加できないものでしょうか?」

父がこたえた。

「実は、ワンも同じことを考えていた。その筋に相談してみよう」

「お願いします」

朝徳は、期待しながら返事を待った。

しかし、残念な結果に終わった。尚順には、朝徳を雇う気はないということだった。

父は朝徳に告げた。

「尚順様の、新聞社設立の趣旨に、ヤーはそぐわないのだそうだ」

尚順は朝徳の三歳年下だ。母方は松川按司で、松山王子、松山御殿と呼ばれた。父尚泰とともに七歳で上京し、この年帰郷した。

朝徳と同様に東京でヤマトの発展を目の当たりにした尚順は、文明開化を積極的に受け容れていた。保守的なものを嫌い、沖縄も近代化しなければならないと考えていたのだ。

尚順の新しい新聞『琉球新報』は、そうした目的のために設立されたのだ。尚順は、頑固党を一掃しなければならないと考えていた。そのために、有禄士族などの既得権者を徹底批判することを『琉球新報』設立の骨子としていた。

喜屋武家は有禄士族だ。その息子を雇うわけにはいかないというわけだ。

喜屋武家は、頑固党から批判されている。尚泰とともに上京して沖縄の近代化に努めているとも言える。だが、あくまでも有禄士族であることには違いない。その息子を設立の構成員に加えることはできないというのだ。

がっかりした朝徳は、さらに失意に追い討ちをかけられることになる。尚順が朝徳を雇わなかった本当の理由は、朝徳の学生時代の素行の悪さを耳にしていたからだという。

朝徳は、その話を、比屋根安昂という同郷の知り合いから聞いた。安昂も、朝徳同様、父とともに尚泰侯爵の屋敷の敷地内に住んでいた。

話を聞いたときは、衝撃を受けた。そして、腹が立った。たしかに、学生時代はよく飲み歩いたし、時には色町にも足を延ばした。だが、それのどこがいけないのか。

昔の武士が辻に出かけたのと変わらない。時には実戦で手の実力を磨いた。つまり、飲み歩くのも朝徳にとっては手の修行の一部と言えなくもない。

だいたい、飲み歩くことで、誰に迷惑をかけたというのだ。ちっとも悪いことだとは思っていなかった。

また、尚順が『琉球新報』初代編集長として、太田朝敷を雇うことも聞いた。太田朝敷は、沖縄県初の県費留学生だ。きわめて優秀な人物だ。

たしかに朝徳が卒業するときは、成績優秀とは言い難かった。しかも、朝徳が学んだのは漢学だ。尚順が求めているのは、太田朝敷のように西洋の学問を学んだ者だった。『琉球新報』が社是として掲げているのは「沖縄の近代化」だ。

なるほど、漢学を学び、しかも成績が悪かった朝徳などに用はないということだ。朝徳はそう理解した。

悔しまぎれに朝徳は、安昂に言った。

「新聞なんて、道楽のようなものだろう。それで、沖縄が近代化するはずがない。いつまで経っても沖縄が東京のようになるはずがないんだ」

それは本音ではなかった。実は沖縄の近代化を望んでいた。そうなれば、頑固党が幅をきかせることもなくなる。喜屋武家が人目を忍ぶように暮らす必要もなくなるのだ。

沖縄がなつかしくないわけではない。若い朝徳にとって東京は刺激に満ちている。学ぶものはたくさんあるし、楽しいこともたくさんある。

だが、やはり故郷の魅力にはかなわない。『琉球新報』に就職できれば、沖縄に帰れるという気持ちがあったのは否定できない。

このまま、何もせずに東京で暮らしていけるとは思っていなかった。沖縄に帰ったからといって仕事があるわけではない。しかし、どうせ何もしないのなら、東京にいるより故郷にいたほうがいい。

だが、カンプーを切ったことが帰郷の障害になっていた。頑固党が多数派でいる限り沖縄には帰れない。

喜屋武家であるというだけで頑固党から睨まれている。その喜屋武家の三男坊がカンプーを切ったのだ。頑固党に知られたら、何を言われるかわからない。

過激な連中は、朝徳を襲撃するかもしれない。

とてもではないが、帰郷はできないと朝徳は思っていた。しかし、東京で職に就く気にもなれずにいた。漠然とだが、いつかは沖縄に帰るだろうと思っていたからだ。

朝徳にとっては意外な形で、帰郷の障害が取り除かれることになった。

日清戦争だった。

明治二十七年（一八九四年）、朝鮮で起きた甲午（こうご）農民戦争をきっかけに、日本、清国、双方が出兵した。そしてついに八月一日に宣戦布告したのだ。

翌明治二十八年（一八九五年）四月十七日に、日清講和条約が締結され、日本の勝利で戦争は終わった。日本中がこの快挙にわいた。

沖縄も例外ではなかった。「屋部軍曹」の活躍の話題が、連日のように新聞紙面を飾っていた。

反日親清だった頑固党は、拠り所を失い、その勢力は一気に弱まっていった。

これで沖縄の雰囲気も変わるに違いない。朝徳はそう思った。そして、日清戦争終結の翌年、朝徳は東京を後にして、沖縄に帰った。

明治二十九年（一八九六年）、朝徳は二十六歳になっていた。

13

首里儀保村の屋敷は、何もかもがなつかしかった。

九年振りの故郷だ。真っ先に会いに行きたいと思っていたのは、恩師松村宗棍だが、彼はすでにこの世にいない。次に頭に浮かんだのは、幼い頃いっしょに遊んだ従兄の本部朝基だった。

東京にいる間、朝基と連絡を取ったことはない。母に尋ねると、元気でいると言って、ちょっと誇らしげな表情になった。

朝徳がその理由を尋ねると、母がこたえた。

「猿御前は、今ウチナーでは、とても有名ですよ」

朝基が、昔から「猿」と呼ばれていたことを思い出した。

「何が有名なのですか？」

朝徳が尋ねると、母はほほえんだ。

「掛け試しで負け知らずなんだそうです。子供たちもサーラーウメーの名前を知っています」

朝徳は、複雑な気持ちだった。

朝徳が東京で無為に過ごしている間に、朝基は故郷ですっかり有名人になっていた。

しかも、手(ティー)で名を上げたのだ。

居ても立ってもいられないような気持ちになり、朝徳は本部御殿(ウドゥン)を訪ねていた。

朝基は昼寝をしているところだったという。寝起きで出てきた彼は、朝徳を見てもぼんやりしていた。まだ半分眠っているのかもしれない。

その顔に徐々に驚きが広がっていく。

「ん……？　ミーグヮーか？」

「しばらくだな」

朝基はようやくはっきりと目覚めた様子で、うれしそうに言った。

「おお、髷(カンプー)を切ったな。いつ東京から戻った？」

「帰ってきたばかりだ。昼寝をしてたって？　夜にそなえているのか？」

「何の話だ？」

「おまえ(ヤー)はえらく有名になったようじゃないか」

朝基は、にっと笑った。

「俺(ワン)には手しかない。手で身を立てるのだと、ワンが言ったのを覚えているか？」

「覚えている。だが、それからずっと同じことを思っていたとは……」

「本当に、ワンには手しかないんだよ」

本部御殿は裕福な有禄士族だ。だが、朝基も朝徳と同じ三男坊だ。家を継げるわけではない。自分で生きていかなければならないのだ。

久しぶりに会う朝基は、いっそうたくましくなっていた。その表情からは凄みのようなものすら感じられる。掛け試しで負け知らずだと母が言っていた。悔しいが、とてもかないそうにないと、朝徳は思った。

「久しぶりに顔が見たかっただけだ」

朝徳は言った。「昼寝の邪魔をして悪かったな。では、失礼する」

「待てよ、ミーグヮー。今夜あたり、辻でも行ってみるか？」

朝基とはまだいっしょに飲んだことがない。

「いいだろう」

朝徳がうなずくと、朝基はまたにっと笑った。

「では、今夜迎えに行く」

「待っている」

日が暮れると、さっそく朝基がやってきた。二人は連れだって辻に出かけた。首里から辻までは一里余り。昔から武士（ブサー）たちは歩いて往復した。

途中、明かりもない道を通るが、朝基の足はまるで危なげがない。明るい東京の道にすっかり慣れてしまった朝徳は、足元が少々不安だった。

十七歳で東京に出たので、朝徳は辻が初めてだった。高い石垣に挟まれた細い路地を進むとその先に、赤々と明かりを灯す店々が、幻想のように浮かび上がった。

朝基には、何軒か馴染みの店があるようだった。

「ここは、気安くていい店だ。ジュリはいないが、いいか？」

ジュリとは娼妓のことだ。朝徳は、朝基と話がしたかったので、「酒が飲めればいい」とこたえた。

「まあ、飲め」

朝基は、座敷に上がると酒と肴を注文した。

朝基が勧める。泡盛は久しぶりだった。独特の風味がなつかしい。盃を干すと、朝徳はさっそく尋ねた。

「いつから掛け試しをやっているんだ？」

「十七歳の頃からかな……」

「負け知らずというのは本当か？」

朝基は笑った。

「実は、したたかやられたことがある。相手は、板良敷朝郁。糸洲先生門下の先輩だった」

「同門の先輩と立ったのか？」

「立つ」というのは、戦うことを意味している。

「まあ、弱い相手と戦っても意味はないからな。負けて悔しかったし、糸洲先生から学んでいるだけでは板良敷を超えられないと思ったので、武士松村や泊の松茂良からも手を教わった」

「松村先生から……」

「二人のマチムラ」は有名だった。松村宗棍と泊の松茂良興作だ。朝徳は嫉妬（しっと）に近い感情を抱いた。朝基の家柄をもってすれば、どんな先生からも習うことが可能だろう。

「ヤーも、武士松村から習ったのだったな？　武士松村の変手（ヒンディー）はおもしろかった」

朝徳は尋ねた。

「松村先生の葬儀には出席したのか？」

「ああ、盛大な葬儀だった。葬儀は七日七晩続いた」

「ワンは東京で先生のご逝去を知った」

「まあ、いたしかたあるまい」

そう言ってもらって、少しばかり気が楽になった。

「板良敷以外には負けたことがないのか？」

「一度、角力取り(すもう)にやられたことがある。だから、組んだところから、コーサーを使えるように稽古した」

コーサーというのは、人差し指の関節を高く突き出した拳の握り方だ。

朝基の話を聞いているうちに、朝徳は血が熱くなるのを感じていた。

「ワンも東京でいろいろとやってみた。五人を相手にしたこともある」

常久の示現流に助けられたことは言わなかった。朝基のどんぐり眼(まなこ)がさらに丸くなった。

「ほう、五人を一度にか？」

「そうだ。ヤマトのごろつきにも手は無敵だった」

「そうだろう。手は、ウチナーの宝だ。今にヤマトのやつらも手を学びたいと言い出すだろう」

そんなことは考えたこともなかった。

「ヤマトンチュが手を……？」

「ヤマトだけじゃない。手は、いずれ世界に広まる。いや、ワンが広める」

何とも壮大な話だ。だが、朝基の話を聞いているとまんざらほら話ではないような気がしてくる。

朝基が突然言った。

「どうだ？　ワンと立ってみるか？」

朝徳は慌てた。

「いや、今のヤーにはとうていかなわないだろう」

「東京で五人を相手にしたんだろう？」

「相手が手を知らなかったからだ」

「なんだ、つまらんな。昔、角力を取ったように、ヤーと立ってみたかったのだがな……」

何だろう、この戦いに対するおおらかさは……。

朝徳は、そんなことを思っていた。朝徳にとって、戦いはやはり殺伐としたものだ。だが、朝基はまるで遊びのように気楽に考えているようだ。もともとの資質の違いだろうか。いや、もしかしたら沖縄と東京の違いかもしれない。

朝徳は、気づかぬうちに、すっかり東京に染まっていたのではないだろうか。沖縄の掛け試しには、ある程度の約束事がある。狭い島の住人同士の戦いだ。徹底的に行き着くところまで戦うということはない。

だが、東京のような都会は違う。どこからどんなやつが流れ込んでいるかわからない。だから、殺すまで戦うということもあり得る。

そう言えば、辻のこの店も、何だか田舎くさく感じられる。もし、東京で飲み慣れていなければ、この店も充分に華やかに感じたはずだ。東京の酒場は、やはり洗練されているのだ。

朝徳は言った。

「いつかは、ヤーと立ち合えるようになりたいな……」

これは本音だった。手に関しては、朝基はいつも一歩先を行っていた。今もそうだ。だが、いつかは朝徳も手で名を成したいと思うようになっていた。

「さて、掛け試しに出かけるか……」

朝基が言った。朝徳は驚いた。

「これからか……?」

朝基が豪快に笑った。

「冗談だ。昔からミーグヮーは、冗談が通じなかった」

「ふん。東京でいろいろと修行を積んだから、昔のワンではないぞ」

「どんな修行を積んだというのだ?」

「吉原へも行った」

朝基が目を輝かせる。

「ほう。どんな様子だった? 詳しく聞かせろ」

酒が入った若い男同士の話だ。そういう類(たぐい)の話題は尽きない。その日、二人は遅くまで飲み、ご機嫌で帰宅した。

沖縄に帰ってきたからといって、やることがない。仕事を探す気にもならない。喜屋武屋敷でごろごろとしている日が続いた。

朝基と話をして、手に対する情熱がふつふつと湧いてきた。だが、松村宗棍はこの世を去り、父も東京に住んでいる。先生がいないのだ。

朝基に頼めば有名な先生を紹介してくれるかもしれない。だが、それは悔しかった。手のために何かやらなければならない。気は急くのだが、どうしていいかわからないので、つい、無駄に日々を過ごしてしまうのだった。

仕事を探してくると家の者に言い置いて出かけ、結局そのまま飲みに行くことが多かった。そうして月日だけが過ぎていった。

明治三十年（一八九七年）の冬のことだ。その日も朝徳は、辻に出かけた。一人で飲んでいると、男に声をかけられた。

「兄さん、手をやってるね？」

遊び人風の男だった。年齢は、朝徳より五歳ほど上だろうか。にやにやと愛想笑いを浮かべているが、油断のない眼をしていた。一人で飲むより話し相手がいたほうがいい。

朝徳は、こたえた。

「どうしてわかる？」

「姿勢がいい。そしてよく鍛えた体つきをしている。それに、その拳だよ。巻藁（マチワラ）タコができているじゃないか」

「あなた（ウンジュ）も手をやるのか？」

「兄さんは元士族でしょう？　たたずまいでわかる。ワンをウンジュなんて呼ぶことはない。ヤーでいいよ。ワンは手はやらん。でも、いろいろな武士の話は好きだ」

「本部の猿を知っているか？」

「サーラーウメーを知らないやつはいないよ。兄さん、知り合いかい？」

「まあな……」

「そいつはすごい。兄さんも腕が立ちなさるんだろうね」

「どうかな……」

男は、にっと笑った。

「謙遜（けんそん）する人ほど強いと言うからな。ワンは玉城（たましろ）っていうんだ。兄さんは？」

喜屋武を名乗る気になれなかった。勢力は弱まったとはいえ、どこに頑固党が潜んでいるかわからない。

「朝徳という」

「実はね、腕の立つ人に仕事を頼みたいと思っているんだ」

「仕事……？　どんな仕事だ？」

「神戸まで旅をする女性たちを護衛する仕事だ」

「護衛……？」

「女だけの旅は物騒だからな。道中何事もないように守ってやるんだ」

そして、玉城は給金の話をした。それが思ったよりずっと高いので、朝徳は思わず尋ねていた。

「ただ、神戸まで送り届けるだけで、そんなにもらえるのか？」

「言っただろう。道中は何があるかわからないからな」

玉城は朝徳に言った。

「神戸までの船賃は？」

「それも出すよ」

「そんなうまい話は、信用できないな」

「うまい話だと思うかね？　実はなかなか簡単なことではないぞ。盗賊や無頼の徒などと戦わなければならないかもしれない」

「盗賊など、どうということはない」

「じゃあ、ウンジュが引き受けてくださるということかい？　そいつは、ありがたいな」

ちょうど仕事を探していたところだ。

「金をくれるというのなら、やってもいい」

「話が早い。では、準備が整い次第連絡をする。どこに知らせればいい？」

これは、いよいよ姓を名乗らないわけにはいかなくなった。朝徳は、声を落として言った。

「首里儀保村の喜屋武の屋敷だ」

玉城は、ちょっと驚いたように言った。

「なんと、ウンジュは喜屋武殿内のお身内かい……」

「三男坊だから、仕事を見つけなければならない」

「わかった。悪いようにはしないから任せておけ」

玉城は、笑みをうかべて言った。

その頃には、もう長男の朝輔が東京から戻ってきていた。次男の朝弼は父とともに東京に残っていたが、父の留守中、家を守るようにと、朝輔が帰郷させられたのだった。

玉城は、あれ以来何も言ってこない。あの話は酒席の座興に過ぎなかったのか。そんなことを思っているうちに、年が明けた。

明治三十一年（一八九八年）一月、ようやく玉城の使いという者がやってきた。詳しい話をするから辻に来てくれとのことだ。前に会った店で待っているという。

　朝徳は、約束の日に辻に出かけた。約束どおり玉城が待っていた。

「やあ、喜屋武さん。ご足労願って恐縮です」

「その名前では呼ばんでくれ」

「じゃあ、何とお呼びします」

「あだ名でいい。ミーグヮーという」

　玉城は笑った。

「目が小さいから目小（ミーグヮー）か。こりゃいい。じゃあ、遠慮なくそう呼ばせてもらいますよ。まあ、一杯」

　酒を一口飲むと、朝徳は言った。

「仕事の話はどうなった」

「ようやく準備が整いました。四人の女性が神戸まで旅をしますんで、それの護衛をお願いします。神戸の住所や、誰を訪ねればいいかは、ここに書いてあります」

　玉城は紙を手渡した。

　神戸市福原町（ふくはらちょう）に住む坂井辰造（さかいたつぞう）という男を訪ねるようにと書いてある。

「四人の女性を、そこに届ければいいだけなのだな？」

「そう。あとは、その辰造という男がすべて引き受けてくれる。道中のウンジュの身分だが、反物の商人ということにしておいてくれ」

「なぜだ？」

「あれこれと詮索されると面倒だろう。そうしてくれ」

朝徳は、誰に何を尋ねられても平気だと思ったが、別に逆らう理由もない。

「わかった。では、そういうことにしよう」

「出発は二月だ」

朝徳はうなずいた。

「では、道中の無事を祈って、乾杯しよう」

玉城が言い、二人は盃を合わせた。

14

　翌日、朝徳は、長男の朝輔に告げた。

「仕事で神戸へ行くことになりました」

「神戸へ？　何の仕事だ？」

「反物の商売です」

「おまえはいつ、そんなことを始めたのだ？」

「これが初めてですよ。知り合いの商売を手伝うのです」

「路銀はあるのか？」

「それも友達が用意してくれます」

「それならいいが、旅の最中は何かと金がかかる。私からも少し渡しておこう」

「その必要はないと思います」

「いいから持って行け。多くて困るということもあるまい」

　兄の心遣いだ。ありがたくもらっておくことにした。

　約束の日はすぐにやってきた。玉城は港に四人の若い女性を連れてやってきた。

なるほど、こんなうら若い女性だけの旅では、護衛も必要だ。朝徳はそう思った。朝徳たちは船に乗り込み、神戸へと出発した。

長い船旅の間、まったく会話をしないわけにもいかない。朝徳が四人に、神戸には何をしにいくのかと尋ねると、「芸妓になるのだ」ということえだった。

島ではなかなか仕事が見つからないので、出かせぎに行く者が多いと聞いていた。特に、大阪には多くのウチナンチュが移住しているということだ。

神戸に行って芸妓になるというこの娘たちも、その類なのだろう。朝徳はそう思った。

やがて、神戸に着き、朝徳は娘たちを連れて教えられた住所を訪ねた。坂井辰造は、四十絡みの見るからに胡散臭い男だった。だが、後の面倒は辰造が見ると言われている限り、女を預けて行くしかない。

「後のことはよろしくお願いします」

「これから、どうするんや？」

「すぐに沖縄に帰ろうと思っていますが……」

「せっかく神戸にきはったんやから、しばらくのんびりしていったらどうや？　部屋ならある」

そう言われて、朝徳もしばらく神戸に滞在しようかと思った。せっかく何日もかけて沖縄から出てきたのだ。すぐに引き返すのも、何やらもったいない。

　東京には長く住んだが、ヤマトの他の土地はまったく知らなかった。

「では、しばらく置いていただくことにしましょう」

「聞くところによると、あんさん、えらくお強いらしいやないか」

「さて、どうでしょう」

「ここで用心棒をやってくれたら、部屋代はただでええ」

　また、妙なことになってきた。だが、宿代がかからないというのだから、ありがたい話だと、朝徳は思った。

　昼間は神戸の町をぶらぶらし、夜は福原町（ふくはらちょう）の辰造の家に詰めているという生活が続いた。神戸は港町で、那覇（なは）や泊（とまり）とそれほど違わないと、朝徳は感じた。港というのは、どんな土地でも似通っているものだ。

　東京から離れたこの港町にも、着実に文明開化の波はやってきていた。港には大きな貨物船や客船が停泊しており、荷役たちが盛んに動き回っていた。ここでも、躍動する近代化の力強さを感じた。

　滞在を始めてすぐに、福原町が色町であることがわかった。辰造の家は、娼家（しょうか）だった。色町にも芸妓はいる。あの四人の娘の、「芸妓になる」という言葉を、朝徳は疑ってもいなかった。

　酔漢が揉（も）め事を起こし、朝徳は呼ばれてそれを収めに出て行く。だが、その仕事はそれほど頻繁にあるわけではなかった。

　港で働く荷役たちが、酒に酔って暴れることがあり、これには辟易した。彼らは気が荒く、体力があった。小さい朝徳など吹き飛ばされてしまいそうだった。

　それでも踏ん張らなければならなかった。朝徳は、真っ先に一番格上の男を押さえることを学んだ。まず、説得する。それでだめなら、その男と勝負をする。

　それでたいてい騒ぎは収まるのだった。

　神戸の滞在は、思ったより長くなってしまった。特に沖縄に帰る用事もなかったし、ここにいれば、飯にも酒にも不自由はしない。一ヵ月が過ぎ、そして二ヵ月が過ぎた。

　桜が満開の四月初旬、突然、兄の朝輔が訪ねて来て、朝徳はびっくりした。

「いったい、どうしたのです」

　兄の表情は硬い。

「どうもこうもあるか。何ということをしてくれたのだ」

「いったい、何のことです？」

「ヤーはワンに嘘をついたな。ヤーは喜屋武家の名折れだ」

「何のことやら、さっぱり……」

「反物の商売だ、などと嘘を言って、ワンから路銀をせしめ、女たちを色町に売りにやってきたのではないか」

朝徳は、すっかり驚いてしまった。

「待ってください。ワンが女を売りに来たですって？　いったい、誰がそんなことを言ったのです？」

「ヤーは、玉城という男に言われて女を運んで来たな？」

「ええ。女だけの旅は物騒だから、護衛をしてくれと言われて……」

「何を言っている。玉城というのは、女衒だぞ」

「女衒……？」

「ヤーは、女衒の片棒を担いで、女を売りに来たんだ」

「いや、そうじゃないんです」

「こうして、色町の娼家に居候しているのが何よりの証拠ではないか」

朝徳は、唖然としてしまった。

すっかり混乱していた。何をどう説明すればいいのかわからない。

長男の朝輔は、今や怒りで顔を真っ赤にしている。

「いや、兄さん、違うんです。ワンの話を聞いてください」

「申し開きができるのなら、してみろ」

朝徳は、必死で経緯を説明した。辻で玉城に会ったところから順を追って話した。

「……というわけで、ワンは、玉城が女衒だったことも知らなければ、あいつがここに女を売る計画だったことも知らなかったんです」

「そんな言い分が通ると思うか。女だけの旅の護衛だって？　そんな話を誰が信じるものか」

「でも、本当のことなんです。ワンは、玉城の言うことを信じて、女たちを神戸まで護衛してきただけなんです。ヤッチー、信じてください」

ようやく朝輔は、少しばかり落ち着いてきた様子だった。

「ワンは、ヤーが神戸に女を売りに行ったという噂を聞いて、矢も楯もたまらず、薩摩丸に乗ってやってきたんだ」

「誰からその話を聞いたのですか？」

「辻でヤーと玉城が酒を飲みながら話をしているのを見た者がいる。その者は、玉城が何者か知っていたんだ。そして、ワンに知らせてくれた。調べてみると、ヤーは女四人と旅立ったというではないか……」

「本当にうかつでした。まさか、そのようなことだったとは……」

朝輔はあきれた顔になって言った。

「ヤーは、いくつになった？　数えで二十九か？　いい年をして世間知らずにも程があるぞ」

「すみません。おっしゃるとおりです」

「那覇を発(た)ってから、ここに来るまで、腹が立って夜も眠れなかった。まあ、ヤーが言うことがどうやら事実のようだから、ワンはすぐにウチナーに帰る」

その言葉のとおり、朝輔はほどなく、再び薩摩丸に乗って沖縄に旅立って行った。

その数日後、四月二十五日のことだった。朝徳は、朝輔から電報を受け取った。「スグカエレ」とのことだった。

理由は書いていない。家族に何かあったのだろうか。とにかく、ただごとではない。

朝徳は、電文のとおり、すぐに沖縄に帰ることにした。

何があったのか、那覇に向かう船の中でも気が気ではなかった。気が急(せ)いても、船の速度が上がるわけではない。朝徳は、ひたすら自分をなだめながら、那覇に着くのを待った。

ようやく船が港に着き、朝徳は大急ぎで屋敷に向かった。

「今、帰りました」

そう告げたときの家族の視線が何やら厳しい。朝徳は、長男の朝輔に言った。

「電報を受け取って、すぐに神戸を発ちました。いったい、何があったのですか？」

朝輔は、言った。

「これを見ろ」

差し出されたのは、新聞だった。『琉球新報(りゅうきゅうしんぽう)』明治三十一年（一八九八年）四月二十五日の紙面だ。

「何ですか、いったい……」

「いいから、とにかく読んでみろ」

記事に眼を落とした朝徳は、思わず眉間に皺を刻んでいた。記事の見出しは「有禄者子弟の堕落」だった。

読み進むうちに、朝徳はひどく動揺した。

「首里区字儀保の有禄士族喜屋武の三男 某は昨年末比反布商の名義にて密かに妙齢の婦女四五名を連れ兵庫県神戸に渡航したり」

記事の冒頭にそう書かれていた。朝徳が、その女性たちを娼家に売る目的で、騙して神戸まで連れて行ったと書かれている。しかも、朝輔が共謀したことになっていた。

朝徳は、あまりの驚きで、記事の内容がよく頭に入らなかった。二度、三度と読み直さなければならなかった。

顔を上げると、朝徳は朝輔に言った。

「これは事実ではありません。本当のことは、朝輔ヤッチーに申し上げました」

「事実がどうかは、もはや問題ではない。新聞に書かれてしまったということが問題なのだ」

「そんな……」

「母は、ひどく悲しみ、父は、激怒しておられる」

「新聞社に抗議しましょう。嘘を記事にして許されるはずもありません」

「抗議はした。その結果、出た記事がこれだ」

朝輔は、別の紙面を取り出した。最初の記事の二日後の四月二十七日の紙面だった。

「有禄者子弟の堕落云々の件に就ては聞くが儘取敢へず前号の紙上に掲載したりしが尚篤と探聞すれば少しく事実と相違せる所あり」という書き出しだった。

間違いが訂正されているのかと、朝徳は期待して読み進んだ。だが、訂正されているのは、朝徳が神戸へ行った時期と朝輔が共謀していたという点だけだった。

最初の記事では、朝徳は昨年末神戸に行ったことになっていたが、それが正確に、今年の二月だったと改められていた。

そして、兄の朝輔は、朝徳と共謀したのではなく、朝徳の「不心得」を叱るために神戸に赴いたのだと訂正されていた。

だが、それだけだった。朝徳が、娼家に売る目的で婦女子を神戸に連れて行ったと書いたことは訂正していなかった。

それればかりか、「喜屋武の三男某」は、「嘗て父に随ひ東京に在るの日放蕩乱惰にして女色に耽り種々父に迷惑を掛けしかば父も大に之を持て余まし終に東京を放逐せられたる者なり」とまで書かれていた。

それも事実ではない。たしかに東京では酒を飲んだし色町にも行った。だが、「放蕩乱惰」で「女色に耽り」というのは、いくら何でも言い過ぎだ。悪意を持って書かれているとしか思えない。

さらに、この記事では、不心得を諭しに来た朝輔に対し、朝徳が暴言を吐き、朝輔は腹を立てて兄弟の縁を切って、帰沖したということになっていた。それも、事実とはまったく違っている。

あまりのことに、朝徳は呆然としてしまった。そんな朝徳に、朝輔が言った。

「今度ターリーがウチナーに戻られたとき、何か沙汰があるはずだから、覚悟して待て」

「覚悟と言われましても……」

朝徳は、ただうろたえるばかりだった。「ワンは別に悪いことはしていません。人に頼まれて、四人の女性を神戸まで護衛しただけです」

「人の口に戸は立てられない。事実がどうであれ、世間では、ヤーを記事に書かれたような人物だと見るだろう」

それはあまりに理不尽だと思った。

ワンは、仕事を見つけようとしただけだ。玉城という男に騙されたというわけだ。

後日、その玉城の名前も『琉球新報』に載った。五月十九日の記事だった。

この記事では、朝徳と玉城が共謀したことになっていた。玉城が奔走して女を買い、それを朝徳が売りに行くという役割分担になっているという書き方だった。

朝輔は、父に代わって、朝徳に謹慎を申しつけていた。玉城を見つけて抗議したいが、それもままならない。部屋に閉じこもり、朝徳は悔しくて何度も記事を読み返していた。

そのうちに気づいた。最初の記事を書いた記者は、一度も朝徳の所業を断言していない。事実として伝えているのは、朝徳が四、五人の女性を神戸に連れて行って、福原町に住まわせたことだけだ。

その後、「之(これ)に就(つ)き説を伝ふる者あり」と続き、朝徳がその女性たちを、娼家に売ろうとしたのではないか、という推測が述べられている。

そして、記者自身が、「孰(いず)れが真なるやを知らずと雖(いえど)も……」と、はっきりと書いている。つまり、伝聞で、本当かどうかわからないことを記事にしたのだ。

推測による記事に、続報を重ねることによって、既成事実化してしまったのだ。

さらに、続報が続いた。六月七日の記事だった。

朝徳と玉城が共謀して神戸に連れて行ったという女性たちのその後が書かれていたのだ。比嘉(ひが)ウシと石川ウシという実名まで記されていた。

二人は、その後仕事に就けなかったが、それならば神戸に連れて行った朝徳が連れ帰るべきだ、などと書かれていた。

『琉球新報』のこの件にまつわる記事は、夏になってもまだ続いた。

八月七日には、朝徳が神戸に連れて行ったという比嘉ウシと石川ウシが当地で路頭に迷っているところを、地元の「報国義会」という義侠団体に救われたという記事が載った。

「報国義会」から、東京に出張中の沖縄県知事に知らせが行き、とにもかくにも二人の女性は帰郷することができたということだ。

また、八月十一日には、これらの出来事が『鹿児島新聞』にも載ったということが『琉球新報』の記事になっていた。ところが、いかにも記述がいい加減なのだ。

七日の記事では、二人の女性の名前が「比嘉ウシと石川ウシ」だったのに、十一日の新聞では「ウシとカミ」あるいは、「ウシとカメ」となっているのだ。

さらに、七日の記事では「報国義会」と書かれていた団体名が、十一日の記事では「報告社」となっていた。

その十一日の記事の結びの文章を読んで、朝徳は「そうだったのか」と思った。

その文章はこうだった。

「堂々たる尚家の家扶喜屋武の子息として斯る破廉恥非道の行為をなし醜聞を他県に流すに至りては当人に於ては素より自業自得の悪報として之を忍ぶべきも此が為めに父の名を汚し延て尚家の体面をも汚さんとするに至りては其罪決して軽からざるなり」

朝徳は喜屋武家の恥さらしであり、ひいては尚家の名をも汚した。そのことが許せないというのだ。

『琉球新報』は、もともと沖縄近代化のための新聞だった。そして、沖縄を近代化する上で障害となるのは、まず頑固党だ。それ故に、頑固党を批判し攻撃した。

そして、同じように近代化の障害となるのは、既得権を持っている階層だった。その代表が有禄士族なのだ。

有禄士族の多くが頑固党と結びついていた事実もある。喜屋武家と親戚筋の義村家などはその代表だ。

つまり、『琉球新報』にとっては、頑固党と同様に有禄士族も攻撃対象だったのだ。

喜屋武家は、頑固党に睨まれている。だが、当時の『琉球新報』にとってそんなことはどうでもよかった。

有禄士族であることが問題だったのだ。

虎視眈々と批判する理由を探している『琉球新報』の記者の耳に、朝徳が女性と神戸に旅立ったという噂が入った。

朝徳は恰好の餌食にされたというわけだ。

それに気づいた朝徳は、朝輔に説明した。話を聞いた朝輔が言った。

「そんなことは、とうにわかっている」

「え……？」

「ワンも最後の記事は読んだ。問題は、尚家の体面を傷つけたということなんだ」

「記事を書いたのは、尚順様でしょうか？」

「いや、ご本人があのような記事を書かれることはないだろう。誰か、尚順様に取り入ろうとする者が書いた記事ではないかと、ワンは思っている」

「尚順様におべっかを使うやつのために、ワンが犠牲になったということですか？」

「朝徳。ヤーの生活態度は、決して褒められたものではなかったのだぞ。東京にいたときも、学生でありながら、夜遅くまで飲み歩くことがしばしばだった。ターリーは何も言わなかったが、いつかは目を覚ましてくれると期待しておられたのだ」

「いや、それは……」

　言い訳したかったが、うまく言葉が出てこなかった。朝徳なりに差別と戦った結果だったのだ。差別にじっと耐え、聖人君子のように勉学を続けていればよかったというのか。人間はそんなに強いものではない。

　朝徳はそう思い、唇を噛んだ。

　朝輔の話がさらに続いた。

「日清戦争後、ウチナーも変わりつつある。ウチナーも近代化しなければならないという人々が増えており、それを導いているのが『琉球新報』や、それを購読している知識人たちだ。そういう人たちは、有禄士族を批判する。さらに、頑固党は未だに喜屋武家を目の敵にしている。だから、私たちは身を慎まねばならないのだ。軽はずみなことをしたヤーには、もっと反省をしてもらわなければならない」

朝徳は、力なく言った。

「反省はしております」

「もうじき、ターリーがお戻りになる。それまで引き続き、謹慎しておれ」

兄の言葉に従うしかなかった。『琉球新報』の記事を思い出しても、玉城がどうしているのか想像しても、もうそれほど腹が立たなくなっていた。

諦めというか、無力感のほうが強かった。

あんな記事を書かれたのは、まさに不徳の致すところなのだ。朝輔が言ったように、もっと身を慎んでいれば、こんなことにはならなかったのかもしれない。

だが、今さらそんなことを言っても遅い。『琉球新報』の記事になったという事実は、末永く残っていくことだろう。ある意味で、これも、文明開化と近代化の影響なのかもしれない。朝徳は、その犠牲になったということなのではないだろうか。

15

八月の終わりに、父朝扶(ちょうふ)が一時帰郷した。いつもと同様に数日しか自宅に滞在できない。いよいよ朝徳に何かの処分が言い渡される日が来たのだ。

父が屋敷に戻ると、すぐに朝徳が呼ばれた。

すっかりかしこまっている朝徳に、父が言った。

「今回のこと、喜屋武家としても、また侯爵様のお立場を思慮申し上げても、看過することはできない」

朝徳は頭を垂れたまま、小さな声で言った。

「はい(ウー)……」

「朝輔から手紙をもらい、事情は知っておるつもりだ。記事が事実と違うことも心得ておる。尚順様の『琉球新報』の姿勢も理解しておる。だが、それとこれとは話が別だ」

言い訳はできない。そう思いながら、朝徳は父の話を聞いていた。

そして、このとき、いくら理不尽でも、今後一切の言い訳はすまいと心に誓っていた。

自分にも非があるのは明らかだ。

兄の朝輔が言ったように、東京時代や沖縄に帰ってきてからの生活はたしかに批判されても仕方のないものだった。

何を言われても、じっと耐える。それが士族(サムレー)というものだ。朝徳は、そう思っていた。

父の言葉が続いた。

「おまえ(ヤー)は、喜屋武家を出なければならない」

朝徳は、驚いて顔を上げた。

いつも厳しい父が、どこか悲しげな顔をしていた。それだけに今の一言には現実味があった。

「私(ワン)は勘当(かんどう)されるということですか？」

あまりの衝撃に、目の前が暗くなりそうだった。朝徳は、がっくりと首を垂れた。

朝扶の声がさらに続く。どこか遠くから聞こえてくるようだった。

「ワンが養子だということは、知っておるな？　喜屋武家に男子がいなかったので、分家の本永(もとなが)家から養子に入ったのだ。今度はその本永家に、ヤーが養子に行くのだ」

本永家に養子に行く……。

その言葉が、朝徳の頭の中で何度か繰り返された。朝徳は顔を上げて言った。

「ワンが、本永に……？」

「逆らうことは許されない。もはや決めたことだ。すぐにでも屋敷を出る用意をしなさい」

朝徳は、それ以上言葉を返すこともできなかった。父の態度は厳しかった。分家に養子に出されるということは、勘当とは違う。それがせめてもの救いだった。

父・朝扶は、本永朝庸（ちょうよう）の息子で、喜屋武家に養子に入った。もともと、本永家は、本部（もとぶ）家に喜屋武の嫁が入ってできた家柄だと言われている。

喜屋武家のほうが格上なので、男子が生まれなかった場合、無条件で本永家から養子に入ることになる。それが朝扶だった。

今回、朝徳は実の祖父である本永朝庸の養子になるのだった。

段取りが粛々と進み、朝徳はそれを受け容（い）れるしかないのだと考えていた。これは、罰であると同時に、父の気づかいでもある。それがわかったからだ。

新聞には「喜屋武の三男」と書かれている。朝徳の名前は出ていない。これからは、本永朝徳となるのだから、新聞記事を知っている者がいたとしても、朝徳のことだとは気づかないだろう。

朝徳の将来を考えてのことなのだ。

本永家も本部家も近所だ。とはいえ、やはり長年住んだ喜屋武の屋敷を離れるのは淋（さび）しかった。

養父の朝庸は、高齢で、『琉球新報』の記事のことを知ってか知らずか、朝徳が養子に来たことをずいぶんと喜んでくれた。

　本永家に入り、ようやく謹慎が解けた。

　朝徳は、屋敷に閉じこもっている間に、いろいろなことを考えていた。もう、満で二十八歳だ。決して若くはない。これから先、どうやって生きていくかを真剣に考えなければならない。

　屋敷でじっとしている間、ふつふつと湧き上がってくるものがあった。手への情熱だ。謹慎中も、本部ザールー、サーラーウメーの噂は聞こえてきた。それを耳にするたびに、居ても立ってもいられないような気持ちになった。

　謹慎が解けて、まず考えたことは、手の稽古を本格的に再開するということだ。本部朝基は、手で身を立てると言っていた。そして、着々とその道を歩み始めている。朝基にできて自分にできないはずがない。

　朝徳はそう思った。

　自分は、今何も持っていない。そればかりか、新聞に中傷記事を書かれて、喜屋武家を追われた身だ。これから何かやろうとしたら、まさに背水の陣を覚悟しなければならない。

　本永の家の庭で、手の稽古を再開した。旧士族が手の稽古をするのは当たり前のことなので、誰も何も言わない。体を動かし、これまで学んだナイファンチとセーサンを稽古した。

　だが、一人で稽古しているだけでは不足だという思いが強くなった。恩師である松村(まつむら)宗棍(そうこん)はすでにこの世にはいない。

　それならば、松村宗棍とともに「二人のマチムラ」と称された松茂良興作(まつもらこうさく)を訪ねてみようと思った。本部朝基も松茂良に習ったことがあると言っていた。

　さっそく泊まで行ってみた。松茂良興作の自宅は、泊の聖現寺(せいげんじ)のそばにあった。訪ねていくと、身の回りの世話をしているという中年女性が応対してくれた。

手を御指南いただきたいと申し出ると、彼女は驚いたように言った。

「おじいさん(タンメー)は、もうお年でずいぶん体も弱っていますよ」

「とにかく、お会いしたいのです」

「取り次いではみますが……。お名前は?」

　朝徳は、名乗った。

「喜屋武朝徳と申します」

　本永を名乗れば、世間から後ろ指をさされることもない。父もそれを考慮してくれたに違いない。だが、朝徳は、喜屋武を名乗ることにした。こそこそ逃げ隠れをするような真似(まね)はしたくなかった。

　背水の陣ならば、徹底的に自分を窮地に追い込むことだ。そうでなければ、これからやろうとしていることは意味がない。

しばらくして、女性が戻ってきて朝徳に告げた。

「お上がりください。タンメーがお会いしたいと申しております」

「失礼します」

松茂良興作は、上座を空けて朝徳を待っていた。たしかに、お世話の女性が言ったようにずいぶんと年を取り、弱っているように見えた。

「先生、ワンが上座に座るわけにはいきません。どうぞ、上座にいらしてください」

朝徳が言うと、興作はかぶりを振った。

「喜屋武親方(ウエーカタ)のご子息の、殿内(トウンチ)ではございませんか。どうぞ、このままで……」

「実は、このたび、喜屋武から本永に養子に出まして……」

「それでも殿内には変わりはありません」

ずいぶん物腰がやわらかい人だと朝徳は思った。

「従兄(いとこ)の本部朝基も、先生に手を教えていただいたと、申しておりました。ぜひ、ワンにも手ほどきをしていただきたいと思いまして……」

興作は、悲しげに言った。

「もっと、元気な頃なら喜んでお教えしましたが、ワンはもうすっかりと衰えてしまって……」

「そうですか……」

老人に無理強いはできない。こうして会えただけでもありがたいと思わなければならない。ならば、しばらく手の話などをうかがって今後の参考にさせていただこう。

朝徳がそう思ったとき、興作が言った。

「ですから、いくつもの型をお教えするわけにはまいりません。一つだけでご勘弁いただきたい」

朝徳はぱっと顔を輝かせた。

「教えていただけますか」

「では、庭へいらっしゃい」

すぐに稽古をするとは思わなかった。だが、教えてもらえるとなれば、一分一秒も惜しい。朝徳は、すぐに庭に向かった。

興作は、先ほどの身の回りの世話をしている女性の手を借りなければ歩くこともおぼつかないほど衰えているようだった。

やはり、教えを請うのは無理だったのではないだろうか。朝徳は、そう思いながら興作の姿を見ていた。

ようやく庭に下りた興作が言った。

「では、チントウをやってみますので、よくご覧ください」

「ウー」

興作は、すっと背を伸ばすと、チントウの型を始めた。朝徳は目を見張った。歩くのもままならないように見えた興作が、型を始めたとたんにきびきびと動き始めた。突きは力強く、立ちは安定している。まるで、鬼神が乗り移ったようだと、朝徳は思った。

だが、さすがに型を何度も繰り返すことはできないだろう。朝徳は、興作の一挙手一投足に目をこらした。一度で型を見取ってしまうくらいの集中力が必要だった。

こういうときに、昔の父の教えが役に立った。父は将来のことを見越していたに違いない。手の名人・達人の多くは古老だ。何度も型を見せてもらうことはできないのだ。

松茂良興作のチントウは、淀みなく流れるような型だった。片足で立ってくるりと旋回するような所でも、まったく危なげがなかった。

興作は、型をやり終えると、またもとの老人らしい動きに戻り、濡れ縁に腰を下ろすと言った。

「さあ、やってごらんなさい」

朝徳は、今見たばかりの型を思い出しながらやってみた。守りの立ち方で手刀を交差するような形を取る。それからすぐに両膝を張った角力の四股のような立ち方で上段と中段を突く。それから、くるりと片足で回り、一度最初の手刀を交差するような構えに戻った。

そこでつかえてしまった。しばらく考えていると、興作が言った。

「二段蹴(げ)りです」

言われるとおり、地面を蹴って空中で右、左と蹴りを放つ。そこから後方に向かって下段を払うように受ける。

再び正面に向かって上段、中段の連続した突き。

忘れて動きが止まってしまい、考えていると、興作の声が聞こえてくる。そのとおりに、続けていく。

それを繰り返しつつ、型を続けた。

両手を腰に引いて蹴るのが珍しいと思った。蹴った後の足使いもこれまで経験したことのないものだった。脚の交差のしかたが独特なのだ。

後半には、その脚を交差する立ち方が多用されている。膝をつき、地面に向かって拳(こぶし)を突き下ろすような形をとった。あとは、振り向いて最初の構えに戻って型の終わりだった。

体ではなく、神経が疲れている。しばらく師についていなかったので、朝徳にとってはなつかしい感覚だった。

二度目は、最初にやったときよりも楽だった。とにかく、手順だけでも覚えてしまおうと、朝徳は必死だった。その日のうちに十回ほど繰り返した。

「今日は、このへんでよろしいでしょう」

興作が言ったときには、朝徳は汗びっしょりになっていた。だが、型を覚えることに夢中でまったくたいへんだとか辛(つら)いとかは感じていなかった。

「明日もいらっしゃい」

「ウー、必ずうかがいます」


この日、朝徳は、新しい人生が出発したことを実感していた。

過ぎてしまったことは仕方がない。新聞記事は誤解と憶測によって書かれたものだったし、有禄士族の子息ということで、標的にされたという意味合いが強かった。

だが、標的にされる理由もあったのだ。朝徳は、たしかに自堕落な生活を送っていた。本部朝基にますます水をあけられた感があるが、それも当然のことだった。

東京生活の後半から、新聞記事事件が起きるまで、朝徳は何もせずに遊んでいたに等しいのだ。だが、それも無駄だったとは思わないことにした。

世の中は聖人君子だけでできているのではない。清濁併せ呑(の)むことを知ったほうがいい。

とにかく、これからは変わるのだ。朝徳は、そう心に誓っていた。自分には手しかない。これからは手のために生きよう。

若い頃は、朝基に羨望や嫉妬を感じたこともあった。だが、それももう必要ない。自分自身のために手の修行を続けるのだ。

そう決意すると、新聞記事事件も悪くなかったような気がしてくる。あの一件がなければ、未だに仕事を探すと言いながら、だらだらとした生活を続けていたかもしれない。

朝徳は、それから毎日松茂良興作のもとに通った。なんとか、チントウの手順を覚えた頃、興作が久しぶりに濡れ縁から立った。

「さあ、やってみなさい」

朝徳がチントウを始めると、興作が肩や腰を叩き姿勢を正し、手足の位置を直してくれた。その注意も貴重だ。一度指摘されたところは、その場で修正していく。二度と間違えない。そういう覚悟で稽古を続けた。

一度修正されただけで、体が安定し、技が鋭くなったように感じた。やはり、達人の指導というのは違う。

それから、チントウの正しい動きが体に染みつくまで何日も稽古が続いた。くるくると変幻自在に動くチントウの型を、朝徳はすっかり気に入っていた。

チントウを習いはじめてから一ヵ月半ほど経った頃、興作が言った。

「けっこうです。あとは、技の意味を考えながら稽古するようにしてください。さて、ワンの稽古は、今日で終わりです。ごくろうさまでした」

朝徳は驚いた。

「今日で稽古が終わり……」

朝徳は、慌てて松茂良興作に言った。「まだ、変手（ヒンディー）も教わっていませんが……」

「変手は、ご自分で工夫なさってください。あなた（ウンジュ）は、それくらいの実力がおありです」

「いや、しかし……」

「教える型は一つだけ。そういう約束でした」

そうだった。それも無理をして教えてもらったのだ。これ以上わがままを言うわけにはいかない。朝徳は、深々と頭を下げて言った。

「今日までありがとうございました。先生から教えていただいたチントウは、一生大切にしていきます」

興作は、にこやかに笑っていた。

16

それから、三日後のことだ。

松茂良興作が亡くなったという知らせを聞いて、朝徳は自宅に駆けつけた。葬儀の準備が始まっていた。朝徳は、お手伝いの中年女性を見つけて言った。

「まさか、先生がお亡くなりになるなんて……」

「最後にあなた（ウンジュ）に手（ティー）を教えられてよかった。おじいさん（タンメー）はそう言ってましたよ」

「まさか、私（ワン）のために無理をされたせいで……」

「そうではありません。ウンジュが来られてから、タンメーは見違えるほど元気になられたのです。あんなに活き活（い）きとしたタンメーを見たのは久しぶりでした」

今日で稽古が終わりだと言ったときの、興作のことを思い出していた。穏やかな表情だった。おそらく、死期を悟っていたのだろう。

チントウは、松茂良興作の形見となった。

朝徳は、葬式と初七日に参列して、何人かの興作の弟子と知り合った。その際も、本永ではなく喜屋武と名乗った。相手が例の新聞記事を読んでいたり、その噂を聞いていったとしてもかまわないと朝徳は思った。そこで軽蔑されたり、非難されるなら、それだけの縁ということだ。幸い、興作の弟子筋では誰も、朝徳の記事について触れはしなかった。

それらの人々の縁から、二人の師を紹介してもらった。一人は、親泊親雲上興寛、もう一人は真栄田親雲上義長だ。いずれも、松茂良興作同様に、宇久親雲上嘉隆、照屋親雲上規箴といった師から手を習った泊の武士だ。朝徳は、真栄田からワンシュウを、親泊からはバッサイの型を学んだ。

ワンシュウは、方向を変えて同じ動きが出てくるので、すぐに覚えられた。動きも比較的単純だ。下段を払い、中段を突き、一歩進んで手刀を出し、再び突きを決める。その動きが、前方、左方向、右方向と、三回繰り返される。

基本の鍛錬なのだなと思って、稽古をした。あらかた型を覚えたとき、真栄田親雲上から言われた。

「前進するときに、那覇の手でやるように足を内側から回してはいけません。歩くように真っ直ぐに足を進めてください」

朝徳は、ふと疑問に思って尋ねた。

「足の運び方に、それほど大きな意味があるのですか?」

真栄田親雲上がこたえた。

「ワンシュウの技は、主に接近戦で使うことを想定しています。それを考えれば、おわかりになると思います」

「接近戦……」

朝徳は、ぴんとこなかった。

相手との距離と、足の運びとどういう関係があるのだろう。まあ、今はわからなくてもいい、習ったとおりに繰り返すだけだ。

朝徳は、そう思って稽古を続けた。

さらに真栄田親雲上が言った。

「出した足と、逆の側の手で突くとき、どうしても胴回り（ガマク）を捻（ひね）る人がいます。特に最近の若い人は、そういう動きをする。それでは本当の当破（アテイファー）はできません。肩も腰も捻らずに突いてください」

それは、ナイファンチやセーサンで学んでいたので理解ができた。どんな型も、突き詰めると同じなのだなと実感した。

父の朝扶の言葉が今さらながらに思い出される。父はかつてこう言った。

「ナイファンチには、手のあらゆる基本が含まれている」

新たに型を学ぶたびにそれが実感される。型を学びはじめたときは、目新しさに気を取られる。変わった動きや、特徴的な動きについ興味をひかれがちだ。

しかし、本質は変わらない。ナイファンチで培った胴体を捻らない動きは、すべての型に共通している。

体の外側の勢いを使うのではなく、内面から瞬発力を発揮するために必要な鍛錬だ。

朝徳は、これまでの自堕落な日々を取り返すかのように、稽古に邁進(まいしん)した。

親泊親雲上から習ったバッサイは、たいへん古い型だということだ。相手の攻撃を捌(さば)きながら同時に反撃するような動きが随所に見られる。

そうした技術はまさに、泊武士たちの特徴でもあった。親泊親雲上によると、バッサイには、もう一つの特徴があるという。これは、直々の口伝だった。

「バッサイは、暗闇(くらやみ)でやる型です」

「暗闇で……？」

「そう。実戦は、たいてい暗い夜道などで行われます。そういうときに、バッサイを知っている者はずいぶんと有利だったということです」

朝徳は、はっとした。

バッサイには、両手を開いた構えがある。その両手の動きがなにやら謎(なぞ)めいていたのだ。

「あの構えは、闇の中で敵を手探りする動きなのですね？」

朝徳が言うと、親泊親雲上は満足げにうなずいた。

「そのとおりです。相手の攻撃をひっかけるのにも使いますが、もともとあれは、探り手（サグイティー）だと、先達に教わりました。手だけではありません。足運びもそうです。バッサイでは探るように足を運びます」

説明されて初めて納得がいく。

たしかに、バッサイの足運びは独特だった。

時折、師から口伝をもらうと、さらに手に対する興味が湧（わ）いてくる。朝徳は、ナイファンチ、セーサン、ウーセーシー、チントウ、ワンシュウ、バッサイの型を、毎日繰り返した。

型をやるたびに、発見があり、また同時に、新たな疑問が湧いてくる。

疑問はいつかは解けるだろうと思い、ひたすら体を動かすことに専念した。武士は頭でっかちではいけない。特に、朝徳は、背水の陣から出発している。生き様の正しさを手で証明しなければならない。

人は、実際に見たものしか信用しない。だから、誰に見られても恥ずかしくないような型ができるように稽古しようと思っていた。

型と並行して、巻藁（マチワラ）突きも毎日続けた。巻藁鍛錬は、少しでも休むと、すぐもとにもどってしまうと言われた。常日頃の鍛錬が重要なのだ。

また、巻藁は単に拳を鍛えるためのものではないことが実感できるようになってきた。肩をしっかり落として巻藁を突く。すると、木のしなりで拳が押し戻される。それをぐっと肩甲骨のあたりで支えるのだ。

そういう鍛錬をすることによって、セーサンの型がまた変化してくるように感じた。松村宗棍が言った。セーサンでは、背中に壁を作るのだ、と。その言葉がようやく理解できるようになってきた。

型を本当に理解するためには、長年のたゆまぬ稽古が必要なのだ。疑問を持ちつづけ、新たな発見を求め、ひたすら型を練る。そのうちに、理解できなかった師の言葉が実感できてくる。

それは、今の朝徳にとって無類の喜びだった。

不思議なもので、手の理解が進むと、まったくの謎だった松村宗棍の言葉も理解できるような気がしてきた。

東京に発つ折に、朝徳に言ってくれた一言だ。思えば、あれが宗棍から聞いた最後の言葉になった。

「武は平和の道です。平和は武によって保たれるのです」

宗棍はそう言ったのだ。

そのときは、まったく意味がわからなかった。だが、稽古が進んで、自分の体が充分に鍛えられたと感じてくると、意味がわかってくるように思えた。

闇雲に戦うのが武の道ではない。戦いを制するために、武があるのではないかと思うようになったのだ。

本来の武は野蛮なものではない。その理想は、戦わずに勝つことだろう。そう思うと、松村宗棍のたたずまいの理由がわかった。

向かい合ったとたんに、その眼光に射すくめられたような思いがしたものだ。それが、宗棍の武なのだ。

だが、戦わずに勝つと一言で言っても、それは決して簡単なことではない。実際に戦って勝てる自信が必要だ。

これは、矛盾しているようで、実は矛盾していない。朝徳はそう感じた。武とはそういうものだ。負けないために戦いの技術を磨きつづけなければならない。だが、本当の目的はさらにその先の境地だ。

東京の吉原ですれ違った侠客たちのことが思い出された。朝徳は、ただすれ違っただけなのに、手が震えるほど緊張していたのだ。

おそらく、若い頃の宗棍もあのような雰囲気だったのだろうと思った。強さを突き詰めていけば、他人が決して手出しできないような雰囲気が身につくのだ。

他人を萎縮させるほどぎらぎらとした威圧感は、いわば抜き身の刀だ。刀をそのまま持ち歩く者はいない。それではあまりに危険すぎる。

危険な刃物は鞘（さや）に納めて初めて安心して持ち歩くことができる。宗棍は、まさに鞘に納まった刀身だった。

では、その境地に至るにはどうしたらいいのだろう。ただ、型を稽古し、巻藁鍛錬を続ければいいのだろうか。

それでは不足だと、朝徳は思った。

ワンも、朝基の真似事をしてみなければならないな。

戦いの技術を磨くためには、掛け試し（カキダミシー）が必要だ。たしなみで手を学ぶのなら、そんな必要はないだろう。だが、朝徳は、これから手で身を立てようとしている。

戦いの専門家となろうとしているのに、実際の戦いを知らないでは済まされないだろう。朝徳は、そう考えた。

まだ朝徳は、もうじき三十歳という若さだ。体力も充実している。掛け試しなら、東京でも経験している。日が暮れるのを待って、さっそくでかけてみることにした。

17

ずいぶんと長いこと、辻とはご無沙汰（ぶさた）のような気がした。酒を飲むのが目的ではない。朝徳は、土間に卓を並べたそば屋に入ることにした。

ここで、手頃な相手を物色することにした。そばを注文して、時間をつぶす。弱そうな相手では戦う意味はない。あくまでも、掛け試し（カキダミシー）は手（ティー）の修行なのだ。

そばを食い終わり、だんだん所在なくなってきた。適当な相手は見つからない。今日はあきらめて、また明日にでも出直すか。そう思い、立ち上がろうとしたとき、三人組の男たちが店に入ってきた。

一人は、朝徳よりも五歳ほど年上、あとの二人は同年代のようだ。三人ともザンギリ頭だが、明らかに元士族（サムレー）だ。よく鍛えられた体格をしている。特に、一番年上の男の拳には、巻藁（マチワラ）で鍛えたことを物語るタコができていた。

一杯飲んだ帰りに、そばを食うといった風情だ。朝徳は、彼らがそばを食べ終わるのを待つことにした。

次第に胸が高鳴ってきた。東京で経験があるとはいえ、やはり戦いは緊張する。緊張は恐怖を呼ぶ。このまま帰ってしまいたいと思った。

だが、帰るわけにはいかない。最初が肝腎（かんじん）なのだ。

やがて、三人はそばを食い終わり、席を立った。

朝徳も立ち上がった。

三人が店を出たところで声をかけた。

「あなた（ウンジュ）は手をやられますね？」

三人は立ち止まり、振り返った。

年長の男が言った。

「ウンジュは？」

「喜屋武朝徳と申します」

ここでも、朝徳は「本永」ではなく、「喜屋武」を名乗った。掛け試しは、手の修行であると同時に、汚名をそそぐための戦いでもあった。

「いかにも私（ワン）は、いささか手をやりますが、それが何か……？」

「立ちませんか？」

年下の二人が気色ばんだ。年長の男はその二人を制すると言った。

「掛け試しとは、今時珍しい」

「いかがです？」

「本来、掛け試しは、ちゃんとした立会人が必要なのですが……」

「ならば、そこのお二人に立会人をお願いしてはいかがです？」

男は、連れの二人を見てから言った。

「面白い。掛け試しとなれば、こちらも名乗らぬわけにはいかない」

男は、与那嶺某と名乗った。

一行は、辻の外れの原っぱに移動した。おそらく、ここでは、過去何人もの武士が掛け試しをやったことだろう。朝徳はそんなことを思っていた。

与那嶺が言った。

「さあ、いつでもかかってきなさい」

朝徳が年下で、しかも体が小さいので、自信たっぷりの様子だ。たしかに、与那嶺のほうが三寸ほど背が高く、上半身の筋肉もよく発達している。

誰が見ても、朝徳に勝ち目はなさそうに見えるだろう。

与那嶺は、内側に膝を絞るように立ち、両手を広げて前方に掲げた。那覇の手だ。

朝徳は、両手をだらりと下げ、自然体で立っている。それを見て、与那嶺が言った。

「なんだ、そちらから声をかけてきたくせに、やる気がないのか？」

やる気がないわけではない。こうして自然体で立つほうが、臨機応変に動けるのだ。

朝徳は、泊の手の特徴を試そうと思っていた。相手の攻撃を受けると同時に反撃するのだ。

与那嶺が言った。

「かかってこないなら、こちらから行くぞ」

相手が手を出したときが技を出す好機だ。

与那嶺が右の拳を朝徳の腹めがけて打ち込んできた。

あっと思った。想像していたより、その拳が素速く力強かった。技を合わせようと思っていたのだが、その好機を逃した。

朝徳は、思わず後ろに下がっていた。

与那嶺は、右の拳に続き、左の蹴りを出した。これも素速かった。

おそらく、拳も蹴りも食らったら動けなくなる。

朝徳はさらに下がった。

「何だ、逃げてばかりか？」

与那嶺が勢いづく。次から次へと左右の拳と蹴りを繰り出してくる。朝徳はただ下がるだけだ。

どんと衝撃がきた。与那嶺の攻撃ではない。背中だった。気づくと、原っぱの端にある石垣まで追い詰められていた。もう下がれない。

与那嶺が言った。

「負けを認めれば、ここで終わりにしてやる」

絶対に認めたくなかった。

「なに、戦いはこれからだ」

与那嶺はつぶやいた。

「強情な……」

来る……。朝徳は、覚悟を決めた。

与那嶺が右の拳を打ち込んできた。下がれないから前へ出るしかない。朝徳は、開き直ったような気持ちで左足を踏み出した。

するりと与那嶺の脇をすり抜けることができた。その瞬間に、肘を鉤のように曲げて、与那嶺のあばらに拳を突き込んでいた。

「ぐ……」

与那嶺の声にならない声が聞こえた。

太い胴体がよろよろと遠ざかる。朝徳は、右の足刀で、さきほど拳で打ったのと同じところに、蹴り込んだ。

与那嶺がどすんと尻餅をついて、そのままゆっくりと倒れていった。

朝徳は、ぜいぜいという音を聞いていた。それが自分の呼吸音であることに気づいた。

暗がりの中、目の前に与那嶺が倒れている。自分が今まで背にしていた壁のすぐ手前だ。

与那嶺の連れの二人は、立ち尽くしている。その二人がかかってくるのではないかと警戒していた。やがて、与那嶺がむくりと上半身を起こした。彼は、立ち上がると言った。

「何がどうなったのかわからん。目の前からウンジュが消えたと思ったら、倒れていた」

実は、朝徳自身も、無我夢中で、何をしたのか覚えていなかった。壁に追い詰められていたはずだが、今は、与那嶺のほうが壁の近くにいる。

与那嶺たちに、すでに戦いの意思がないと見て、朝徳はようやく体から力を抜いた。掛け試しは終わったのだ。

与那嶺が言った。

「もう一度、名前を聞いておこう」

「喜屋武朝徳」

与那嶺がうなずいた。

「覚えておく」

朝徳は、その場を去り、帰路についた。知らず知らずのうちに駆け足になっていた。興奮していたのだ。戦いの緊張から解放されたせいだ。

自宅に帰ってから、戦いのことを思い出してみた。自分が何をやったのか、次第にわかりはじめた。

与那嶺が打ち込んできたとき、朝徳は前に出るしかなかった。そのとき、まっすぐに前に出ていたら、与那嶺の突きを食らっていただろう。

朝徳は斜め左前方に足を踏み出したのだ。それで、与那嶺の拳を避（よ）け、彼の脇をすり抜けることができたのだ。

ワンシュウの足運びだった。

そのとき初めて、朝徳は、真栄田親雲上（ペーチン）の教えが理解できた。

前進するときに、那覇の手でやるように足を内側から回してはいけないと、真栄田親雲上は言った。もし、内側から回すように足を出していたら、前進が遅れて与那嶺の突きを食らっていただろう。

歩くようにまっすぐ足を運んだからこそ、与那嶺の脇をすり抜けることができたのだ。まっすぐというのは、最短距離ということだ。

ワンシュウは主に接近戦で技を使うことを想定した型だと、真栄田親雲上は言った。そのことを考えれば、その足運びの意味も理解できるだろう、と。

朝徳は理解した。

そして、それこそが自分の戦い方だと悟った。

与那嶺は、朝徳よりも体が大きかった。まともに打ち合っていたら、とうてい勝ち目はなかった。

これから戦う相手も、たいてい自分より大きなやつらだろう。

ワンシュウの技を使って、相手の脇に転身するのだ。体が小さい自分は、その体捌きを研ぎ澄ますのが一番だ。まさに背水の陣からの勝利を目指すのだ。

それこそが、まさに人生においても背水の陣に置かれた自分にふさわしい戦い方ではないか。朝徳は、そう考えた。

その日から朝徳は、しばしば辻などに、掛け試しにでかけるようになった。戦うときには、必ず喜屋武姓を名乗った。

朝徳の戦いは、自分の過去との戦いでもあったからだ。

沖縄の人々は、昔から武士や手小の噂話が好きだ。誰それが強い、いや、あの武士のほうが強いという話題は尽きない。

しばらくは本部朝基の噂でもちきりだった。朝基の名前は、三歳の子供ですら知っていると言われていた。

掛け試しを続けていると、朝徳の噂も広まりはじめた。次第に喜屋武朝徳の名前が世に知れ渡るようになったのだ。

そうなると、掛け試しを挑んでくる者も出はじめる。朝徳は、そういう者たちとも戦い、負けることはなかった。戦い方をはっきりと決めていたからだ。

また、掛け試しを始めてから、より稽古に熱を入れるようになった。この頃から、朝徳の上段突きが変化してきた。

基本では、突ききったとき、拳は水平になる。だが、背の低い朝徳が基本どおりに背の高い相手の顔面を狙っても、なかなかうまく打ち込むことができなかった。

そこで工夫を凝らした。古くから、拳を縦にする打ち方がある。朝徳は、基本の突きと、その縦拳のちょうど中間の角度で打ち込むことを考えたのだ。

そうすることで、背の低い朝徳でも威力のある上段突きができるようになった。これが、朝徳の突きの特徴となった。


明治三十四年（一九〇一年）、尚泰侯爵が死去したという知らせが、朝徳のもとに届いた。父をはじめとする、家扶たちもいずれ沖縄に帰ってくることになる。

朝徳は、一つの時代が終わったと感じた。沖縄の最後の王が他界したのだ。

この年、糸洲安恒が尋常小学校で手の指導を始めた。

沖縄の士族の間に秘密裡に伝えられてきた手が、学校で広く指導されるようになったのだ。これは、大きな変化と言わざるを得ない。

やはり、時代は変わっていくのだ。朝徳は、しみじみと思った。

この頃、手は、唐の手と書いて「トゥディー」と呼ばれることが多かった。唐渡りの手という意味だ。

松村宗棍の師である佐久川寛賀が「トゥディー佐久川」と呼ばれていた。中国の武術を学んだからだ。

松村宗棍は、その中国武術に、示現流の理合いを加味して、沖縄独自の武術を練り上げた。それが、首里の手だ。

だから、すでに「唐手」と呼ぶのは正しくないのだが、唐手という呼び名や表記が一般的になっていた。

朝徳は、そうした中で、掛け試しを続け、次第に武名を高めていった。

すでに新聞の中傷記事のことは忘れ去られ、朝徳は武士として有名になっていた。

新聞は、富裕階級や知識階級などの一部の人々に読まれていたに過ぎない。市井の人々に広く読まれていたというわけではない。

一方、武士の噂は、町中の隅々にまで浸透し、広まっていく。

朝徳の武名が、新聞記事の汚名を払拭するのに、それほど時間はかからなかった。

あるとき、親戚の集まりで、本部朝基と会った。朝基は朝徳を見ると、にやりと笑い言った。

「ちょっと出て話をしないか？」

二人は、本部御殿（ウドウン）の庭に出た。幼い頃、朝基と遊んだなつかしい庭だった。月が出ており、庭はほのかに明るい。

朝基が言った。

「おまえ（ヤー）もなかなかやるな」

「何のことだ？」

「ワンがヤーの噂を知らないとでも思っているのか？」

「ワンが新聞の記事になったことを知っているか？」

朝徳が言うと、朝基は顔をしかめた。

「ああ。つまらんことで記事にされたものだ。だが、それは過ぎ去ったことだ。三年も前の話だろう」

「喜屋武の名を汚したことは間違いない。それで、ワンは本永の養子になった」

「ばかたれ（フリムン）。本永には後継ぎがいなかった。ヤーの父（ターリー）はもともと本永の出だ。ヤーが本永の養子になったのは、そんなつまらないことが理由ではないはずだ」

朝基は大きな男だと、朝徳は思った。体も大きいが、心も大きい。

「ワンは、今でも喜屋武姓を名乗っている。汚名をそそぎたいのだ」

「もう誰も新聞記事のことなど覚えていないだろう。ヤーは強い武士だと、世間の人は思っている」

「いや、ヤーに比べれば、まだまだだと思う」

朝基は笑った。

「ワンは、誰の挑戦でも受けるからな」

「実際に掛け試しをやってみてわかった。ヤーは、やっぱりたいしたものだ」

朝基は、素直にうれしそうな顔をした。この屈託のなさが昔から羨ましかった。

朝基が急にいたずらっ子のような笑顔を見せた。こういうときの朝基が何を言い出すか、幼い頃から付き合っている朝徳には、すでにわかっていた。

「どうだ、ミーグヮー。ワンと立ってみないか？」

案の定だ。

「いや、結果はわかっている。ヤーにはとてもかなわない」

「そんなことは、やってみないとわからない」

昔の朝徳ならば、決して戦おうとはしなかっただろう。だが、今は違う。これは、手の修行なのだ。

朝徳は言った。

「では、やってみるか。ここでいいか？」

朝基は、にっと笑って言った。

「ああ。すぐに始めよう」

いずれは朝基と手合わせをしたいと思っていた。だが、こんなに早く実現するとは思っていなかった。

朝基は、子供のように無邪気に言った。

「心配するな、ミーグヮー。ワンは、掛け試しで相手に怪我をさせない自信がある」

朝徳は、その言葉のすごさをよく知っていた。

怪我をさせない自信というのは、圧倒的な力量差を物語っている。力量が拮抗しているときは、お互い怪我をする危険がある。

怪我をさせないというのは、余裕をもって相手を制することができるということだ。

朝徳は無言で庭の中央に歩み出た。その朝徳に朝基が対峙した。二人の距離は、一間ほどだ。

「さあ、行くぞ」

朝基がじりっと間を詰めてきた。

なんという威圧感だろう。

朝徳は圧倒される思いだった。胸板は昔よりも分厚くなっていたし、腕の筋肉も発達している。

わずかな月明かりの中で、朝基の眼が炯々と光っている。

朝徳は思わず、わずかに後退した。朝基は、さらにずいと前に出てくる。

朝徳は、また後退した。朝基が言った。

「どうした、ミーグヮー。手が出せないのか？」

「先に手を出したほうが負ける。武術とはそういうものだ」

「ならば、こちらから行くぞ」

朝基がずいと歩を進めると、右の拳を朝徳の腹に飛ばしてきた。

それを右手で払った。丸太を叩いたような気がした。

さらに左の拳が飛んでくる。朝徳は、大きく下がってそれを避けた。

朝基の声が聞こえてくる。

「掛け試しで負け知らずという噂は嘘なのか？」

朝徳はこたえない。

これが朝徳の戦い方だ。自分を背水の陣に置く。そこからの反撃。

朝基が業を煮やしたように、また突きを出してきた。朝徳は、それを捌きながらさらに後退する。

背後に井戸があった。その先は石垣だ。いよいよ朝徳は追い詰められた形になった。

朝基が言った。

「逃げてばかりいるからそういうことになる」

朝徳は、次の朝基の攻撃を待っていた。

その攻撃を仕掛けてくる一瞬を狙い、朝基の脇に転身して一撃を見舞う。遅れたら命取りだ。だが、遅れない自信があった。

朝徳は待ち受ける。

だが、朝基はいっこうに攻撃してこようとしない。

やがて、朝基の声が聞こえた。

「なるほど、そういうことか」

朝基が、一歩下がった。闘気が失せていた。

朝徳は言った。

「どうした？　攻めてこないのか？」

「考えたな、朝徳」

「何のことだ？」

「このままワンがかかっていったら、まんまとヤーの術中にはまるところだった。ヤーの戦い方は、死中に活を求めるのだな」

朝徳は驚いていた。

「さすがはサーラーウメーだな。こちらの目論見をお見通しか……」

「お見通しだ」

朝基が言った。「だから、手が出せなかった」

「それが必勝の秘訣だ」

「やられると思ったからな。そういうときは手を出さない。それが必勝の秘訣(ひけつ)だ」

「なるほど、勉強になる」

「噂は本当だったな……。ミーグヮーはたいしたものだ。ワンに負けると思わせた」

「実際にやってみなければわからないんだろう?」

「あそこで手を出していたら、どちらかが大怪我をしていた。もちろん、怪我をしたのはヤーのほうだと思うが、掛け試しで相手に怪我をさせるのは、ワンの本意ではない」

どこまでも朝基は強気だ。だが、朝基が朝徳の実力を認めたことは事実だった。

「さあ、そろそろ戻らないとな……」

朝基が濡れ縁のほうに向かって歩き出した。朝徳はそのあとに続いた。

18

明治三十五年（一九〇二年）には、父・朝扶が東京から帰郷した。

父は、首里の喜屋武屋敷を出た。久米村に居を構えて、隠居したのだ。家督は正式に長男の朝輔のものとなった。

久米村で隠居生活を送る父は、もともと趣味だった三味線細工を始めたという。一度、挨拶に行こう。朝徳はそう思っていた。

父の住む那覇久米村を訪ねようと思いつつ、日々は過ぎていった。本永家の後継ぎとなった今では、生活に窮することもなく、特に忙しいわけでもない。

行こうと思えばいつでも行けたのだが、養子に出された身としては、なかなか会いに行く踏ん切りがつかなかった。

父はまだ新聞記事のことを忘れてはいないだろう。朝徳が会いに行っても喜ばないかもしれないという思いもあった。

結局、訪ねたのは、父が帰郷して一ヵ月も経ってからだった。那覇に出かける用事があったので、寄ってみることにしたのだ。

父の新居は、喜屋武屋敷に比べれば粗末だったが、こぢんまりとした居心地のよさそうな家だった。

「おお、朝徳か。上がりなさい」

玄関に出て来た父は、笑顔で言った。母はどこかに出かけているようだ。

朝徳は意外に思っていた。父の笑顔は珍しかった。子供たちの前では滅多に笑ったことがない。厳格な印象だけが残っていた。

思えば、朝徳も三十二歳だ。朝徳が子供の頃や学生の時代とは接し方も変わって当然なのかもしれない。

居間に通されて、父と二人きりで座卓を挟んで座ると、妙な感じがした。とにかく、何か言わなければならない。

「東京勤め、ご苦労さまでした」

「堅苦しい挨拶はいい」

父が茶をいれてくれた。自ら茶をいれる姿など、初めて見た。

「何だ？　私(ワン)が茶をいれるのがそんなに珍しいか？」

「珍しいです」

「無理もないな。ワンも、やることなすこと初めてで、おおいに戸惑う」

さんぴん茶のいい香りがした。

「住み心地はいかがですか？」

「首里でも東京でも大きな屋敷にばかり住んでいたからな。小さな家がこんなに居心地がいいとは知らなかった」

「それは何よりです」

　父は茶を一口すすってから言った。

「本部御殿(ウドゥン)の朝基が、ずいぶんと話題になっているようだな」

「はい。サーラーウメーとか、本部ザールーとか呼ばれています」

「最近では、そのサーラーウメーに負けず劣らず、喜屋武朝徳の名も上がっているようだが、さて、不思議だ。この世に、もう喜屋武朝徳はいないはずなのだが……。誰かがその名を騙(かた)っているのだろうか……」

　朝徳は、思わず目を伏せていた。

「いえ、ワンは今でも喜屋武を名乗っているのです」

「なんと……。では、噂の喜屋武朝徳というのは、おまえ(ヤー)のことなのか」

　父は何もかも知っていながら、こんな言い方をしているのだ。本永に出された者が喜屋武を名乗ることを非難しているに違いないと、朝徳は思った。

　ここでひるむわけにはいかない。掛け試し(カキダミシー)も、喜屋武を名乗ることも、覚悟を決めてやっていることだ。

「はい。ワンのことです。ワンは、自分の過去と戦わねばなりませんでした。ですから、本永朝徳の名前が広まっても意味がないのです。ワンは、これからも喜屋武を名乗り続けます」

「本永の家を絶やさぬように、ヤーを養子に出したのだ。ワンは、本永の出だ。本永家に愛着もある」

「ご心配には及びません。本永の家は立派に存続させてご覧に入れます。喜屋武を名乗るのは、ワンの個人的な思いなのです」

「わかった。それにしても……」

父の口調が和らいだ。「掛け試しで武名を上げるとはな……。ヤーには手の才があると見込んで、松村先生のもとに連れて行ったのだが、これほどまでに手に打ち込むことになるとは思いもしなかった」

「今のワンには、手しかありません」

「それも一つの生き方だろう。世が世ならば、首里王府にお勤めするところだが、今ではそれもかなわないからな」

「朝基が手で有名になったように、ワンも手に全力を傾けたいと思います」

「仕事はどうする？」

「今は、そのことは考えておりません」

「有禄士族といっても、本永は本部ほど裕福なわけではない。男は家族を養って一人前だ。そして、昔から、ちゃんとした収入を確保してから手をやれ、と言われたものだ。手をよこしまに使うことになりかねないからだ」

父の言うとおりだと思った。手で食べていくわけにはいかないのだ。

朝徳の評判は高まったものの、仕事となると話は別だ。多くの元士族階級が、「ヤードゥイのサムレー」、つまり、居候士族として親類縁者を頼りに、首里を離れて地方で苦労をしている。

朝徳の場合は、そういう元下級士族とは立場が違うが、それでもなかなかいい仕事は見つからない。

いや、実は仕事がないわけではない。役所などに勤めようと思えば、それは可能だった。朝徳が、役所や警察といった公務に就かないのは、兄の影響だった。

長男の朝輔は、再三県庁から入庁を催促されたにもかかわらず、それを断り続けたのだ。

県庁や警察などの公務は、ほとんど元薩摩藩士が支配している。それでなくとも喜屋武家は、世間から親ヤマト派と見られている。もし、ヤマトが支配する役所などに就職したら、何を言われるかわからない。

それ故に、朝輔は県庁で働くことを拒否し続けたのだ。喜屋武の名を背負うのは、なかなかたいへんなのだ。

　朝徳は、父に言った。

「今は、手を追究することしか考えられません」

「いずれ、そうも言っていられなくなるだろう。ワンも何かよい仕事がないか、考えておこう」

「いいえ、父上（ターリー）にそんなことをしていただくわけにはまいりません。ワンは、もう本永の人間なのですから」

「今でも喜屋武を名乗っているのだろう？　それに、ワンは本永の出だ。水くさいことは言いっこなしだ」

　父は、たしかに変わった。

　隠居したのは、父にとってそれほど大きな出来事だったのだろう。廃藩置県や、それに伴う「王政一新慶賀」使節団の件、そして、それ以来の喜屋武家の沖縄における立場。それらは、とてつもない重責だったのだろう。

　父・朝扶はそれを一身に受け止めていたのだ。隠居してそれらから解放された今、安らかな気持ちでいるのだろう。

　もしかしたら、自分の武名が高まることを喜んでくれているのかもしれないと、朝徳は思った。もともと、手をやれと言ったのは父だ。

父は、東京で遊び歩く朝徳を、じっと見守ってくれていたのかもしれない。それを思うと、今さらながらに恥ずかしくなった。だが、時間は戻せない。過去は過去として認めなければならない。そして、どんな過去であっても、未来のために役立てなければならないと、朝徳は考えていた。

父のもとを訪ねてよかったと思った。

これからは、機会を作ってしばしば訪ねようとも思った。

明治三十七年（一九〇四年）、日露戦争が起こった。沖縄といえども、戦争とは無縁ではいられない。

糸洲安恒門下の花城長茂（はなしろちょうも）が、日清戦争に続き、日露戦争にも従軍した。

手を巡る動きも、このところ目まぐるしかった。

この年、糸洲安恒が、県立第一中学で手の指導を始めた。彼がチャンナンの型から創始したというピンアンの型を教えはじめた。

翌、明治三十八年（一九〇五年）には、日露戦争終戦。日本中が、戦勝の喜びにわいた。

十一月には、凱旋（がいせん）帰国した花城長茂が、糸洲安恒に代わって、県立第一中学で手の指導を始めた。このときに、「トゥディー」という沖縄言葉の発音が、「カラテ」に改められて、表記も「唐手」に代わって「空手」が使われている。

しかし、一般には、まだ「トゥディー」と言われていたし、朝徳は相変わらず「ティー」と言っていた。

新しいものが受け容れられるには時間がかかるのだ。しかも、「空手」という呼称は、ヤマトの政府の押しつけという性格もある。

幼い頃から慣れ親しんだ「ティー」という呼び名を、今さら変える必要もないという思いが、朝徳にはあった。

日露戦争の勝利によって、沖縄の反ヤマト勢力は、ますます弱体化していき、県政や警察、学校といった公的な部分では、良きにつけ悪しきにつけ、ヤマト化が進んでいった。

しかし、島の人々の伝統に対する思いは強く、人々の生活様式などは、昔ながらのものが残り続けた。

朝徳は、手の稽古にますます熱を入れていた。昔から、手をやる者は、棒の手も知らなければならないと言われている。

手と棒は車の両輪、という言葉も残っている。

そこで、朝徳は棒の研究も始めた。棒をやることで、手の体捌きが、さらによく理解できるようになった。体をうまく使わなければ、力強く棒を振ることができない。

　手先で振っても本当の威力が出ないのだ。また、腰を捻ってしまっては、うまく棒を扱うことができない。そうした体の動きは、手の体使いをますます盤石にしてくれた。実際、「手」と、「棒の手」の体使いはまったくいっしょなのだ。棒を打ち込んだときの形が、そのまま手の基本の突きの形と同じだ。

　打ち込んだとき、棒を脇で止めるか、腰にすえるかという違いは、手の突きの引き手の位置に一致する。

　昔から手の突きのときに、もう一方の拳は胸の脇か、腰かのどちらかに引き付けるが、これは、棒の打ち込みの「脇止め」「腰止め」に一致するわけだ。

　朝徳は、長い間、突きのときに、なぜもう一方の拳を引き付けるのか不思議だった。それは無防備な恰好に思えたのだ。また、前腕を内側から外側へ、回すように相手の攻撃を受けるが、それは不自然に思えた。

　だが、そうした手の基本の、一見不自然な動きに対する疑問は、棒をやってみるとたちまち氷解した。

　棒は間違いなく手の助けになる。逆説的だが、棒を手に取ることで、徒手の体術が一層充実するのだ。

　そうした研究と同時に、背水の陣からの転身に、ますます磨きをかけた。

相手の一瞬の隙（すき）をついて、脇に転身する。そこから、拳を打ち込むだけでなく、蹴りも出せるように稽古した。

朝徳にとって蹴りは重要だった。体が小さいので、相手の攻撃をかわしながら遠い間合いから攻撃できる、足刀による横蹴りを特に稽古した。

横蹴りは、朝徳の得意技となった。

相変わらず、掛け試しを続けていたが、このところは自ら進んで相手を見つけるというより、挑戦されることが多くなっていた。

中には、朝徳の戦い方を研究して、対策を練ってくる者もいたが、朝徳の転身の速さはそれを上回った。

一瞬にして相手の脇や後方に回り込むために、一番大切なのは、引かない気持ちだということを悟っていた。相手の攻撃に合わせて、飛び込むくらいでなければいけない。一瞬でもひるんで、後方に引いてしまってはうまくいかない。

戦いには自信を深めた朝徳だったが、このところ、ふと疑問に思うことが多くなってきた。

ワンは、手のために生きようと思っている。だが、その手は何のためにあるのだろう。

松村宗棍は、武は平和の道だといった。平和は武によって保たれる、と。それは理解しているつもりだ。

だが、まだ本当に理解しているとは言えないのかもしれないと思いはじめたのだ。掛け試しで戦うときには、戦いのことしか考えていない。戦うときは、血が熱くなるし、相手を倒すことに夢中になっている。

そこには平和などという考え方はない。

自ら戦いの相手を求め、また、挑戦されるがままに戦いつづけてきた。手の修行だと割り切ってはいたが、実際、そこには闘争の猛々しさしかなかった。

もともと、松村宗棍の言葉を実践するために、掛け試しを始めたのだ。

武力を熟知している者にしか、本当の平和を理解することはできない。そう考えたのだ。

だが、実際にやってみると、平和などというものは、はるかかなたにある。

ワンは、戦うことに喜びを感じているのではないか。

平和の道というのは、お題目に過ぎず、ワンはただ、闘争の技術をひたすら磨いているだけなのではないか。

そんな思いが湧いてきた。

日清・日露の勝利もあって、世の中は武力を容認する風潮になっているように思える。軍部も手に注目しているという話も聞く。手は、戦いの技術として利用されるようになるのかもしれない。

それではいけないという思いが、朝徳にはある。だが、なぜいけないのか、明確にこたえることができない。

それは、自分の手に何かが不足しているからだと、朝徳は思った。

いや、自分の手に不足しているというより、自分自身に不足していると言うべきか……。

手の修行に一生を費やそうと覚悟を決めた。だが、その手は何のためにあるのだろう。宗棍が言った、「平和の道」という言葉を真に理解するためには、何が必要なのだろう。

朝徳は、迷い始めていた。本部朝基に相談してみようかと思った。朝基なら、何の迷いもなくこたえを出してくれるかもしれない。

いや、朝基には相談できない、と朝徳は思い直した。

朝基に教えられるのでは意味がない。朝徳自身が考え、結論を出さなければならないのだ。手は何のためにあるのか、何のためにやるのか。それは重要な問題だった。

結論が出ぬまま月日は過ぎていった。

ワンは、何のために手をやるのか。その問いは、そのまま、手は何のためにあるのかという疑問と同意義だった。

今のままでは、ただの乱暴者と変わらない。挑まれて、必死に相手と戦うだけだ。

手の修行と言いながら、戦うことを楽しんでいる自分に気づくこともある。これでいいのかという疑問がつきまとう。

昔の武士（ブサー）たちはよかった。首里王府のために手を鍛えるという大義名分があった。島を支配する島津（しまづ）藩に抵抗するために、密かに手を稽古するという時代もあった。それはそれで理由がある。

県立第一中学と師範学校で、「空手」が正課になったという。それはそれで喜ばしいことだ。手は、「唐手」あるいは「空手」と呼ばれて、多くの学生たちに指導される。体育や軍事教練に役立つのだ。

では、朝徳が目指す手も、体育や軍事教練のためのものでいいのか。

それは、まったく違うものではないかという危惧（きぐ）がある。今は、まだいい。糸洲安恒や花城長茂といった名高い武士が指導をしている。

だが、学校で教えることには限りがある。ごく基本的なことだけを学んで、手をやった気になる者が出はじめるのではないかと、朝徳は心配していた。

そういう者たちが、将来大手を振って手小（ティーグワー）だと言いはじめたら、手の本質がどんどん失われていきかねない。それは恐ろしい事態だ。

学校の正課となるということは、手をやる者にとって喜ばしいことではあるが、そうした危険性を孕（はら）んでいるということは間違いないと、朝徳は考えていた。

そこで、また最初の疑問に戻るのだ。

では、ワンは何のために手をやるのか。手は何のためにあるのか。

堂々巡りだった。いっこうにこたえが見つからない。

それでも朝徳は、手の稽古を止めるわけにはいかなかった。自分には、もう手しか残されていない。そういう思いで必死に稽古を続け、そしてこたえを求めていた。


ある朝、いつものように巻藁（マチワラ）を突き、型の稽古を始めた。まず、ナイファンチから始める。他の型はやらなくても、ナイファンチだけは毎日欠かさなかった。

ナイファンチには、手のすべての基本が含まれている、という父の教えを実感していた。

さらに、朝徳はセーサンを重視していた。松村宗棍から教わった大切な型だということもある。だがそれだけではない。朝徳は、セーサンの効用を強く意識していた。

前半部分は、背中に壁を作り、突きそのものの威力を増すのに役立つ。そして、後半部分は、まさにナイファンチの横への動きを縦にしたようだと思っていた。

朝徳が型をやり込んだ結果、自分自身で感じたことだ。手に秘伝はない。すべての要素は型の中にある。

あらゆるこたえは、型の中にあるのだ。

そのこたえを引き出せるかどうかは、どれくらい真剣に型と向かい合ったかによるのだ。

朝徳は、ナイファンチを終え、セーサンをやった。

こたえは、型の中にしかない……。

ふと、朝徳の手が止まった。

そうだ。こたえは、外にあるのではない。

そう思い当たった。

なぜ手をやるのか。何のために手はあるのか。そのこたえも、外を探し回っていては見つからないに違いない。

では、どこにあるのか。自分自身の中にしかないのではないか。

朝徳は、そう考えた。

自分自身の中にあるとしたら、それは何なのだ。

朝徳は、庭にたたずみ、真剣に考えていた。そして、はっと顔を上げた。

そのとき、思い出したのは、二松學舎(にしょうがくしゃ)での三島中洲(みしまちゅうしゅう)の教えだった。若い頃には、それほど重要だとは思っていなかった。

学生の頃は、自分の人生には、ほとんど関わりのないお題目に等しいとまで思っていた。

その儒学の教えが、今突然、大風のように朝徳の心に押し寄せてきた。

仁・義・礼・智・信。忘れかけていたそれらの概念が、次から次へと湧き上がってくる。

そして、儒学の根本を成す「修己治人」という言葉に対する深い理解を感じた。

それは、感動の瞬間だった。朝徳は、己の中にこたえを見つけたのだ。若い頃には、自分にとって意味はないと思っていた。それが今、はっきりと自分の人生と交わった。

これが学問というものか……。

朝徳は思った。学問も手も同じだった。習ったときは何のことかわからない。だが、それがいつか重要な意味を持つときがやってくる。

まさに、「修己治人」がこたえだった。

修養して徳を積み、その徳で人々を感化していき、結果的に世を治めるという思想だ。手は自分自身のための修行だ。修行を積むことで、徳を高めるのだ。それこそが、手の目的だ。

大きな人物になれば、いたずらに戦いを求めてくる者はいなくなるだろう。また、その高い徳によって無駄な戦いを収めることができるかもしれない。

その考え方は、そのまま松村宗棍の「武は平和の道」という教えと完全に一致する。

手は、自分自身の徳を高めるための修行の一つだった。それは、単純明快であり、また、大義に合致した考え方だった。

悟りというのは、柿の実が落ちるようなものだという言葉がある。もちろん、沖縄には柿の木はないが、東京で見たそれを思い出してなるほどと思っていた。

柿の実は、熟すと自然に落ちる。それと同様に、何かの悟りというのは、機が熟したときに自然にやってくるものなのかもしれない。

朝徳は、その日から掛け試しをやらなくなった。

もう充分に経験を積んだという思いもある。だが、それだけではなかった。掛け試しをして、己と他人を比較する必要を感じなくなったのだ。

手の稽古は、自分自身の修養のためにするのだ。世間で噂するように、誰彼より強いか弱いか、などということを気にする必要はない。

掛け試しは止めたが、武勇伝は独り歩きする。相変わらず、戦いを挑んでくる者が少なくなかった。

朝徳は、挑戦を受けるたびに、まず丁寧に辞退をした。それでも聞き入れてくれない者に対しては、少々大人げないとは思うものの、鉄拳(テイジクン)の威力を見せつけて退散願った。手近なものを拳で割って見せたのだ。

毎日巻藁で鍛錬し、ナイファンチやセーサンで培った当破(アティファー)には自信がある。板でも瓦(かわら)でも、時には泡盛の甕(かめ)まで割って見せた。するとたいていの挑戦者はすごすごと立ち去って行った。


久しぶりにまた、父と母のもとを訪ねたときのことだ。

父が感じ入ったように言った。

「ほう、何かあったのか……？」

「は……？　何かとは……」

「前に会ったときとは、違う感じがする」

「別に痩せても太ってもおりませんが……」

父は笑った。側にいた母も笑っていた。

母が言った。

「ターリーがおっしゃるのは、そんなことではありませんよ」

朝徳は、小さな目をぱちくりとさせた。

「では、何ですか？」

父が言う。

「まず、眼が違うな」

「眼ですか？　相変わらずミーグヮーと呼ばれておりますが……」

目が小さいから目小だ。

「いい眼になった。前に会ったときは、野獣のようにぎらぎらしておったが、何やら品格を感じるようになった」

「掛け試しを止めたからでしょうか」

「ほう、世間では、まだチャンミーグヮーの武勇伝でもちきりだが……」

「世間の人は噂好きですから……」

「なぜ、掛け試しを止めた？」

「その必要を感じなくなりました」

「ほう、どうして感じなくなった？」

「手の稽古は、己の修練のためにするもので、他人と力量を比べるためにするものではないと思い至りました」

父は、うなずいた。満足げな表情だった。

「なるほど……」

「ワンはなぜ、手の修行を続けるのか。手は何のためにあるのか。そのこたえを求めて、ずいぶんと苦しみました。あるとき、二松學舍の三島先生の教えを思い出しました。それが、松村宗棍先生の言葉と見事に一致したのです。すなわち、修己治人です」

「善き哉。朝徳、ヤーは一人前の武士になったな」

「いいえ、まだまだこれからです。ようやく、手をやる意味を悟ったに過ぎません」

「それが重要なのだ。世の中には、何のためにやるのか気づかずに、ただ稽古を続けている者もいる。喧嘩(けんか)の道具と考えている者すらいるのだ」

一歩間違えば、自分もそうなっていたかもしれないと、朝徳は思った。

「これからは、自分自身のためにいっそう手の稽古に励みたいと思います」

父がまたうなずいた。

母が言った。

「サーラーウメーは、多くの武勇伝で有名になりましたけど、あなた(ウンジュ)は、サーラーウメーとは別の形でもっと有名になるかもしれませんね」

朝徳は、戸惑った。

「それはどういうことでしょう？」

その問いにこたえたのは、父だった。

「ヤーは、徳を高めるために修行を続けるのだろう。徳が高まれば、自然と人が集まってくる。徳を慕って人が集まれば、そこに和が生まれ、秩序が生まれる。それが、治人ということだ」

「ワンには、まだよくわかりません」

「まあ、いつかはわかる日もくる」

そうなのだ。人生は、その繰り返しだ。先人や親の言葉は、今わからなくても、いつかはわかるときが来るのだ。

「ウー」

「ときに、朝徳……」

「は……？」

「以前話した、仕事の件はどうなった？」

朝徳は、少し前から考えていたことを、思い切って話してみることにした。

「読谷山村に、侯爵様の土地があると聞いたことがあります」

侯爵様というのは、もちろん尚泰のことだ。読谷山村には、尚家の領地がまだ残っていた。

「牧原だな？　それがどうかしたか？」

「ワンは、そこで養蚕でもしながら、手の修行に精を出したいと思います」

「首里を離れるのか？」

「このところ、首里でも那覇でも、掛け試しを挑まれることが多く、落ち着いていられません」

「身から出た錆だろう」

「おっしゃるとおりです。面目ございません」

「本永の家はどうするつもりだ？」

「ワンが読谷山村に引っ越したからといって、別に問題はないでしょう」

「当主が家を空けるというのも、いかがなものかな……」

「そちらは何とでもなるでしょう」

「だが、養蚕などでは豊かな暮らしなど望むべくもないぞ。それでもいいのか？」

「貧しさは望むところです。よこしまな欲が出ず、手の修行に精進できます」

「そこまで言うのなら、わかった。牧原のことは、ワンが何とかしよう」

「ありがとうございます（ニフェーデービル）」

19

朝徳が、読谷山村牧原に移り住んだのは、明治四十一年（一九〇八年）。三十八歳のときだった。

父が段取りをしてくれたお陰で、農家に居候できることになった。家主は老夫婦だった。まるで、廃藩の士族（サムレー）のように屋取（ヤードゥイ）となったわけだ。

養蚕小屋の隣に一部屋借りて、朝徳は新しい生活を始めた。まず最初にやったのは、敷地内に巻藁（マチワラ）を立てることだった。

手（ティー）を修行する者にとって巻藁は大切だし、一種の象徴のようなものだ。

村人に手をやっているところを見られたくないので、型の稽古は暗くなってからやることにした。

養蚕を手伝ったが、それだけでは世話をしてくれる老夫婦に申し訳なく、しばらくしてから荷馬車引きの仕事を始めた。

荷馬車の荷を上げ下ろしするのは、いい鍛錬になった。いつでも稽古できるようにと、荷馬車に六尺棒を積んでいた。

あるとき、黒砂糖を詰めた樽(たる)を荷馬車に載せ、それを奥の方に詰めるために、六尺棒で突いていた。これもいい稽古になると思った。呼吸と拍子をうまく合わせなければ、棒に力が乗らない。

誰かにそれを見られたのだろう。たちまち、噂になったらしい。家主の農夫にこう言われた。

「あなた(ウンジュ)、黒砂糖を詰めた大きな樽を、六尺棒でひょいひょいと持ち上げなさったそうですね」

朝徳は驚いた。

「そんな真似ができるはずがありません」

噂に尾ひれがついていたのだ。家主の農夫は、その技を見せてくれと言ったが、朝徳は笑って取り合わなかった。

朝徳が、読谷山村に移り住んだのには、そこが尚家の土地だというだけでなく、もう一つ理由があった。

読谷山村に、北谷屋良(ちゃたんやら)の子孫が住んでいると聞いていたからだ。

北谷屋良は、伝説の武士(ブサー)だ。正式には屋良筑登之親雲上(チクドゥンペーチン)利導(りどう)と言い、屋良家の第五世だ。北谷大(ウフ)屋良とも呼ばれた。手だけでなく、釵(さい)や棒で有名だった。一七四〇年の生まれで、歿年(ぼつねん)は一八一二年と言われている。

松村宗棍の師、トゥディー佐久川よりもさらに先達ということになる。

屋良家は代々尚家の読谷山村牧原馬場を管理していた家柄だ。北谷間切(まぎり)字屋良を所領していたが、廃藩置県で首里からこの地に移り住んだ。

北谷屋良家には、伝説のクーシャンクーという型が伝わっているという。朝徳は、ぜひともそれを学んでみたかった。

朝徳が住んでいる農家から、屋良の家まではそれほど遠くない。荷馬車の仕事が一段落したある日、朝徳は訪ねてみることにした。

さすがに大きな家だが、首里のサムレーの屋敷と比べるとかなり素朴な造りと言わなければならなかった。玄関で、声をかけると、使用人らしい男が出てきた。

「喜屋武朝徳と申します。ご主人にお会いできませんでしょうか？」

「お待ちください」

しばらくして、白髪、白ひげの老人がやってきた。

「喜屋武朝徳殿と言われましたか？」

「はい(ウー)」

「手で名高い、喜屋武朝徳殿ですか？」

朝徳の武名は、こんな田舎にまで広まっていたのだ。なにやら面映(おもは)ゆい思いで、朝徳は言った。

「手の修行を続けております。折り入ってお願いがございます」

「ほう、何でしょう」

「北谷屋良家には、代々クーシャンクーという型が伝わっていると聞きます。それを、お教えいただけないでしょうか」

老人は、驚いた様子で目を瞬いた。

「クーシャンクーですか……」

「いかがでしょう」

朝徳は、期待を込めて返答を待った。老人は言った。

「クーシャンクーは、北谷屋良家門外不出の型です。申し訳ありませんが、同門の者以外にはお教えすることができません。お帰りください」

朝徳は、このこたえを予測していた。紹介もなく手を習うというのは、そう簡単なことではない。

「私は、手の修行にすべてを懸ける覚悟でおります。それゆえに、首里を離れこの牧原に移り住みました。武士松村や泊松茂良にも師事しました。何としても、伝説の型、クーシャンクーをお教えいただきたいのです」

「手の修行にすべてを懸けるという覚悟は立派です。しかし、それはあなたの問題です。もう一度申しますが、クーシャンクーは門外不出。お引き取りください」

老人は深々と頭を下げた。

家の格式からいえば、屋良家よりも喜屋武家のほうがずっと上だ。この老人もそれをよく心得た上で言っているのだ。それが、態度でわかった。

これ以上無理強いはできない。朝徳は、そう思った。しかし、諦めるわけにもいかない。

今日のところは引きあげよう。そして、また出直すのだ。

「わかりました。また参ります」

朝徳は言った。老人は、深く頭を下げたままだった。


翌日、朝徳はまた北谷屋良家を訪ねた。

使用人が出て来て、主人は留守だと言った。朝徳は、お戻りになるまで待たせていただくと言い、玄関に座り込んだ。

おそらく居留守だ。あの老人は、どこかで朝徳の様子を見ているに違いない。朝徳は、日が暮れるまで居座り、引きあげた。

そして、さらにその翌日もまた、同じように訪問した。

やはり居留守を使われる。朝徳は、大声で言った。

「昨日は、日暮れにおいとまいたしましたが、今日は、お戻りになるまで待たせていただきます」

　使用人は、どうしていいかわからない様子で奥に引っ込んだ。

　朝徳は、本気だった。あの老人が現れるまで玄関に座り込むつもりだった。日が暮れようが、夜が更けようが、さらに夜が明けようがかまわない。そういう覚悟だった。

　朝徳は、腕組みをして老人が出てくるのを待った。やがて、日が暮れようとする頃、根負けしたように老人が現れた。

「いくら通ってこられても、あなたに手をお教えすることはできません」

「どうしても、クーシャンクーを学びたいのです。北谷屋良のクーシャンクーは、とてもすばらしい型だとうかがっているので……」

「ウチナーをヤマトに売った喜屋武家に手を教えるなど、もっての外だと申しておるのが、おわかりになりませんか？」

　朝徳は、はっとした。北谷屋良家も、首里を捨て読谷山村牧原に都落ちした廃藩のサムレーなのだ。馬場管理の仕事は残っているものの、領主の立場で首里に住んでいた頃に比べれば、ずいぶん困窮しているはずだ。

　朝徳は言った。

「父・朝扶はウチナーをヤマトに売ったわけではありません。すべては、今は亡き尚泰王のご意向に従ったまでです。父には他に選ぶ道がなかったのです」

「首里城を明け渡すのが、尚泰王陛下のご意向だったと言われるか？」

「ワンは、父とともに東京に行き、文明開化の力を目の当たりにしました。その力強さと勢いには、とうてい逆らうことができません」

「さらに、あなたは、女裄の真似事をしたと、新聞に書かれたではないですか」

「それは誤解なのです。先祖に誓って、ワンはやましいことはしておりません。新聞に書かれていたことは事実とは違います。しかし、ワンは言い訳はしません。誤解されてもおかしくないような生き方をしていたことは事実です。だからこそ、ワンは、そうした過去と向き合うためにも、必死で手の修行を続けなければならないのです」

老人は、じっと朝徳を見ていた。岩と向かい合っているような冷ややかさを感じた。

誠意は尽くした。これでだめなら諦めるしかない。朝徳はそう思った。老人は、長い間無言だった。

やはり、教えてはもらえないか……。

朝徳が諦めかけたとき、ようやく老人は口を開いた。

「日清・日露の戦争で、ヤマトが勝ったことで、私にも時代というものがわかってはいるのです」

「は……？」

老人は、何を言おうとしているのだろう。朝徳は訝った。だが、ここは黙って相手の話を聞くべきだと思った。老人の言葉が続いた。

「それでもやはりウチナーの誇りが忘れられません。だから、喜屋武家とうかがい、一言もの申したかったのです」

「喜屋武もウチナーのサムレーです」

「それも理解しております。喜屋武親方（ウエーカタ）がどれほどお辛かったことか……。そして、それはもう昔の話だということも……」

老人は、悲しそうだった。その悲しみや悔しさを誰かにぶつけたかっただけなのだ。

喜屋武を名乗る朝徳は、恰好の対象だった。

ワンでよければ、いくらでもはけ口になろう。

朝徳は、そんなことを思っていた。

老人は居ずまいを正した。

「型をお教えするに当たり、型をちゃんと受け継いでいただける力量がおありかどうか、確かめさせていただかねばなりません」

「お教えいただけるのですか？」

「あなたの手を見せていただけますか？」

「わかりました」

二人は庭に移動した。そこで、朝徳は、泊の松茂良興作から習ったチントウをやって見せた。

老人はじっと朝徳の型を見ていた。やがて、彼は一礼して言った。

「改めてご挨拶させていただきます。私が、北谷屋良の八世の当主でございます」

「八世……」

北谷屋良老人は、家系について説明してくれた。

五世の北谷大屋良こと、屋良筑登之親雲上利導には男の子がいなかったために、分家から養子をもらった。それが、六世の利則だ。

利則の実父は、屋良筑登之利正といい、屋良小(グワー)と呼ばれた武士だった。屋良小のトンファーは有名だ。

つまり、この北谷屋良老人は、六世の利則の孫に当たる。

「それでは、北谷屋良のクーシャンクーをお見せしましょう」

北谷屋良老人が庭の中央に歩み出た。

朝徳は、先達から手を習うときに、いつも驚かされる。

歩くことも危なっかしいような老人が、型を始めたとたんに別人のようにきびきびと動きはじめるのだ。

北谷屋良老人もそうだった。おそらく七十歳前後と思われるが、素速く力強い型を見せてくれた。

クーシャンクーの冒頭は、実に変わった動きだった。両掌を目の前で重ねるようにして、それを前方に突き出す。

蹴ったと思ったら、すぐにしゃがみ込んだり、また、蹴りの後にすぐに地面に伏せたりと、上下動の激しい型だ。

それを、北谷屋良老人は、実に軽妙にやって見せた。並々ならぬ鍛錬を感じさせた。

長い型だ。チントウやウーセーシーも長いが、クーシャンクーは、それ以上だった。

朝徳は、型を習うときいつもそうするように、見るだけで覚えようと集中していた。

だが、あまりに長すぎてとても一度では覚えられそうになかった。

型をやり終えると、北谷屋良老人が言った。

「それでは、やってみましょう」

朝徳は、見よう見まねでやってみた。とにかく、型の順番だけでも覚えてしまいたかった。

やがて、ひととおり最後までやり終えると、すでにすっかり夜が更けていた。北谷屋良老人が言った。

「今日はここまでにしましょう。明日も日が暮れてからおいでください」

「ありがとうございました」

それから朝徳は、毎日北谷屋良の家に通い、クーシャンクーを稽古した。

型の順番を覚えると、北谷屋良老人が説明してくれた。

「クーシャンクーは、自分が不利な状況に置かれたときの型だと言われています」

「不利な状況……」

「戦いにおいて、常に有利な立場にいられるとは限りません。例えば、最初のこの動きです」

両手を重ねるようにして前方に突き出す、例の動きだ。

「これは、相手が夕日や朝日を背負ったときに用います。日を背負われると、相手がよく見えなくなります。まぶしくて、こちらは圧倒的に不利になります。そのとき、このように両手で作った隙間から相手をうかがい見るのです」

なるほど、日よけのように使うのだ。やってみると、たしかに北谷屋良老人が言うとおり、逆光でも相手がよく見えそうだ。

「蹴った後、片足でしゃがむ動作があります。これも、同様です。闇夜では月を背負うのが戦いの常套(じょうとう)手段です。もし、月を背負われたら、こうして地面にしゃがむのです。そうすることで、向こうからはこちらが見えず、こちらからは相手がよく見えるようになります。その状態から、石でも拾って、相手の脛(すね)など下肢を攻撃するのです」

「なるほど……」

「地面に伏せる動作も、やはり不利な場合に使います。複数に追われているようなときに、不意に地面に伏せると、相手の何人かは、つまずいて転がってしまいます。そこから反撃の機会をつかむのです」

　こうして説明を受けると、型の動作の意味がよくわかる。意味を理解すると、動きが正しくなる。型の稽古には口伝が不可欠なのだ。ただ、動作を真似るだけなら、それは踊りと変わらない。

　しゃがんだり、伏せたりといった動作を軽妙に行うためには、よほどの稽古が必要だと、朝徳は思った。

　ある日、稽古が終了したとき、朝徳は、一つの疑問について質問した。

「クーシャンクーは、北谷屋良家門外不出の型と言われましたが、よそでもクーシャンクーをやっているのを見たことがあります。それはどういうことなのでしょう？」

「クーシャンクーの型の歴史は、五世北谷大屋良から始まります。それから私まで、四代の時を経ております。その間に、まったく外に出さなかったわけではありません。大屋良は、筑登之親雲上でしたから、例えば親方や按司といった上の方々から教えろ、あるいは見せろと言われたら、やって見せないわけには参りません」

「それで外にも伝わったということですか……」

「ただし」

北谷屋良老人は、かすかに笑った。「そういうときは、型を少し変えてやります。本当の北谷屋良クーシャンクーは見せないわけです」

朝徳は不安になった。

「では、今ワンが習っているのも、本当のクーシャンクーとは違うのですか?」

北谷屋良老人は、笑った。

「ご心配なく。型を変えて伝えたというのは、昔の話です。今では、手もサムレーだけのものではなくなったようではないですか。学校で誰にでも手を教えるのでしょう。時代が変わったのです。私がお見せしたのは、父から習ったとおりのクーシャンクーです」

北谷屋良老人が、どこか淋しそうに言った。

朝徳は、老人の気持ちがわかるような気がした。手が一般に広まるのは、決して悪いことではない。だが、それで大切なものを失ってしまうのではないかという危惧もあるはずだ。

門外不出ならば、その型は正しいまま伝わっていく。だが、広く一般化していくと、どうしても本質が失われがちだ。

北谷屋良老人は、おそらく変わりゆく時代を目の当たりにして、悩んだに違いない。その結果、彼は朝徳に、習ったままの型を伝えることにしたのだ。

その気持ちを大切にしなければならないと、朝徳は思った。

北谷屋良老人から習ったクーシャンクーだけではない。松村宗棍から習ったセーサンとウーセーシーも、松茂良興作から習ったチントウも、親泊興寛から習ったバッサイも、真栄田親雲上から習ったワンシュウも、いずれも大切に伝えなければならない。

改めてそう思った。

20

クーシャンクーを学ぶために、屋良の地に通っていたのだが、そこに屋良伝道(リンドー)という名家があった。その家の前を通り過ぎたときに、若い女性を見かけた。

色白で切れ長の目をした美人だった。朝徳は、思わず立ち止まった。見とれてしまったのだ。

一瞬だけ眼が合った。その女性は、すぐに眼をそらして、小さく会釈(えしゃく)し、伝道家の中に消えていった。

朝徳は、これまで味わったことのない感情を抱いた。大切なものを発見し、それが自分と関わりのない世界にあることが許せないという切実な感情だった。

その日、稽古のときに、北谷屋良老人に言われた。

「何かありましたか?」

「は……?」

「今日は、稽古に身が入らぬご様子ですが……」

朝徳は、顔が火照(ほて)るのを感じた。

「すみません」

朝徳が言うと、北谷屋良老人が尋ねた。

「お体の具合でも悪いのですか？」

「いや、そうではなく……」

朝徳は口ごもった。

「では、何か問題事を抱えておいでですか？」

朝徳は、思い切って言うことにした。

「伝道家の前で、若い女性に会いました。伝道家のご息女とお見受けしましたが、あれはどなただったのかと思いまして……」

北谷屋良老人は一瞬、目を丸くして、それから笑い出した。

「なるほど、そういうことでしたか……」

朝徳は、照れ臭くて黙っていた。

「それは、間違いなく伝道家のカマーでしょう。美人で有名です。見初めるのも無理はない」

「いや、私は……」

北谷屋良老人は、すべて心得ているというふうにうなずいて見せた。それから、ふと思案顔になった。

「しかし、屋良伝道のカマーが相手となると、なかなか簡単には参りませんぞ」

「いや、ワンは何も……」

北谷屋良老人は、かまわずに話を続けた。

「ご存じと思いますが、首里や那覇と違って、こういう土地は村の結束が固い。よそ者が村の女に手を出したりすると、村の男衆が腹を立てて争い事になる。伝道家の者も許さないでしょう」

何もしないうちに、釘を刺された恰好になってしまった。たしかに、北谷屋良老人が言うように、田舎に行くほど村の結束は固くなる。

女性を巡る揉め事で、死人が出るほどの争いになることもある。

伝道家のカマーか……。

朝徳は、思った。村の男たちを敵に回してまで、カマーと付き合う覚悟がワンにはあるか……。

ワンは、背も低いし、見栄えがそれほどいいとは言えない。美人で名高いというカマーに相手にされないのではないか。

ならば、何もないうちに諦めてしまったほうがいい。朝徳は自分にそう言い聞かせていた。

だが、稽古を終えた帰り道、伝道家の前を通ると、ついカマーがいないかと、様子を見てしまうのだった。伝道家はその昔、首里の役人が出張の際に宿屋代わりに使ったというほど立派な屋敷だ。

カマーの姿は見えず、朝徳は落ち着かない気分で帰路についた。

自宅に戻り、水を浴びると、いつもはたちまちぐっすりと眠ってしまうのだが、その日はなぜか目が冴(さ)えて眠れなかった。

そんな日が何日か続いた。朝徳は、このままではおかしくなると思った。

朝徳は、北谷屋良老人のところに稽古に行く前に何とかカマーと話をしようと思った。まだ日が高いうちから待ち伏せをしていた。

ずっと家に閉じこもっているということはあるまい。必ず姿を見せるはずだ。

朝徳はそう思い、木陰に佇(たたず)んで、いつ現れるかわからないカマーを待ち続けた。自分がそれほどの情熱を持っていたことが不思議に思えた。どちらかというと、朝徳はあまり物事に執着しないほうだ。

強く女性に惹(ひ)かれたことも、これまではなかった。

これは、特別だ、と朝徳は思った。

きっと、神仏が与えてくれた縁なのだ。一目見たときから、初めて会った気がしなかったのだ。前世で縁があったのではないかとまで考えていた。

日が暮れ始めた。日が沈んだら、北谷屋良老人のところに稽古に行かねばならない。

今日は、諦めるか。

朝徳がそう思ったとき、カマーが歩いてくるのが見えた。どこかに出かけていたようだ。お付きの女中などがいるのではないかと思ったが、カマーは一人だった。

朝徳は、木陰から出て、カマーに歩み寄った。

カマーは、驚いた表情で立ち止まった。恐れているようでもあった。

「脅かして申し訳ない。ワンは、喜屋武朝徳と申します。いや、本名は本永なのですが、喜屋武と名乗っています」

なんだか、しどろもどろになってきた。その様子がおかしかったのか、カマーがくすりと笑った。

「存じております。チャンミーグヮーでしょう？　掛け試し（カキダミシー）で負けたことがないとか、六尺棒で砂糖が詰まった樽をひょいひょいと持ち上げたとか、噂はうかがっております」

朝徳は、すっかり恐縮してしまった。それと同時に、カマーが自分のことを知っていてくれたことをうれしく思った。

「急にお呼び止めして、失礼とは思ったが、どうしても話がしたかった」

「私にどんなお話が……？」

「どんなと言われると困る。ただ、話がしたかったんだ」

「では、目的を果たされたというわけですね」

カマーは、笑顔で言った。その一瞬だけ、いたずらをする子供のような表情になる。

それがまた愛らしかった。

「そうですね。目的は果たしたと言えます」

「では、失礼してよろしいですね」

「はい（ウー）……」

そう言うしかなかった。

そこでまた、カマーは笑った。

「本当に、このまま帰ってしまってよろしいのですか？」

「は……？　あ、いや……」

「次の目的はないのですか？」

「次の目的ですか……？」

「今日、私と話をするという目的を果たされたのですね？　その次です」

朝徳は、ようやく言われていることに気づいた。

「また、こうして話をしていただけますか？」

「いやだと申しても、こうして待ち伏せをなさるのでしょう？」

「するかもしれませんね」

「では、お断りしても無駄ですね。明日も、今頃、用を足して戻って来る予定です。ここでお待ちいただけますか?」

「待ちましょう」

「それでは……」

カマーは、先日と同じように屋敷の中に消えていった。

朝徳は、体が急に軽くなったように感じた。走り出したくなるような気分だった。まるで、十代に戻ったようだ。

そんな朝徳を見て、北谷屋良老人が言った。

「おや、何かいいことがあったようですね」

朝徳は包み隠さずに言った。

「伝道のカマーと話をしました」

「ほう、それでは、屋良の村人を敵に回す覚悟ができたということですね?」

「いや、そこまでは考えておりません」

朝徳は、そう言われて慌てた。

「中途半端な気持ちなら、今のうちに諦めたほうがよろしい」

朝徳は、老人を真っ直ぐに見て尋ねた。

「中途半端でないとしたら……?」

「駆け落ちをするくらいの覚悟が必要ですね」

「駆け落ち……」

「屋良の村落から離れてしまえば、若い衆も手出しはできないでしょう。駆け落ちとなれば、伝道家の者も諦めざるを得ません」

「わかりました。覚悟を決めましょう」

北谷屋良老人が、驚いたように言った。

「本気なのですね？」

朝徳はこたえた。

「どうやら、そのようですね」


翌日、また日暮れ前に伝道家の近くで立ち話をした。そして、その翌日も……。

そんな日が何日か続くと、カマーが言った。

「もうここではお会いできません」

「どうしてですか？」

「私がよそ者と親しくしているという噂が広まりつつあるようです」

よそ者と言われたことが悔しかった。だが、事実なのでどうすることもできない。

「では、別の場所で会いましょう」

朝徳は、なるべく人目に付かぬ場所を選んで待ち合わせた。人目を忍んで会っているうちに、自然に関係は深まる。

朝徳はある日、思い切って言った。

「ワンと駆け落ちをしよう」

カマーは、逆らわなかった。伝道家での暮らしは息が詰まりそうだったと、彼女は言った。

ある夜、伝道家の前で待ち合わせた。夜陰に乗じて逃げ延びるつもりだった。約束どおり、カマーが出てきた。このまま二人で手を取り合って、屋良村落の外まで駆け抜ける予定だった。

だが、そう簡単にはいかなかった。

どこから話が洩れたのか、二人を取り囲むように村の若い衆が集まってきたのだ。しまった、と朝徳は思った。村人は、十人ほどもいる。捕まったら袋叩きだ。

「いいか……」

朝徳はカマーに言った。「計画どおり、村の外まで駆けて逃げるぞ。ただし、女の足では追いつかれる。何も言わずに、ワンの言うとおりにしてくれ」

カマーが緊張した面持ちでうなずいた。

朝徳は、いきなりカマーの胴に手を回し、脇にかかえた。

そして、駆け出した。

村の若い衆は、素手ではなかった。手に棍棒（こんぼう）や農具を持っている。中には鎌（かま）を手にしている者もいた。そんな連中からは逃げるしかない。

「あ、逃げたぞ」

「追え」

「逃がすなよ」

背後からそんな声が聞こえてきた。

朝徳は、夢中で駆けた。手（ティー）で長年鍛えていたからこそ、カマーを脇に抱えて走るなどという真似ができたのだ。

朝徳は、時折振り返りながら逃げた。追っ手がだんだんと近づいてくる。いくら体力のある朝徳でも、やはり人一人を抱えて走り続けるのはたいへんだ。

このままでは追いつかれる。朝徳は焦った。追いつかれたら、たちまち囲まれて、棒や農具で滅多打ちにされるだろう。鎌で首を落とされるかもしれない。

行く手の地面は小石だらけだ。そのために足元が悪い。足が石にかかった瞬間、それを後ろに蹴っていた。石は後方に飛び、誰かに当たったらしい。

「な、何だ……」

そんな声が聞こえてきた。狙ってやったわけではない。たまたま足に石が引っかかったのだ。朝徳は、思った。

これはいける。

朝徳は走りながら、手頃な石を見つけ、それを足の指で引っかけるようにして、後方に飛ばした。それを、何度か繰り返すと、追っ手の誰かが驚いたように言った。

「チャンミーグヮーは、ダチョウか……」

追っ手の声と足音が遠ざかっていく。村人たちは、朝徳の石蹴りに驚き、追ってくるのを止めたようだ。村落の境界を越えたとき、朝徳はようやく足を止めてカマーを地面に下ろした。ぜえぜえと息が切れていた。

足の指に石を引っかけて後ろに蹴りやるなど、自分でも驚きだった。そんなことができるなんて、これまで考えたこともなかった。それだけ必死だったということだ。


そのことが、また新たな伝説を生むことになった。

チャンミーグヮーは、走りながら、ダチョウのように足で石をつかんで後ろに投げた、と……。

いくら長年手の鍛錬を続けているからといって、走りながら足で石をつかんで投げる、などということができるはずはない。足の指に石を引っかけるようにして、後方に蹴りやっただけなのだが、やはり噂には尾ひれがつくものだ。

駆け落ちという、あまり望ましくない形でカマーと結ばれたわけだが、このままというわけにもいかない。

カマーは、伝道家に何度か手紙を書き、両親の理解を得ようとした。朝徳も手紙を書いた。その努力が実り、「それならば、近くに居を構えてはどうか」と、伝道家から返事があった。

北谷屋良老人のもとでのクーシャンクーの稽古も一段落したこともあり、明治四十三年（一九一〇年）に、比謝川のほとりに引っ越した。藁葺き屋根の一軒家だった。

家は、比謝橋のたもとにあり、そこから見る景色は実に美しく、朝徳はたちまち気に入った。カマーの実家である伝道家のすぐ近くだった。伝道家が正式に認めたということで、村人たちも朝徳を受け容れた。

転居して間もなく、朝徳は銭湯で働きはじめる。かまたきをやったり、客が引けたあとに掃除をしたりする。収入は決して多くはないが、荷馬車引きなどに比べれば安定していた。

何より好きなときに風呂に入れるのがありがたかった。一番風呂に入るのも役得だ。

その日も、まだ誰もいない風呂に一人でつかっていた。そこに、土木作業員らしい男たち三人が入って来た。彼らは、声高に話をして、傍若無人に振る舞っていた。

こういうやつらは、相手にしないに限る。朝徳はそう思って湯船から出た。洗い場で桶(おけ)に湯を入れようとしていると、三人組の一人がその桶を取り上げようとした。

他に桶はいくらでもある。嫌がらせをしようというのだ。朝徳は、何も言わず、桶の底を掌で押さえた。

男はにやにやと笑っていたが、その笑いがたちまち消え去った。朝徳は、無言で下を向いていた。

相手の男は、桶を両手で取り上げようとしている。体は、朝徳より二回りは大きい。力仕事をしているので筋肉もよく発達している。にもかかわらず、桶がびくともしないのだ。相手は、すっかり驚いていた。

仲間が近寄ってきた。

「何をしているんだ?」

桶に手を掛けている男がこたえた。

「見てくれ。桶がまるで床に張り付いたようだ」

「ばかな……。そいつは片手で押さえているだけだろう」

その仲間が男に代わって桶をつかんだ。

朝徳は、相変わらず桶の底を片手で押さえているだけだ。なのに、押しても引いても桶は動かない。

「おまえ、怪しげな術を使うのか……」

　朝徳が顔を上げた。

「怪しげな術ではない。手をやっているだけだ」

　三人のうちの一人が「あっ」と声を上げた。

「チャンミーグヮーだ」

　仲間が言う。

「なに……。チャンミーグヮーだと……」

　朝徳は何も言わず、三人を見返していた。

　最初に桶を取り上げようとした男が言った。

「いや、知らぬこととはいえ、失礼をしました」

　朝徳はその男に言った。

「ワンが手をやるのを知ったから、そうやって謝っているのでしょう。もし、ワンが何もできない弱い男なら、嫌がらせを続けていたはずです。相手が誰であれ、そういうことは許されません」

　男は、しゅんとしてしまった。三人は居づらくなったらしく、こそこそと風呂から上がってしまった。

　戦わずに相手を退散させることができた。これが、本当の武士（ブサー）だと、朝徳は思った。自分もそういう境地に至ったのかと思うとうれしくなった。

自分よりはるかに体格がいい相手が、桶を押しても引いてもびくともしなかった。相手にしてみれば、まさに妖術(ようじゅつ)の類(たぐい)に思えただろう。

だが、これも手の応用に過ぎない。朝徳は、相手が力を入れようとする瞬間に、体重をかけて、ぐっと桶の底を押さえただけだ。

相手が力を入れるその一瞬を見極めることが大切だ。それは、まさに相手が技を仕掛けてくる瞬間と同じだ。そこに技を合わせるのが朝徳の手の特徴でもある。

力を入れる最初の瞬間を押さえられると、相手は充分に力を発揮することができなくなるのだ。だから体重の軽い朝徳でも桶を押さえていることができた。

この噂も、またたく間に広まった。

チャンミーグヮーが片手で押さえただけで、三人の男が桶を取り上げようとしても、びくともしなかった。

そんな話になってしまっていた。三人が同時に桶を取り上げようとしたわけではない。相手が三人だったら、いくら朝徳でも桶を押さえていることはできなかっただろう。

その噂をどこかで聞いてきたカマーが言った。

「あなた(ウンジュ)は、本当にいろいろなことができるのですね?」

朝徳は笑った。

「みんなが大げさに言っているだけだ。棒で砂糖の樽を持ち上げたというのも、実は本当ではない。棒で突いて樽を荷台の奥に寄せていただけなのだ」

「それでもたいしたものだと思います」

「すべて手のおかげだ」

「それだけ手を極められたのも、ウンジュだからこそだと思います」

「そういってもらうのはうれしいが、ワンの手は、まだまだだ。手を極めたなど、とんでもない。ワンの従兄の本部朝基などは、いつもワンの一歩先を行っている」

「サーラーウメーですね？　さぞかしお強いのでしょうね」

「強いと思う。朝基は、誰の挑戦でも受けると豪語しているようだ」

「ウンジュの手は、サーラーウメーの手とは違うと思います」

「ワンの手と朝基の手が違う？　どう違うのだ？」

「ウンジュの手は、人を集める手だと思います」

「人を集める手？」

「そう。自然に人が集ってくる。そんな手だという気がします」

朝徳はほほえんだ。

「そうなれるといいがな……」

今はただ、手の修行を積むだけだ。朝徳はそう思った。

21

だが、ほどなくカマーの言うことが、現実のものとなる。比謝(ひじゃ)橋のたもとに引っ越したその年、朝徳(ちょうとく)は請われて後の県立農林学校で手(ティー)を教えることになった。

それに続き、嘉手納(かでな)警察署でも手の指導を始めた。

糸洲安恒(いとすあんこう)や花城長茂(はなしろちょうも)が指導していた県立第一中学や師範学校では、糸洲が制定したピンアンの型を教えていると聞いた。だが、朝徳は新しいピンアンを教えるつもりはなかった。ナイファンチから始めて、朝徳が学んだ型をそのまま伝えようと思った。それが、先達への礼儀でもあると思った。

県立農林学校や嘉手納警察署で、手の指導をするのは、朝徳にとって実に刺激的な体験だった。

まさか、自分が手を教えることになるなどとは、考えたこともなかった。思えば、夢中で手を学んできた。もちろん、中だるみと言える時期もあった。

東京にいるときは、熱心に修行していたとは、とても言えない。それでも、十四歳で手を始めてからこれまで、止(や)めようと思ったことは一度もなかった。

そして、今でも道半ばだと思っている。松村宗棍や松茂良興作などの先達には、まだ遠く及ばないと思っている。

そんな自分が、手を教えているのだ。朝徳は、なんだか不思議な気がしていた。同時に、責任を感じた。手をちゃんと教えられるかどうかは、朝徳一人の問題ではない。朝徳に手を伝えてくれた多くの先達に対する責任があるのだ。

朝徳に習った者たちの手がいい加減なものだったら、手そのものを貶めることになるのだ。充分に注意をして教える必要がある。

若い人々と触れ合うこと自体が、新鮮な体験だった。

彼らは、朝徳のように士族としての教育を受けたわけではない。あくまでもヤマト式の新しい教育を受けた若者だ。朝徳も、もう四十歳だった。いろいろと感慨深いものがある。彼らは、「ティー」とは呼ばず、ある者は沖縄風に「トゥディー」と言い、またある者はヤマト風に「カラテ」と言った。

朝徳は相変わらず、「ティー」と呼んでいた。

何より考慮しなくてはならなかったのは、教え方だった。朝徳は、これまでずっと師から一対一で習ってきた。それがもともとの手の学び方だ。

だが、学校や警察で教えるとなると、そうはいかない。一人で集団を指導することになる。それで本当に手を教えられるだろうかと、朝徳は悩んだ。

型をやるにしても、一対一なら、本来の拍子でやることができる。だが、集団ならば号令をかけてやらねばならない。

大人数で同時に動くのが、果たして手の型と言えるだろうか。もともと、型の速さや拍子というのは、人それぞれに違うものだ。それを画一化することは、まさに体育でしかない。それを手の稽古と言っていいのだろうか。

だが、手を学ぶ生徒は、何十人もいる。嘉手納警察署でも大勢の署員が学んでいる。一人一人別々に指導するわけにはいかないのだ。

悩んだものの、結局、県立第一中学校や師範学校でやっているように、集団で同時に型をやるしかないと思った。

それが学校側からの要請でもあった。集団行動が軍事教練に役立つからだ。

手が軍事教練に役立つと言われて、朝徳は別に抵抗を感じなかった。もともと手は首里王府の士族の武術だ。軍事的に有効なのは明らかなのだ。

ただ、最初は戸惑った。覚えのいい者も悪い者もいる。号令をかけて同時に動かしてみても、どうしてもばらつきがある。

力強い者もいれば、虚弱な者もいる。やる気がある者もいれば、そうでない者もいる。

教えはじめてすぐに、朝徳は疲れ果ててしまった。精神的な疲れだった。できない者、やる気のない者が眼につく。彼らに合わせていると、覚えのいい者たちが飽きてくる。

ナイファンチ一つ教えるのに、ひどく手間取った。

朝徳が習ったときのように「見て覚えろ」とは言えない。体育的な指導で、それほどの集中力を要求することはできないのだ。

結局、全体としてだらだらとした稽古になってしまう。朝徳が声を嗄(か)らして説明しても、全員が理解できるわけではない。やらせてみると、さっぱり理解していない者が何人もいる。

人に教えるというのは、たいへんなものだ。

朝徳は、どうしたらいいかわからなくなっていた。ナイファンチだけで、こんなに苦労をしている。この先、もっと複雑で長い型をたくさん教えなければならない。

それを思うと、憂鬱(ゆううつ)になってきた。

手を教えてくれと、学校関係者や警察の人から言われたときは、誇らしい気持ちでいっぱいだった。だが、実際にやってみると、想像以上にたいへんだった。

そんな朝徳の様子に気づいたのか、ある夜、カマーが言った。

「最近、考え込んでいることが多いですね。何かにお悩みですか?」

朝徳は、「うん」と言って、また考え込んだ。

「手のことですね。何か問題があるのですか?」

カマーに尋ねられて、朝徳は相談してみようかと思った。

「私（ワン）が手を教わったときは、いつも先生と一対一だった。古くからそれが、手の学び方だった。先生は、弟子一人一人の特徴を見て取って、それに合わせて指導をする。だが、学校や警察ではそうはいかない。大人数をいっぺんに教えなければならない」

「そうでしょうね」

「それが手の稽古と言えるのかどうか、ワンは考えている」

カマーは言った。

「あなた（ウンジュ）が教えるのですから、立派な手の稽古でしょう」

「そう簡単なことではない。大勢でいっしょに型をやると、覚えのいい者と悪い者とで、ばらつきがでる」

「それではいけないのですか？」

「なに……？」

「手を教えるからといって、全員を立派に育てる必要はないでしょう。生徒たちは弟子とは違うのでしょう？　何年も手の修行を続けるわけではありません。卒業してしまうのですから……」

「だからこそ、その短い期間で、それなりの成果を上げなければならないんだ」

「習うのが一人でも大勢でも同じことだと思います」

「どうしてだ？」

「ウンジュは、最初から手がおできになったのですか？」

「いや、ワンは体が弱くてな……。角力も苦手だった。だから、最初のうちは手もうまくできなかった」

「先生は、ウンジュがうまくできないことで、何かおっしゃいましたか？」

「うまくできないことを非難した先生は誰もいなかったな……」

「先生というのは、できるようになるまで待つものだと思います。何ができて何ができないのかを見極めるものではないのですか？　ワンは踊りをやりますが、踊りの先生も同じです」

「何ができて何ができないのかを見極める……」

「そうです。さらに言えば、先生というのは、どこまでできたかを見極めるものだと思います」

そうか、と朝徳は膝を打った。

今まで、できない者、覚えの悪い者ばかり気にしていた。できている者を見ていなければならなかったのだ。

その日から、朝徳の手の教え方が変わった。

今までは、できない者ばかり気にしていた。それは逆だったのだ。できている者を見なければならない。それが師の役割なのだ。

できない者については、どこまでできているのかを見るのだ。

武術には向き不向きがある。また、器用不器用の差もある。生徒や警察官全員に、同質の結果を求めることは不可能なのだ。

そして、もともと手というのは、そのように画一化されるべきものではない。一人一人に合わせた指導をしなければならない。

だから、昔は必ず師と弟子が一対一で稽古をしたのだ。師が一人で大勢を見なくてはならないとしても、本質は変わらない。つまり、一人一人の進み具合の差を認め、できない者がどれくらいいるかではなく、できている者がどれくらいいるかをしっかり把握することが重要なのだ。

具体的には、できない者に細かく注意したり、叱ったりするのではなく、ただできるまで繰り返させるのだ。

改めて考えてみれば、昔の先生は皆そうだった。何も言わずに繰り返し型をやらせる。そうして、あるときに突然、「よろしい」と言うのだ。

今思えば、それが「できた」という見極めなのだろう。弟子に修行が必要なように、師にも修行が必要なのだと朝徳は思った。

ただ型を知っているだけではだめだ。優秀な師は、一流の「眼」を持っている。弟子の成長を見極める眼だ。

朝徳は、そうした師としての「眼」を養おうと思った。そのために、県立農林学校での稽古は、おおいに役に立つはずだった。

師としての修行のかたわら、自らの手の修行も怠らなかった。出かけるときと、帰宅したときに、必ず巻藁（マチワラ）を突くことにしていた。いつしかそれは習慣になっていた。比謝川のほとりという地形は、朝徳の技を磨くのにもってこいだった。川を背にして、文字どおり背水の陣を敷くのだ。その状態で、相手が攻撃してくることを想定する。後ろは川だから絶対に下がれない。前に出るしかないのだ。

相手の脇（わき）をすり抜けるように転身する。そして、かわしざまに突きや足刀蹴（そくとうげ）りを決める稽古だ。朝徳は、日が暮れると、その動きを納得するまで繰り返した。

明治四十四年（一九一一年）、カマーとの間に待望の子供が生まれた。

女の子で、安子（やすこ）と名付けた。

四十を過ぎてからできた子供は、ことさらにかわいいというが、それが実感された。朝徳は、一時も離れていたくはないと思うほどに、安子をかわいがった。

子供ができて、人生がますます充実したと感じた。すると、手の修行にも変化が出てくる。体の奥から力が湧（わ）き上がってくるような気がする。

守るものができたということだろうか。

それ以来、生徒たちを見る眼にも少しばかり変化が生じた気がする。大切な子供たちを預かっているのだ、という自覚が自然に生まれた。それまでは、どうやって教えるかを考えつづけてきた。

つまり、自分のことを中心に考えていたということだ。それが、手を習っている生徒たちや、警察の若者のことを考えられるようになったのだ。

意識したわけではなく、あくまでも自然な変化だった。

親になるというのはこれほど大きな出来事なのだな……。

朝徳は、しみじみと思った。すると、年老いた父と母に会いたいと思うようになった。父が朝徳をいかに大切にしてくれたか、今ならよく理解できる。

面と向かって感謝の言葉など、とても言えない。照れ臭いし、何と言っていいのかわからない。

ただ会いに行くだけでいいと思っていた。だが、那覇(なは)まで出かけて行くのはなかなかたいへんで、まとまった時間が取れそうもない。

朝徳は、仕事もさることながら、手の用事が多忙になってきていた。

農林学校や嘉手納警察だけでなく、近所の人たちに請われて手を教えるようになっていた。カマーと駆け落ちをし、その後に和解したとはいえ、屋良(やら)伝道家(リンドー)とは微妙な関係にある。

近所での評判が悪いと、伝道家の体面をも汚すことになる。朝徳は、ことさらに気を遣っていた。

近隣の人たちに手を教えることは、伝道家にとっても誇らしいことに違いない。そのためには、多忙だ、疲れたなどとは言っていられないと、朝徳は思った。

朝徳は、近所で手を教えるときは、学校や警察とは違って、昔ながらに、一対一で教えることにしていた。多くても、一度に三人までしか教えることはなかった。

この先はどうなるかわからない。首里では、個人が個人を教えるのが基本で、ヤマトの剣術や柔道のように道場という概念がなかった。

那覇の手の大家である東恩納寛量（ひがおんなかんりょう）が沖縄で初めて道場を作った。明治二十二年（一八八九年）、朝徳が上京して間もなくのことだ。

糸洲安恒も、道場を名乗ってはいないが、多くの弟子がおり、実情は道場を持っているも同然だった。

沖縄でも、そういう流れになっていくだろうと、朝徳は思った。将来は、自分も道場を持つことになるかもしれない。そう考えると、なんだかわくわくした。

士族階級しか習えなかった手が、今では広く行われるようになった。そうなれば、教えるほうの立場も変わってくる。ヤマトの武術を真似（まね）ることはないが、良いところは採り入れるべきだ。

手の評価が、社会的に高まった要因として、花城長茂や屋部憲通らの軍隊での活躍が大きかった。軍部が、手に興味を持ったのだ。

明治四十年（一九〇七年）のことだが、八代六郎海軍大佐率いる練習艦隊が、沖縄に寄港したことがある。その際に、花城、屋部らの働きにより、手を披露することになった。

そのときに演武したのが、糸洲安恒の弟子の富名腰義珍だった。八代六郎大佐は、おおいに感動して、すぐに若い士官をはじめとする乗組員たちに手を習わせたということだ。

このときに八代大佐に、手のことを、沖縄風の「ティー」や「トゥディー」ではなく、ヤマト風に「カラテ」と紹介したと言われている。

22

年号が改まり、大正元年（一九一二年）になると、出羽重遠大将率いる第一艦隊が、沖縄の中城湾に寄港した。その際に、下士官、兵員合わせて数十名を選抜し、手を習わせた。県立第一中学に、一週間にわたって寄宿させるという本格的な稽古だった。

これも、先の練習艦隊のときの下地があってのことだ。

第一艦隊寄港に際して、慰問演武会が開かれた。それに、朝徳も出場することになった。艦隊に所属していた沖縄出身の漢那憲和少佐や、花城、屋部ら軍隊経験者が計画したものだった。

朝徳は、自分が第一艦隊の慰問演武会に招かれたことが信じられなかった。

いくつかの武勇伝が市井の噂にはなっていたが、花城長茂や屋部憲通とそれほど親しく交流していたわけではない。おそらく、農林学校や嘉手納警察で指導していることが評価されたのだろうと思った。

それと、今でも喜屋武の家柄はそれなりの影響力を持っているのかもしれない。手の世界では、本部朝基とともに、その兄の朝勇も有名だが、その二人が朝徳の従兄であるという事実も多少は影響していたのではないだろうか。

ともあれ、朝徳は晴れがましい気分だった。

手が武道として軍に評価されているのは誇らしいことだ。もちろん、手は単なる戦いの手段ではないと、朝徳は考えている。それは、もっと深遠なものであり、沖縄の文化の一部だ。

だが、武術であるからには、戦いの技術であることもまた事実だ。ヤマトの剣術や柔道と並んで、手が評価されているというのは、実に喜ばしいことだと、朝徳は思った。

慰問演武会では、唐手界の重鎮たちがさまざまな型を披露した。

それに交じって、朝徳も北谷屋良クーシャンクーを披露した。

そして、手を学んでいる若者たちによる試し割りが始まった。

六分板を三枚重ねて正拳や蹴りで割ってみせるというものだ。

演武会を見ている人々にとっては、型よりもわかりやすく、雰囲気が盛り上がる。試し割りは、手の威力を手っ取り早く表現する手段だった。

ところが、若者たちは緊張しているのか、板がいっこうに割れない。

演武会に参列していた将官たちが失望するのがわかった。これでは、せっかくこの会を企画した漢那少佐の顔が立たない。

ここは、重鎮が出るまでもない。比較的若い自分が行くべきだと、朝徳は思った。

朝徳は、若者たちを下がらせ、三枚重ねの板を前方と右横に構えさせた。

これで割れなければ、ワンが恥をかくだけではない。ウチナーの手が恥をかくのだ。

朝徳は、覚悟を決めて右の拳(こぶし)を脇(わき)に引いた。

腹から気合いを出して、目の前の板に一気に拳を打ち当てた。半分だけ捻(ひね)る、正拳と縦拳の中間のような朝徳独特の拳だった。

三枚の板が見事に割れた。

朝徳は、すかさず右横の板に向かって、足刀(そくとう)蹴りを出した。

小気味いい音とともに、こちらもきれいに割れた。

一瞬おいて、拍手と歓声が沸き起こる。

朝徳は、貴賓席に一礼して下がった。手の先輩たちが「見事だった」とほめてくれた。

正直言って、朝徳はほっとしていた。板の試し割りなど、ほとんど経験がない。もともと、手をやる人々も、試し割りは演武などの特殊なときにしかやらないのだ。

見世物のようだと、批判する武士(ブサー)もいる。

毎日、巻藁(マチワラ)鍛錬をしている。そして、正しくナイファンチとセーサンをやっているので、当破(アテイファー)には自信があった。手の鍛錬を怠りさえしなければ板を割ることなどそれほど難しくはないのだ。

とはいえ、この大一番で失敗したらたいへんなことだった。無事に試し割りに成功したことで、列席した将官たちも満足げな表情だった。

これで、漢那少佐も面目を保てた。朝徳は、そのことに何より安堵していた。

この慰問演武会から、朝徳の武名はますます広まった。今では、頑固党もほとんど存在感がなくなり、喜屋武の名を貶めようという者もいなくなった。

それでも、喜屋武家の人々は、表立って名乗ることを避けていた。朝徳だけが堂々と喜屋武を名乗っていたと言ってもいい。

ちなみに、カマーと安子の苗字には、本名の本永姓を使っていた。朝徳も戸籍上は本永だからだ。

有名になるのはいいことばかりではない。困ったことも増えてくる。たまに挑戦してくる者もいるし、近隣の人たちに何かと頼られることになる。

昔なら挑まれたらすぐに立ち合ったものだが、今ではそういう気も起きない。巻藁を打ってみせるだけで、退散する者もいる。どうしても立ち合いたいという者には、手を使わず足だけで相手をしてみせたりした。

できるかぎり立ち合うのは避けることにしていた。

どちらが強いかを競うのが手ではない。そんな低次元の技術ではなく、人生を豊かにしてくれる大切なものだ。

挑戦してくる手小(ティーグヮー)にも、それを理解してほしいと思うのだった。

立ち合いを求められるよりもやっかいなのは、近隣の人々の頼み事だった。喧嘩(けんか)の仲裁を頼まれたり、乱暴者を懲(こ)らしめてくれと頼まれる。

無下に断るわけにもいかない。

いくつか寄せられている住民たちの苦情の中で、松田(まつだ)某(なにがし)の件があった。

松田という暴れ者がいて、村の若者に対してしばしば粗暴な振る舞いをするのだという。村人たちは彼のことを恐れ、たいへん迷惑をしているということだった。

住民たちが朝徳のところに来て、何とかしてくれないかと言う。そう言われたら、松田という男に会わないわけにはいかない。

朝徳は、出かけて行った。村の住人たちがそのことを知り、様子を見るために集まってきた。

松田は昼間から酒を飲んでいた。朝徳が訪ねて行くと、縁台にだらしなく横になったまま言った。

「何だ？」

「村人たちが、あなた(ウンジュ)の乱暴な行いに困っています。改めてもらえないでしょうか」

「何(スー)？　おまえ(ヤー)は何だ？」

「私(ワン)は、喜屋武朝徳と申す者です」

「アイ、噂のチャンミーグヮーか？」

「そうです」

「手でたいそう有名だ。だが、手と実際の喧嘩は違う。どうだ？　本当の喧嘩ってやつを教えてやろうか？」

「そうやって若者たちに乱暴なことをするのですね？　何が不満なのか知りませんが、やめてもらえませんか？」

松田は、いっこうに聞き入れようとはしない。彼は、拳を突き出して言った。

「ワンだって、手小のように巻藁を突いて拳を鍛えているんだ。そんじょそこらのやつには負けない」

なるほど、彼の拳にはタコができていた。だが、正しく鍛錬した者は人差し指と中指のつけ根だけが硬くなるが、彼の拳には小指のつけ根のほうまでタコができていた。

「どうしたら、乱暴をやめてもらえますか？」

「ワンを乱暴者扱いするのは、おもしろくないな」

松田は、そう言って朝徳を睨んだ。朝徳は、言い返した。

「実際に、近所の者たちが迷惑をしております」

「迷惑だ？　誰がそう言っている。名前を言ってみろ」

松田は、朝徳を困らせて喜んでいるようだ。

こいつは、根っからこういう男のようだ。言葉で諭すのは無理のようだ。

朝徳はそう思った。

「これ以上、話をしても無駄なようですな」

「そうだ。話など必要はない。ヤーの手がどれほどのものか、ワンが試してやる」

朝徳は、断らなかった。こういう男は、一度痛い目にあわなければならない。

「そうまで言われるのなら、お相手しましょう」

松田は、面倒臭そうに立ち上がった。そのまま朝徳と対峙(たいじ)しようとする。

「待ってください。場所は、ワンに選ばせていただきます」

「ふん。どこでもいいさ」

「では、表へ出ましょう」

二人は、朝徳の自宅のそばの、比謝川のほとりにやってきた。

比謝川には船着き場があり、さらに比謝橋は、その船着き場から坂を登ったところにある。比謝橋のたもとに立てば、川面(かわも)は、はるか下だ。石積みの河岸は切り立っており、橋には欄干もない。

様子を見に来ていた村の住民がぞろぞろとついてきて、朝徳たち二人を遠巻きに囲んだ。朝徳はさらに人が集まるのを待った。見物人が多ければ多いほど効果がある。

やがて、朝徳は、その河岸を背にして立った。一歩後ろに下がれば、二間(にけん)ほど下の川面に真っ逆さまだ。

松田は、朝徳の正面に立った。

「ふん、そんな場所に立つとは、やはり喧嘩を知らぬようだな」

向かい合ってみると、松田は朝徳よりもはるかに大きい。筋骨も逞しい。

松田は、手小のように構えた。だが、見よう見まねらしく、理に適った構えとは言い難い。

朝徳は何も言わず、松田の出方を見ていた。

松田が腰を落とす。次の瞬間、一歩踏み出し、右の拳を朝徳の腹に打ち込んできた。

朝徳は落ち着いていた。いつも稽古している動きだ。相手の右側に転身し、脇をすり抜ける。同時に、相手の右の大腿部に足刀を放っていた。

「あっ……」

声にならない声が上がった。

松田の巨体は宙を舞い、大きな水音を立てて川に落ちた。

その瞬間、見物していた村の住民たちが、感嘆の声を上げていた。

やがて、ばしゃばしゃと水面を叩く松田の姿を見て、笑いが広がっていく。

朝徳は河岸に立ち、松田を見下ろしていた。泳ぎが不得手のようだ。溺れるのを黙って見ているわけにもいかない。村人たちに言った。

「助けてあげてください」

何人かの村人たちが船着き場まで下りて行って、松田を引き上げた。松田は、ずぶ濡れで足を引きずっていた。

朝徳は手加減をして軽く蹴ったのだが、それでも松田の大腿部は真っ黒に鬱血して腫れ上がっていた。

それ以来、松田はすっかりおとなしくなり、朝徳は村人たちから感謝された。そして、この出来事がまた朝徳の武勇伝に加えられた。


県立農林学校や嘉手納警察での手の指導にも慣れて、朝徳は若者たちとの交流を楽しみに感じるようになっていた。彼らをまるで我が子のように感じることがある。

昔から、手の弟子は我が子も同然と言われているが、それが実感できた。

そして、人に教えることが自分自身の勉強にもなるということが、よくわかった。これも、昔から言われていることだが、武士は一人で師になるわけではない。弟子がいてはじめて師になるのだ。

教えることで、不正確だった自分の技がより正確になる。いい加減なことを教えるわけにはいかないからだ。

さらに、教えることでまた新たな疑問が生じる。型を教えていて、どうしてこういう動きが伝わっているのだろうという疑問が湧くことがあるのだ。

生徒や警察官に質問されることもある。

そのこたえを見つけることが楽しみでもあった。頭で考えてもわからないときは、体を動かしてみる。そして、ああそうか、と合点がいったときは無上の喜びを感じた。人に教えることで、自分自身の修行も充実してきたと感じた。

そんなある日のこと、朝徳は電報を受け取った。長男の朝輔(ちょうほ)からだった。

「チチキトク」

その一言が眼に飛び込んだ。朝徳は、槌(つち)で後頭部を殴られたような気がした。

父が危篤とは、どういうことだ……。

病に臥(ふ)せっているなどとは一切聞いていない。ずっと元気でいるものと思っていた。

妻は、ただならぬ朝徳の様子に気づいたのだろう。表情を曇らせて尋ねた。

「どうされました」

「父が危篤だという。すぐに那覇に旅立つ」

カマーはうなずき、即座に朝徳の旅支度を始めた。

「しばらく風呂(ふろ)場の仕事を休むかもしれない」

「それは、こちらで手配しておきます」

朝徳が働いている銭湯は、カマーの実家の伝道家(リンドー)が経営しているものだった。

「頼む。学校や警察の手の指導も休むことになるかもしれない」

「それもお任せください」

「済まん」

　本来なら妻のカマーや娘の安子も連れて行くべきだろう。だが、朝徳は留守を任せることにして、とにかく父のもとに駆けつけることにした。


　那覇久米(くめ)村の父の自宅を訪ねると、朝輔、朝弼(ちょうひつ)の二人の兄が朝徳を迎えた。

　朝徳は尋ねた。

「危篤ということですが、具合はどうですか？」

　朝輔がこたえた。

「よくない。三日前に倒れたのだが……。とにかく上がって、父上(ターリー)にご挨拶(あいさつ)を……」

　父は寝床にいたが、横たわってはいなかった。蒲団(ふとん)を積み上げ、それに背を当てて上半身を起こしていた。実に士族(サムレー)らしいと、朝徳は思った。

　その蒲団の脇に座り、朝徳はどうしていいかわからずにいた。父は目を閉じている。意識があるのかないのかわからない。

　母が付き添っており、目をつむったままの父に声をかけた。

「ウェーカタタンメー、ミードゥンチですよ」

この頃になると、朝輔、朝弼、朝徳の三人は、家庭を持っていたので、親類縁者からは、それぞれ、大殿内(ウフドゥンチ)、御中殿内(ウナカドゥンチ)、新殿内(ミードゥンチ)と呼ばれるようになっていた。

そして、父が親方(ウエーカタ)おじいさん(ンメー)と呼ばれていた。

父が、うっすらと目を開いた。

「朝徳か……」

力のない声で、不明瞭(ふめいりょう)な言葉だった。

朝徳は、あれほどいつも毅然(きぜん)としていた父がすっかり弱ってしまっているので驚き、そして悲しくなった。

「ご無沙汰(ぶさた)をしてしまって、申し訳ありません」

自分の声が聞こえているのかどうか不安になる。父は、力をふりしぼって、何かを言おうとしている。朝徳は、父の口元に耳を近づけた。

「苦労をかけたな……」

「何をおっしゃいます」

「喜屋武は、ヤマトに国を売ったと言われてきた。おまえたち(ヤッター)には辛(つら)い思いをさせた……」

意識がはっきりせず、昔のことをことさらに思い出しているようだ。

「だいじょうぶです。今では、そんなことを取り沙汰する者もいなくなりました」

父は、独り言のように、言葉を続ける。

「特に朝徳には苦労をさせた。それも、人一倍体が弱かったので、特に厳しく鍛えようと思ったからだ……」

朝徳は、今しか言えないと思い、ずっと心にわだかまっていたことを伝えた。

「東京では、ワンはずいぶんと好き勝手な生活をしておりました。神戸に行ったことが新聞沙汰になり、さぞかしお怒りのことだったと思います。ワンは、それをちゃんと詫(わ)びることもなく……」

父は再び目を閉じた。そして、かすかにほほえんだ。

「みな、わかっておる」

「申し訳ございません」

「朝徳には、手の才覚があると思っていた。好きな道を行け」

その父の言葉に、胸が熱くなった。

「はい(ウー)。精進します」

「善き哉(かな)……」

父は目を閉じた。

それが、朝徳が聞いた最後の言葉となった。父・朝扶(ちょうふ)は、その翌日の早朝に息を引き取った。

葬儀は、質素なものだった。朝扶がそれを望んだのだという。

亡くなる瞬間まで、世間の評判を気にしていたのだ。ヤマトに国を売ったと言われていたことが、それほどまでに父に重くのしかかっていたのだと、朝徳は改めて思った。誰よりも心を痛めていたのは、父自身だったのだ。

質素だとはいえ、親類一同は集まり、尚(しょう)家からも参列者があった。葬儀は慌ただしく、悲しんでいる暇もない。それがかえってよかった。

人は肉親の死の悲しみを紛らわすために、わざと煩雑な手筈(てはず)を踏むのではないかとさえ、朝徳は思った。

本部家の者たちもやってきて、朝徳は久しぶりに朝基に会った。葬儀が一段落すると、ようやく話をする余裕ができた。

朝基が朝徳に言った。

「ミーグヮー、元気にしていたか」

「ご覧のとおりだ。そちらも元気そうだな」

朝徳は、もう昔のように気後れすることもなかった。今では朝徳の武勇伝も広く知られるようになった。朝基の手は朝基の手、自分の手はあくまで自分の手だという思いがある。

だが一方で、会うたびに貫禄(かんろく)が増してくると感じたのも事実だ。

さすがは、サーラーウメーだと、朝徳は思った。

「読谷山(ゆんたんざ)のほうに行ったと聞いたが……」

朝基にそう問われ、朝徳はこたえた。

「今は、北谷屋良に住んでいる。比謝橋のそばだ」

「首里か那覇に戻ってくる気はないのか？」

「向こうで所帯を持ったのでな……」

「そうか」

「県立農林学校や嘉手納警察でも手を教えているので、もはやあの地を離れることはないだろう」

「学校で教えているだと……？　ヤーもピンアンをやっているのか？」

朝基にそう質問されて、朝徳は、ああやっぱりと思った。朝基は、昔からどこか糸洲安恒に批判的だった。弟子なのだから、頭から否定しているわけではないだろう。だが、どこか気になるところがあるのだ。

おそらく、朝徳同様に、糸洲の近代的な唐手に対して危惧(きぐ)を抱いているのだろう。

朝徳は、ちょっとおかしくなって言った。

「ヤーだって、昔はピンアンを覚えて喜んでいたじゃないか」

「ワンが習ったのは、チャンナンだ。ピンアンじゃない」

「同じゃないのか？」

「糸洲先生は、あくまでチャンナンを元にピンアンを作られたのだ。挙動を少し変えたとおっしゃっていた。ワンが習ったのと、今、学校で教えているのは違う」

「なるほど、そういうこだわりがあるのか」

「それにな、いろいろな型をやってみて、やっぱり一番役に立つのはナイファンチとバッサイだ。ワンはそう思う」

「ピンアンは気に入らないのか？」

「屋部憲通などは、ピンアンをやるくらいなら、クーシャンクーをやれと言っているらしい」

たしかに、ピンアンに含まれる技法と、クーシャンクーの技法は、共通するものが多い。

それにしても、かつて日清・日露の戦争で活躍し、「屋部軍曹」のあだ名で知られ、今では糸洲安恒の師範代を務める屋部憲通を、朝基は呼び捨てにしている。本部御殿(ウドゥン)の格式は今でも健在なのだ。

「ワンは、北谷屋良のクーシャンクーを習った」

朝基はどんぐり眼(まなこ)をさらに丸くして言った。

「お、誰に習った？」

「北谷屋良親雲上の直系の方だ」

「見せてくれ。いろいろなクーシャンクーを見たことがあるが、本家本元から直に習ったのは見たことがない」

目を輝かせている。相変わらず、手のことになると夢中だ。

「待て待て、葬儀もまだ終わっていない」

「型を一つやるくらいいいじゃないか」

子供のようにせがむので、しかたがなく、父の家の裏手にある広場でやって見せた。

「うん」

朝基は力強くうなずいた。「やはり、本物は違う」

朝基と手の話をすると、いつでも少年時代に戻れるような気がして、朝徳はうれしかった。

「ワンだけ型をやってみせるのは不公平だ。ヤーも何か見せてくれ」

朝徳が言うと、朝基は「ウーサ」と言い、バッサイを始めた。

力が漲る型だった。見る者を圧倒する迫力がある。それでいて、力が滞ることがなく、柔軟で流麗ですらあった。

これほどの型を、朝徳はこれまで見たことがなかった。朝基の型は、一つの高みに達していると、朝徳は思った。ただの腕自慢ではない。本物の手の凄みを感じた。

もはや妬(ねた)みも感じない。名人の舞いや、有名な作者の書画を見たときのような感動を味わった。

朝徳がやるバッサイとは少しばかり趣きが違った。同じ泊(とまり)の手でも、やはり師が違えば型も変わる。だが、本質は同じだ。

「なるほど、すばらしい……」

朝徳が思わずうなると、朝基は素直にうれしそうな顔になって言った。

「最近、ワンはナイファンチしか知らないと噂する者がいるそうだ。愚かなやつらだ。ワンは、見る眼のないやつの前で型をやる気はない。それこそ、猫に小判だからな。だから、普通のやつらの前ではナイファンチしかやらない。まあ、素人はナイファンチのありがたさすら、わからないんだがな……」

朝基の言葉は自信に満ちている。ともすれば傲慢(ごうまん)と受け取られがちだが、その実力を見れば誰もが納得するだろう。

「ナイファンチさえ見れば、その人の実力はわかる」

「そのとおりだ。ところで、ミーグヮー、所帯を持ったとなると、それなりの稼ぎがないといけないが、どうなんだ？」

「まあ、なんとかやっている」

「手の修行をするためにもちゃんとした仕事を持たなければならない。そういう世の中になってしまった。ワンも、あれこれと仕事を探したが、少し前に那覇で事業を始めた」

「そうか。うまくいくといいな」

「手は、ヤマトにも広まるだろう。そして、いずれは世界に広まっていく。だが、それが偽物ではいけない。ワンは本物の手を伝えるために、一生を捧げるつもりだ」

朝基の志は、少年時代とまったく変わっていない。

朝徳は、朝基の言葉にうなずいた。

「ワンも同感だ」

「時が経てば、昔ながらの本当の手を知る者も少なくなっていく」

「本当の手を後世に伝えるのも、ワンの役目だと思っている」

朝基はにっと笑った。

「また会おう。そして、また手の話をしよう」

朝徳はこたえた。

「ウー。きっとだ……」

23

読谷山村に戻ると、朝徳は仕事や手の指導に忙しく、日々はあっと言う間に過ぎて行った。

四十代になると、月日が経つのが早くなると言われていたが、それが実感された。そして、朝徳の手はますます充実してきた。

若い頃の手とは違う。特に朝徳は、体格に恵まれていないので、筋力を鍛えても限界がある。昔から、手は肉を鍛えるのでなく、筋を鍛えろと言われている。

朝徳はそれを実践した。人間の体は、硬い骨を柔軟な靭帯でつないでできている。骨と靭帯をうまく使うことで、大きな力を得ることができる。

昔から「筋骨」が重要だと言われてきた所以だ。この「筋骨」を沖縄の言葉で言うと「チンクチ」になる。

「チンクチ」とはつまり、骨と靭帯の合理的な運用に他ならない。

それは、瞬時に体を締めることと同意義だった。だらんと筋が弛んだ状態では、突きや蹴りの威力を発揮することはできない。また、力みっぱなしでは同様に力を外に出すことができない。それは、長い年月にわたる巻藁鍛錬(マチワラ)と、型の正しい修得によってのみ可能なのだ。

若い時期には、とかく体力に頼りがちだ。四十代になり、朝徳はようやく体が練れてきたという実感を得た。手ではこうした体作りが、何より大切なのだと、改めて思った。

農林学校の生徒たちや若い警察官は、早く結果を求めたがる。それは仕方のないことだ。特に警察官は、すぐに仕事で役立つことを求める。もちろん、手の技は実戦にも役立つ。

だが、本当の手の充実は、少なくとも十年以上続けなければわからないと、朝徳は常々教え子たちに説いていた。

朝基が言ったことについては、朝徳も危惧していた。間違った手がヤマトや、ひいては世界に広がってしまうのではないかという心配だ。

普及と追究は、一見裏腹の関係にあるように思える。だが、朝徳はその両方を同時にやっていかなければならないと考えていた。

それ故に、朝徳は農林学校でも嘉手納警察署でも、自分が習ったとおりの型を伝えていた。それが先達に対する礼儀でもあると考えていた。

しかし、後世に正しい手を伝えるためには、それだけでは充分ではないと感じていた。型とともに口伝が伝わらなければ意味がない。

今や、その口伝が系統立って伝わっているとは言い難い状態だった。集団に指導することが徐々に一般的になってきており、本当の意味を知らないまま型を覚えている者も増えつつある。

朝徳一人でできることには限りがある。

どうしたものか……。そんな思いを抱きつつ、朝徳はただひたすら手の指導と修行を続けていた。

大正五年（一九一六年）、朝徳が四十六歳のときのことだ。

京都の武徳殿で、初めて手の演武が披露されたというのだ。大日本武徳会が毎年五月四日に開催する武徳祭大演武会においてのことだ。

これは剣道を主とする大会だが、杖、薙刀をはじめ、古武道の演武も行われる。その一つとして、唐手が参加したのだ。

演者は、安里安恒の弟子であり、糸洲安恒門下の富名腰義珍だった。帝国海軍の練習艦隊が沖縄に寄港した際に、やはり演武を披露した人物だ。

朝基が予言したように、手はヤマトにも広まっていくのかもしれない。

これは、実に喜ばしく、誇らしいことだ。東京にいる頃、手のことを、琉球人が使う妖術の類のように言われたことがある。今思えば笑い話だが、その裏にはウチナンチュに対する差別意識があったはずだ。

手をはじめ、沖縄の文化が広くヤマトで知られるようになれば、そうした差別もなくなっていくのではないかと、朝徳は期待を込めて思った。

ただ、やはり朝基が言ったことが気になる。

富名腰という男は、いったいどういう型を演武したのだろう。

朝徳は、富名腰の型を見たことがない。だから、軽はずみなことは言えない。だが、糸洲安恒の弟子だというのだから、もしかしたらピンアンなどの近代的な手を学んでいるのかもしれない。

また、糸洲門下でも、屋部憲通や花城長茂は有名だが、富名腰義珍の名はあまり聞いたことがない。

糸洲安恒は、前年の大正四年（一九一五年）に亡くなっている。朝徳は、ふと考えた。もし、糸洲安恒が存命なら、京都の大演武会に誰を送っただろう、と……。

手がヤマトの大きな武道大会で披露されたのは快挙だ。それは疑いはない。だからこそ、例えば朝基のような、誰が見てもそれとわかる実力者を送るべきだったのではないか。

そんな思いがあった。

いや、人のことはとやかく言うまい。

朝徳は考え直した。ワンはワンにできることを、しっかりとやるだけのことだ。

幸い、朝徳の生活は安定していた。決して裕福ではないが、生活に困窮するということもない。近所の人たちに手の指導をすると、その礼だと言って、食べ物をはじめとしていろいろなものをもらう。それもずいぶんと生活の助けとなった。

朝徳は、学校や警察からは礼金をもらっていたが、近所の人たちからは、伝統に則(のっと)って金を取っていなかった。

日常生活が安定して、手の指導など定期的な用事があると、月日は知らぬ間に過ぎて行く。

大正七年（一九一八年）、朝徳が四十八歳になった年、糸洲門下の知花朝信(ちばなちょうしん)という男が、自宅のある首里鳥堀(とりほり)に道場を作ったという話が伝わってきた。

噂によれば、知花は天才肌で、特に彼のバッサイは、「美しい手(チュラディー)」と呼ばれているそうだ。なんと、三十三歳の若さで自分の道場を建てたというのだ。

それを聞いて、朝徳は驚いた。自分が三十三歳のときには、とてもそんな自信はなかった。世の中には、たいした人物がいるものだ。

同時に、こうも考えた。やはり、道場稽古へと時代は移っていくのだろう。朝徳は、いずれは自分も道場を持ちたいと、本気で考えるようになっていた。

農林学校で手を習っている者のうち、どうしても物足りないと言い出す者たちがいた。

警察にも熱心な若者がいる。そういう場合、朝徳のもとに通わせて特別に稽古をつけた。朝徳の家は小さく、庭も狭いので、何人か集まる場合は、カマーの実家である伝道家（リンドー）の庭を借りることもあった。

庭で稽古をしていて、雨などが降り始めると、稽古を中断しなければならなかった。また、せっかく稽古の日を決めてもその日が雨ならば、中止になってしまう。

昔はそれでもよかった。朝徳が少年の頃は、世の中がもっとのんびりしていた。そして、雨だろうが嵐（あらし）だろうが、野外で稽古をしたものだ。

今は、なかなかそうはいかない。生徒たちは学業の合間を縫って通ってくるのだ。警察官も多忙な中を朝徳のもとにやってくる。

そうなると、やはり道場が必要だと思う。

それはなかなか簡単ではない。なにより金が必要だ。だが、ぜひ実現させたい。道場を持つことが、朝徳のかなり現実的な夢となっていた。

本部朝基から手紙が来たのは、その三年後のことだ。大正十年（一九二一年）、朝徳は五十一歳になった。父の葬儀で朝基と会ってから、すでに八年が経過していた。

朝基は、那覇で事業を始めたが、失敗し、いろいろ考えた末にヤマトに行くという。大阪に沖縄から移住した人々が暮らす地域があるので、そこで仕事を探しながら、手の普及につとめるという。

それも一つの選択だと、朝徳は思う。沖縄には仕事を求める者たちがあふれている。ヤマトはおろか、遠く海外まで移住した者も少なくない。

大阪で落ち着いたら、また連絡すると書いてある。すぐに出発するということだから、再度連絡があるまで返事を出すこともできない。

朝基も苦労をしている。だが、あいつのことだから、どこにいても自信に満ちて、常に未来のことを考えているに違いない。朝徳はそう思った。

その翌年の大正十一年（一九二二年）は、唐手にとって大きな出来事があった。

お茶の水で開かれた文部省主催の「体育展覧会」で、富名腰義珍が唐手を披露したというものだ。

その後、富名腰は講道館でも型を披露したということだ。彼は、そのまま東京に残り、唐手の普及につとめていると聞く。

それは、実に心強いことだと、朝徳は思った。ヤマトンチュの指導者ではなかなか唐手の本当の姿を伝えることはできない。

海軍が沖縄で唐手を学んでいるので、その中から指導者を養成するということも考えられる。その場合、おそらく剣道や柔術の応用のような扱いになるだろう。

やはり、ウチナンチュが直に教えなければならない。そういう意味で、富名腰が東京に残る決断をしたのは、すばらしいことだと、朝徳は思った。

大正十二年（一九二三年）は、日本にとって、そして朝徳にとっても大きな出来事があった。

ヤマトで大きな地震があり、東京は壊滅的な被害を受けたのだという。後に「関東大震災」と呼ばれることになる惨事だ。

遠く沖縄にいても、その悲惨な状況が伝えられた。

一方、沖縄では、軽便鉄道の、那覇と嘉手納の間の路線が開通したのだ。これで、朝徳が住む中部と那覇の行き来が、今までとは比べものにならないくらいに便利になった。

さらに、この年、朝徳は比謝橋区の区長に選ばれた。

まさか、自分がそのような役職に就くとは思ってもいなかった。長年農林学校や嘉手納警察で、手を教えてきた功績が認められたのだろう。また、近所の人たちに手を教え、揉め事を調停するなど、地域に貢献したことが大きかったようだ。

元高級士族の家柄であることも影響したのだろう。

区長といっても、その地区の面倒を見るだけのことで、たいした権限も責任もないのだが、朝徳にとっては意味が大きかった。

まるで女衒のように書かれた新聞記事のことが、すっかり過去のこととなり、心を入れ替えて生きてきたことが報われたということなのだ。

これも手のおかげだ。朝徳は素直にそう思った。

また、手の用事も忙しくなってきた。

大正十三年(一九二四年)に、「唐手大演武大会」が、那覇の大正劇場で開催されることになった。これは、朝基の兄の本部朝勇が音頭を取った催しだ。本部御殿(ウドゥン)の長男である朝勇は、このところ唐手界でも中心的な役割を担っていた。

この演武会に、朝徳も招かれたのだ。

五十四歳になる朝徳は、この頃ではすっかり唐手界の重鎮とみなされていたが、本人はまったくその実感がなかった。那覇から遠く離れた土地で暮らしているからかもしれない。また、朝徳には、手の修行はまだまだ道半ばだという思いもある。だから、このような大会に、自分のような者が出ていいものだろうかという思いもあった。

この大会は、約四十人もの人々が参加する盛大なものだった。本部朝勇を始め、摩文(まぶ)仁賢和(にけんわ)、祖堅方範(そけんほうはん)といった気鋭の唐手家たちが参加した。

朝徳は、この演武会で、得意としているチントウを披露した。

多くの観客が見つめる中での演武だったが、朝徳は不思議と緊張しなかった。師から教わった型を正しく稽古してきたという自信があった。

そして、その正しい型をみんなに見てもらいたいという思いが強かったのだ。

摩文仁賢和とは、このときに初めて親しく話をしたが、彼が知っている型の多さに驚いた。首里の手だけでなく、泊の手、那覇の手の型まで知っている。

そんなに型をたくさん覚えてどうするのか、という声もあるようだが、摩文仁のような研究の仕方もあるのだと、朝徳は思った。時を経ると、いくつもの型が失伝していく。摩文仁の知識は貴重なものになっていくに違いない。

この頃から、「手」よりも「唐手」の呼称が一般的になり、首里手（シュイディー）、泊手（トマイディー）、那覇手（ナハディー）という言い方がされるようになった。

この大会に名を連ねることで、朝徳の唐手界における立場も確固としたものになっていった。


大正十四年（一九二五年）には、本部朝基の記事が、雑誌『キング』に載った。

その話を聞いたとき、朝徳は一人にんまりとした。

朝基が所用で京都に行ったとき、たまたまボクシングの興行をやっていた。その興行に朝基が飛び入り参加して、たったの一撃でロシア人ボクサーを倒したというのだ。

朝基は朝徳と同じ年齢だから、五十五歳のはずだ。やはり、手は年齢とは関係ない。本当に実力がある者は、いくつになってもその威力を発揮することができるのだ。

『キング』は、記録的な発行部数を誇る国民的な雑誌だ。この記事によって、沖縄の手が、広くヤマト全土で知られるようになるだろうと、朝徳は思った。

また、その頃、那覇手の宮城長順の旗振りで、「沖縄唐手研究倶楽部」が発足した。会長が本部朝勇で、主任教授が宮城長順、摩文仁賢和という顔ぶれだ。

宮城長順は、常々「現在唐手を研究するのは、暗闇を灯もつけないで、手さぐりで行くようなものだ」と語っていたそうだ。それだけ、唐手の研究が難しいということだ。そこで、彼は、唐手家たちを集めて本格的に研究をする機関が必要だと考えたのだ。

この倶楽部に誘われたとき、朝徳は二つ返事で承諾した。かねてから、手を後世に正しく伝えるのに、一人では限界があると考え、どうしたらいいか苦慮していたのだ。

この倶楽部に参加するのは、屋部憲通、花城長茂、呉賢貴、城間真繁など、いずれも今や唐手家として有名な人々だ。また、大阪にいる朝基も名を連ねており、沖縄に帰ってきた折には会合に参加するものと思われた。

きっと実り多い集まりになるに違いないと、朝徳は考えた。

会員たちが「クラブグヮー」と呼んだこの会では、毎月一日と十五日に会合があり、合同稽古をしたり、稽古後には酒を飲みながらの唐手談義を行った。

もし、軽便鉄道が通っていなければ、朝徳はとても毎回顔を出すことはできなかっただろう。

稽古もその後の話し合いも充実していた。だが、朝徳は、実は少しばかり戸惑っていた。

主任教授は宮城長順と摩文仁賢和なのだが、宮城は那覇手をやっている。摩文仁も、首里手の糸洲安恒と那覇手の東恩納寛量に師事しており、半分は那覇手だと言っていいだろう。

朝徳は那覇手を知らないので、型を見てもずいぶんと違和感があった。首里手とは、理論的に異なっているように感じた。

松村宗棍から始まる首里手には、剣術の理合いが含まれている。それ故に半身を多用し、軽妙な動きを要求される。首里王府で行われていたサムレーの手だ。

一方、那覇手は中国南方の武術の影響が色濃く残っており、多くの場合、相手と正面を向いて正対し合う。立ち方も首里手とは異なるものが多い。

首里手と泊手は、ほとんど技法に違いはない。だが、那覇手は異質だ。これらをいっしょにしてしまっていいものだろうか。朝徳はそんな疑問を抱いた。

宮城長順は、師の東恩納寛量亡き後、唐手のことを研究するのが難しくなったといって、このクラブグヮーを作ったのだが、それは当たり前のことだと、朝徳は思った。

那覇手は、ほとんど東恩納寛量が一代で作り上げたと言ってもいい。その東恩納がいなくなれば、那覇手を知っている者はいなくなるのだ。

那覇には、かつて新垣世璋（あらかきせいしょう）という大家がおり、東恩納寛量も彼に師事したという話もあるが、新垣と東恩納のやる型は違うので、やはり今の那覇手は、東恩納が作ったと考えるべきだろう。

首里手は、巻藁鍛錬が中心だが、那覇手では槌石(チーシー)や甕(かめ)などを使った鍛錬を盛んに行う。那覇手では、首里手で重視するチンクチよりも、筋力を重視するということだろうか。

首里・泊の手、那覇の手、それぞれに特徴があり長所がある。だからといって、それらを混同するようではいけない。朝徳は、クラブグヮーの会合に出席しながら、強くそう考えるようになっていた。

特に朝徳は小柄だったので、那覇手の型は自分には向いていないと思った。宮城長順や摩文仁賢和に、那覇手の型を教えましょうと言われ、角が立たないように習いはしたが、それを自分の手に採り入れることは決してしなかった。

ともあれ、クラブグヮーは、朝徳にとって実に刺激的だった。時に、大阪へ行った朝基や、東京にいる富名腰のことが話題にのぼることがあった。

誰もが、沖縄の唐手がヤマトに広く普及するのは喜ばしいことだと考える反面、その本質がちゃんと伝わるのだろうかと危惧していた。

みんな、ワンと同じだったんだ。そう思うと、朝徳はほっとする思いだった。一人で思い悩むことはないのだ。これからは、クラブグヮーで話し合い、みんなで考えていけばいい。

あるとき、棒の手のことが話題となった。昔から手と棒の手は両輪だと言われていたが、朝徳は正式に棒を学んだことがなかった。

朝徳が師事した武士（ブサー）たちは、いずれも剣術の心得があり、棒も杖も使えたので、朝徳も基本的な技法は知っていた。しかし、それがどうして手と両輪と言われるほど重要なのかはっきりとわからずにいた。クラブグヮーの会員の誰かがそのこたえを知っているのではないかと期待していた。

しかし、残念なことに朝徳が、なるほど、と膝を打つようなこたえを聞くことはできなかった。

手と棒の手を両輪として学んだのは、まだ手が徒手武術として充分に成熟していなかったからだという者がいた。

その説明には納得できなかった。

朝徳が、松村宗棍や松茂良興作から習った時点で、型は完成されていた。その時代でも棒の手は重要だと言われていたのだ。

昔は、首里王府を守るという重要な役割があったので、徒手だけというわけにはいかず、棒もやったのだという者もいた。

その説にもうなずくことはできなかった。首里王府の中ではサムレーは帯刀していたのだ。

こたえを見つけるためには、自分で棒の手を研究してみなければならないと考え、朝徳は質問した。

「どなたか、有名な棒の使い手をご存じありませんか?」

会員の一人が言った。

「棒といえば、津堅棒が有名だが、あれはもとは薩摩の示現流だということです」

屋部憲通が言った。

「徳嶺親雲上が、本島にいたなら、習うこともできただろうにな……。徳嶺親雲上の棒は、それは見事なものだったという」

朝徳は聞き返した。

「徳嶺親雲上ですか?」

「ああ。徳嶺親雲上盛普だ。有名な棒の使い手だったが、少々酒癖が悪くてな……。辻で騒ぎを起こして、筑佐事(警官)多数と乱闘になった。筑佐事たちをことごとく打ち倒し、一人に重傷を負わせたということで、公務執行妨害で捕らえられ、八重山に流刑になった」

花城長茂が補足した。

「政治犯だったと、ワンは聞いてますが……」

それに屋部がこたえる。

「そうだったかもしれないが、だとしたら、官憲にはめられたのかもしれないな。いずれにしろ、今は本島にはいない」

朝徳は膝を乗り出すようにして尋ねた。

「どこにおいでですか？」

「石垣島だと聞いている」

朝徳は、今すぐにでも飛んで行きたいと思った。

24

クラブグヮーがお開きになり、自宅に戻る軽便鉄道の中で、朝徳はずっと考えていた。

警官多数を、たった一人でやっつけ、なおかつそのうちの一人に重傷を負わせたというのだから、徳嶺親雲上（ペーチン）は、たいへんな使い手に違いない。

その達人の棒の手（ティー）を、ぜひとも習ってみたい。だが、仕事や手の指導、区長の役目を放り出して、八重山に出かけるというのも、無責任な気がする。

さて、どうしたものか……。

自宅に戻っても、朝徳はそのことばかり考えていた。手の修行は続けてきた。今では、人に教えるほどの立場になった。

だが、「手」と「棒の手」の関係をはっきりさせなければ、どうもすっきりとしない。何か大切なものをやり忘れているのではないか、という気がするのだ。

これまで、自分なりに棒の手を稽古してきた。それだけでは不足だと思った。ここは、何としても徳嶺親雲上に棒の型を教わりたい。

一人濡れ縁に座り、考え込んでいた朝徳に、カマーが声をかけた。

「また何か、一人で思い悩んでおいでですね」

　朝徳は、こたえた。

「思い悩んでなどいない。安子は寝たのか？」

「休んでいます。ごまかさないで、おっしゃってください」

「何のことだ？」

「クラブグヮーの会合で、何かあったのですか？」

「別に何があったというわけではない……」

「でも、何か決めかねていることがおありなのでしょう」

　朝徳は、腕組みをして「うん」とうなった。ここは、素直に相談したほうがいいかもしれない。そう思った。

「私は、棒の手をもっと研究しなければならないと考えている」

「アイ、おやりになればよろしいじゃないですか」

「ところがな、ワンが棒を習いたいと思っている先生は、八重山にいる。石垣島だそうだ」

「それが何か……？」

「石垣だぞ。那覇へ行くのとは訳が違う。それに、行くからには、棒の手をちゃんと習ってこなければならない。最低でも一月はかかる。その間、ワンは比謝橋を留守にしなければならない」

カマーが平然と、朝徳に言った。

「それがどうかなさいましたか？」

「一ヵ月だぞ。その間、仕事も手の指導も休まなければならない。区長の役目もある」

「たった一ヵ月ですよ」

「何だって？」

「あなた（ウンジュ）は、これまで長年手の稽古をされてきました。そして、この先も修行は続くのでしょう？　今、一月を惜しんで、後悔することになったら、どうなさいます。一月くらい、どうとでもなります」

「また、おまえ（ヤー）の世話になる……」

「ワンは、武士（ブサー）チャンミーグヮーの妻になったのです。それくらいの覚悟はできています。もし、ウンジュが石垣行きを断念されたら、ワンはこう思います。チャンミーグヮーの修行というのは、その程度のものだったのか、と……」

朝徳は、またしてもうなってしまった。屋良伝道（リンドー）家の娘は、やはりたいしたものだ。

「そうまで言ってくれるのなら、あとのことは任せて、しばらく石垣に行って来よう」

カマーはほほえんだ。

「ご武運をお祈りしております」

嘉手納警察の伝手（つて）を頼って、あらかじめ徳嶺親雲上の居場所に見当をつけて出発した。とはいえ、まったく土地鑑がないので、たいへんな旅になった。石垣島を歩き回り、苦労した末にたどり着いたのは、宮良（みやら）村だった。徳嶺親雲上は、その村の宿で暮らしていると聞いてやってきたのだ。

その宿を訪ねると、主人の慶田花宜佐（けだはなぎさ）という者が出てきて言った。

「本島からおいでですか」

「こちらに徳嶺親雲上がおられると聞いてやって参りました」

慶田花宜佐は、残念そうな顔で言った。

「なんと、徳嶺親雲上を訪ねて……。残念ですが、親雲上はお亡くなりになりました」

朝徳はがっくりと力が抜けるのを感じた。

「棒の手を習おうと思い、訪ねて参ったのですが……」

「それで、わざわざ本島から……。なんともお気の毒なことです。親雲上が他界されて、ずいぶんと経つのです」

「そうでしたか……」

朝徳は、どうしていいかわからなくなった。

わざわざ石垣島までやってきたが、その目的を果たすことができそうにない。

もっと早くにやってきていれば……。

朝徳は後悔した。だが、後悔したところで始まらない。徳嶺親雲上の棒の手は、永遠に失われてしまったのだろうか……。

慶田花宜佐の声が、どこか遠くから聞こえるような気がした。

「徳嶺親雲上は、とても立派な方でした。警官たちと乱闘になったと聞いておりますが、おそらくは向こうにも非があったに違いありません」

朝徳は、気落ちして、あいづちを打つ気にもなれなかった。

慶田花は、さらに言った。

「親雲上の棒の手は、それはそれは見事なものでした」

朝徳は顔を上げた。

「ご覧になったことがおありなのですね？」

「こんなことを申し上げるのは、まことに僭越（せんえつ）ですが……」

慶田花は、恥ずかしそうな顔で言った。「もし、私（バー）のような者でよろしければ、親雲上から学んだ棒の手をお見せいたしますが……」

朝徳は、ぱっと目の前が明るくなったように感じた。

「徳嶺親雲上の棒の型を習っておられるのですか？」

「長いことお近くでお世話をさせていただきましたので、そういう縁もございました」

朝徳は、あらためて慶田花を見た。

ずいぶんと年を取っている。おそらく八十代だろう。まだ、かくしゃくとしているものの、ちゃんと棒の型を演ずることができるのだろうか。

また、老人に対してそのようなことを求めるのは申し訳ないという気もした。

しかし、この機会を逃せば、徳嶺親雲上の棒の手を学ぶことはできない。

朝徳は言った。

「ぜひ、お願いします」

朝徳は、本島から樫(かし)の六尺棒を携えていた。それを差し出すと、慶田花はかぶりを振って言った。

「自分の棒がございますので、それを使います」

慶田花は一度、赤瓦(あかがわら)の屋根の自宅の中に行き、棒を持って戻って来た。樫の棒ではない。赤茶けた色をしている。材質は何だろうと、朝徳は思った。

慶田花は、庭のほぼ中央に歩み出た。高齢のせいで、多少足元が危なっかしい。

だが、棒の型を始めると、印象が一変した。手をやる老人の多くがそうであるように、慶田花も型を始めると、まったく危なげなく、力強い動きを見せる。

朝徳は、食い入るようにその型を見つめた。

なるほど、見事な型だ。

受けの動作から入り、打ち込む。次の瞬間、左の肩に棒を担ぐように構え、そこからくるりと棒を回転させるように再び打ち込む。

その動作が特徴的だった。

さらに、横打ちからすぐに裏打ちにつなげる連続技が二度出てきた。それも特徴と言えた。

長い型で、一度見ただけではとても覚えられない。それに、せっかく習うのだから、見よう見まねではなく、正確な型を学びたい。

できれば、徳嶺親雲上の口伝なども聞かせてもらいたかった。

「もし、差し支えなければ、しばらくこちらに投宿させていただいて、棒の手をお教えいただきたいのですが……」

本島から押しかけてきて、ずうずうしい申し出だと思った。だが、止むに止まれぬ気持ちだった。このまま、帰るわけにはいかない。

慶田花宜佐は、日に焼けた顔に笑みをたたえて言った。

「どうぞ、いくらでもお泊まりください。何もお構いはできませんが」

「恐れ入ります」

「お名前をまだうかがっておりませんでしたな」

「これは失礼しました。喜屋武朝徳と申します」

その日から毎日、朝徳は棒の型を稽古した。型そのものは、一日もあれば覚えられる。だが、形だけではだめだ。しっくりと型が体に馴染むまで棒を振り続けた。

慶田花老人の棒は、ひゅんひゅんと小気味いい音を立てる。鋭く空気を切り裂く音だ。なかなかそういう振り方ができない。これまで、それなりに棒を稽古してきて、力強さには自信があったが、慶田花老人のように鋭く軽妙に振るのはなかなか難しい。

徳嶺親雲上の型は、そうした素速い棒の使い方を学ぶのに適していた。

慶田花老人は、濡れ縁に腰かけ、朝徳が稽古する姿を眺めていた。朝徳も、すでに五十五歳になり、多くの若者に手の指導をする立場だったが、こうして新しい型を習うときは、若い頃と同じくひたすら体を動かすのだった。

そうでなければ新しいことは覚えられない。

ただ小手先で棒を振っていては、鋭い音は出ない。また、力を入れすぎてもだめだ。棒は、あくまで生卵を持つようにそっと握り、体に沿わせるように振る。振り切った瞬間、あるいは打ち込んだ瞬間だけぎゅっと力を入れる。

その力の抜き方と入れ方がわかってから、棒の勢いが突然変わった。

慶田花老人が振るように、空気を切る音がするようになった。

稽古を始めて五日経った夕刻のことだった。慶田花老人が朝徳に言った。

「けっこうでございます。まるで徳嶺親雲上が棒を振っておられるようだ」

「恐れ入ります」

「よく頑張られた。徳嶺親雲上の型を継いでくださる方が現れ、これでバーもようやく安心してあの世に行くことができます」

「まだまだお元気ではないですか」

「この年になると、いつお迎えがきてもおかしくありません」

慶田花老人は、ふと思いついたように言った。「そうだ。バーの棒は、クバの木で作ったものです。徳嶺親雲上の型を学ばれた記念に、どうぞお持ちください」

「クバの木……」

クバは、ビロウとも言う。神が降臨する依代(よりしろ)とされる神木で、御嶽(ウタキ)の周りに植えられている。「そうですか。この棒は、クバで作られているのですか。そんな貴重なものをいただくのは心苦しいです」

「この棒とともに、徳嶺親雲上の棒の型を伝えていただければ、この年寄のこの上ない喜びです」

「わかりました。では、つつしんでいただきましょう」

「バーも時には、棒を振りたくなります。この棒の代わりに、あなたの棒をいただけますか？」

「この棒でよろしければ、喜んで」

二人は、棒を交換した。

慶田花老人は、さらに言った。

「さすがにチャンミーグヮーです。手だけではなく棒の手も見事なものだ」

朝徳はこの言葉に驚き、恐縮した。

チャンミーグヮーの噂は、石垣まで伝わっていたということだ。

「ワンのことをご存じでしたか」

「存じておりました。だが、わざと黙っておりました。そのほうがお互いに稽古しやすいと思いまして……」

「お心遣い、痛み入ります」

「手と棒は表裏一体。そのことがワーの動きを見ていてよくわかりました」

「実は、ワンはまだ、手と棒の関わりがよくわかっておりません」

「昔の武士は、みんな手と棒の両方をやっておりました」

「その理由について、明確にこたえられる者がいないのです」

「徳嶺親雲上がこんなことをおっしゃっていました。棒の名手は、棒を持っていなくても、型をやれば棒が見えるのだ、と……。そして、そのような動きができれば、素手でも敵に負けることはない、と……」

「棒を持っていなくても、棒が見える……」

「これも、徳嶺親雲上の言葉ですが、棒を持ったことがない者には、本当の夫婦手（メオトディー）の意味がわからないのだそうです」

夫婦手というのは、左右の手を別個に使うのではなく、連動させて用いることを言う。なるほど、と朝徳は思った。

たしかに、左右の手をばらばらに使っていたのでは、棒を扱うことはできない。棒を使うときのように、左右の手を連動させるというのは、徒手で戦うときでも重要なことに違いない。

そして、棒を持ったときの体捌（たいさば）きは、素手のときもそのまま応用できる。首里手では、相手に正対するのではなく、やや半身になることが重要だと言われてきた。

棒を持つと、自然と半身になる。そのように、棒の体捌きは、そのまま首里手の技に使える。

朝徳は、手と棒の関わりを、ようやく悟ることができた。石垣にやってきた甲斐（かい）があった。

「よくわかりました」

朝徳は慶田花老人に言った。「やはり、棒をしっかりと学んでよかったと思います」

「バーも、名高いチャンミーグヮーに、棒の型を伝えることができて、誇りに思います」

「ご主人も手をなさいますか？」

「若い頃はけっこう鍛えたものです。でも、最近ではこのあたりで手をやる者もあまりいなくなりました。どうでしょう？　この村で手を教えてはいただけないでしょうか？」

朝徳は思わず考え込んでしまった。

現在、県立農林学校と嘉手納警察で手の指導をしている。近所の住民にも手を教えている。請われれば教えたいと思う。棒の手を教わったという恩もある。

しかし、いかんせん石垣島は遠い。教えると言っても、簡単に通ってくるわけにはいかないのだ。

熟慮した末に、朝徳はこたえた。

「わかりました。ワンでよろしければお引き受けしましょう」

「おお、それはありがたい。村の者も喜びます」

「ただし、すぐというわけにはいきません。いろいろと準備もあります。しばらくお待ちいただくことになります」

「こちらはお願いする立場ですから、無理は申せません。待てと言われれば、お待ち申し上げます」

「すみません」

「ただし、長くは待てません。バーがいつまで生きているかわかりませんからね」

慶田花老人は、そう言って笑った。

25

朝徳の石垣島滞在は、七日間に及んだ。実り多い七日間だった。

自宅に戻った朝徳は、さすがに旅の疲れもあったが、休んではいられなかった。手の（ティー）指導と仕事、それに区長としての役目に追われた。

この頃、近所でも指導を受ける者が増えはじめ、いつしか「比謝矼（ひじゃばし）唐手研究所」などと呼ばれるようになっていた。

ようやく日々の生活に落ち着きを取り戻した朝徳のもとに、大阪にいる本部朝基から手紙が来た。

用件は二件あった。まずは、三男誕生の知らせだった。朝正（ちょうせい）と名付けたということだ。めでたいことだと朝徳は思った。すぐに何か祝いの品を送ってやらなければなるまい。

もう一件は、朝徳に大阪で唐手の指導を手伝ってくれないかという誘いだった。

三男が生まれたばかりで、何かと忙しく、唐手を教えるのに難儀しているという。生半可な者には任せられないので、貴殿に頼みたいと、手紙には書かれていた。

うまいことを言う、と朝徳は思った。そう言われたら、悪い気はしない。

しかし、石垣島に行くだけでもたいへんだったのに、ヤマトに行くとなると、それ以上の覚悟がいる。

仕事や手の指導のこともあるが、何より娘の安子が淋しがるのが辛い。

カマーが言うには、石垣島にいた七日間、安子は父に会いたいと泣いていたそうだ。それを聞くと、朝徳もいたたまれない気持ちになった。

カマーに手紙を見せて相談した。すると、カマーは言った。

「何度同じことを言わせるおつもりですか。あなたの力が求められているのですよ」

「そうだろうか。朝基は、俺を便利に使いたいだけかもしれない。あいつは、昔からそういうところがあった」

「サーラーウメーは、それだけウンジュのことを信頼されているのでしょう。それに、チャンミーグヮーの手をヤマトに広めるいい機会ではないですか」

「ワンは、先生方に教わった手をそのまま守り伝えるだけだ。ワンの手をヤマトに広めたいなどとは思っていない」

「ウンジュの手は、人を集める手だと、ワンが申したのを覚えておいでですか？」

「覚えている。そのときは、どういうことかわからなかったが、いつの間にか、農林学校や警察で教えるようになり、『比謝砿唐手研究所』もできた」

「きっとヤマトでも同様におできになります」

「今一つ気がかりなのは、安子のことだ。大阪に行くとなると、石垣島のときよりもずっと長くなるだろう。その間、安子が淋しがるだろう。ワンも安子に会えないのは辛い」

「ならば、お連れになればよろしいでしょう」

カマーは事も無げにそう言った。朝徳は、またしても驚いてしまった。

「おまえ（ヤー）は淋しくはないのか？」

「今生の別れでもございますまい」

このカマーの一言で、朝徳は心を決めた。


久しぶりに朝基に会ったが、朝徳はまったくそんな気がしなかった。

朝基は、すこぶる機嫌がよかった。

「ミーグヮー、元気そうだな。いっしょにいるのは、安子グヮーだな？　朝正に会ってくれ。ヤーにとっては、従兄弟（いとこ）違いだし、安子グヮーにとっては又従兄弟ということになる」

「安子は、もう十四歳だから、子守くらいはできると思って連れてきた」

安子が朝基に挨拶した。

「できるかぎり、お手伝いさせていただきます」

泣き虫だが、こういうところはしっかりしている。カマーの教育のおかげだ。

生まれたばかりの朝正は、元気そうな赤ん坊だ。さっそく安子に子守をさせることにした。安子も赤ん坊の世話が楽しそうだ。

朝基が朝徳を連れて縁側に移動した。

「二年ほど前になるが、兵庫の御影師範学校や御影警察署で、演武と講習会をやった。それが縁で、時折そちらに出かけていかなければならない」

朝基はそう言ってから、にっと笑った。「御影は神戸のそばだ。ヤーも、神戸とはまんざら縁がないわけではなかったな」

新聞記事のことを言っているのだ。朝徳は、顔をしかめた。

「昔のことだ。世間の人も、もう忘れている。ワンも忘れることにした」

朝基は、声を上げて笑った。

「もちろん、冗談だ。ヤーが言うとおり、今では誰もそんなことを気にしていないし、知っている者も少ない」

「それで……？」

「ワンが御影に出かけるときに、唐手術普及会のほうの稽古を見てほしい」

「唐手術普及会？　何だそれは？」

「大阪にワンが作った。けっこうな人数が集まってくる。ワンが御影に出かけるときは、稽古が休みになってしまうので困っていた」

「ヤーの型とワンの型は違うが……」

「なに、本質はいっしょだ。ヤーが稽古を見るときは、ヤーのやり方でかまわない」

「そういうことなら……」

朝徳は引き受けた。


その夜、さっそく唐手術普及会の稽古に二人で出かけて行った。

稽古は、沖縄の伝統に則って、野外で行われていた。朝基が住む大阪・貝塚(かいづか)町の沖縄人街にある空き地に、九人の門弟がやってきていた。

ウチナンチュもいれば、ヤマトンチュもいる。

こうして朝基は、手をヤマトに広げる第一歩を踏み出しているのだと、朝徳は実感した。

朝基が、門弟たちに朝徳を紹介する。

「こちら、私の従弟(いとこ)の喜屋武朝徳。沖縄では、いまや有名な武士(ブサー)だ」

朝徳は、一同に礼をした。

「よろしくお願いします」

すぐに稽古が始まった。

朝基の教え方も伝統的だった。門弟たちはそれぞれに型を始める。それをじっと眺めているのだ。

時折、門弟に近づいて注意をする。あるいは、質問してくる者にこたえる。それだけだ。

門弟たちは、黙々と型稽古を続けた。

稽古が終わると、朝基が言った。

「みんな、それなりに稽古が進んでいる。ヤーの手を煩わせることはないだろう。ワンの留守中はよろしく頼む」

「ああ。心得た」

その三日後、朝基が御影に出かけることになり、さっそく朝徳が唐手術普及会の稽古を見ることになった。

その日は、七人の門弟がやってきた。

「それでは、いつものように、それぞれ型を始めるように」

朝徳が言ったが、みんなは動こうとしない。朝徳は、眉をひそめて尋ねた。

「どうしたのだ？」

門弟の一人が言った。

「喜屋武先生の手を見せてください」

「型を見せろということか」

なるほど、朝基が紹介しただけでは信用できないということか。「では、朝基も重視しているナイファンチをやってみよう」

すると、その門弟は言った。

「型ではありません。手を見せてほしいのです」

朝徳は、ようやく相手が何を言っているのかを悟った。朝徳の実力を見せてみろと言っているのだ。

朝徳に「手を見せろ」と言っているのは、ヤマトンチュのようだ。だが、ウチナンチュの門弟たちも同じ気持ちらしい。

別の門弟が言った。

「本部先生は、ロシアのボクサーをたった一撃で倒されたそうです。その噂を知っているので、我々は先生の唐手術を習うことにしたのです」

なるほど、ヤマトでは実力を示さなければならないということか……。

島の中だと、噂はすぐに広まり、今では朝基同様に朝徳の名もよく知られている。だが、ヤマトではそういうわけにはいかない。

さらにヤマトには柔道や剣術などの武道がある。手あるいは唐手などは、ヤマトの人たちにとっては海のものとも山のものともつかぬ、ということなのだろう。

　彼らは、朝基の実力はよく知っているようだ。朝基は、見るからに強そうだし、求められれば、喜んで実際に手合わせするだろう。

　一方、朝徳の体格は、朝基に比べればはるかに見劣りする。背も低ければ、横幅もない。着物や服を着ていると、発達した筋肉も見えないので、着痩（きや）せするのだ。

　これが沖縄なら、巻藁（マチワラ）の一つも突いてみせれば納得するかもしれない。だが、ヤマトではそうもいかないだろう。

　郷に入れば郷に従えだ。朝徳はそう思った。

「手合わせをしろということかな？　では、お相手をしよう。誰がやる？」

　一人の若者が歩み出た。上背があり、逞しい。まだ、学生かもしれない。どうやら喧嘩には自信がありそうだ。

「私は、竹内（たけのうち）流の柔術をやっておりました。実際に人を倒せる技でなければ、武術とは言えないと思っております」

　朝徳はこたえた。

「私もそう思う」

「では、一手御指南、お願いいたします」

　若者は構えた。朝徳は、自然体で立ったままだった。

門弟たちが遠巻きに囲んでその様子を見つめている。

ここでみっともないことはできない。それはワンだけでなく、朝基の恥にもなる。朝徳がこの若者に負ければ、それは沖縄の唐手がヤマトの柔術に負けるということなのだ。

朝徳はそこまで考えていた。

「やあ」

いきなり若者が仕掛けてきた。右の拳を飛ばしてくる。柔術の当て身なのか、それとも朝基に習った唐手の突きか……。いずれにしても、手本来の勢いがない。筋骨(チンクチ)が利いていないのだ。

朝徳は、ぎりぎりまで相手を引き付け、相手の拳がまさに当たろうとするその瞬間に、体を捌いた。相手の右側に転身して、軽く足刀で膝を蹴ってやった。

相手の若者は、もんどり打って地面に転がった。

彼は、倒れたまままきょとんとした顔をしていたが、跳ね起きると言った。

「まだまだ……」

今度はつかみかかってきた。朝徳は、相手に衣服をつかませた。若者は、柔術の投げ技を使おうとする。

相手が腰を入れようとした瞬間に、朝徳はナイファンチのように腰を落として、ぶるっと上半身を振った。それだけで相手の体が宙に浮いた。

若者は、再び地面に転がった。

またしても、彼は不思議そうに朝徳を見上げる。今度はかかってこようとはしなかった。

彼は、立ち上がると言った。

「不思議な技です。先生が消えてしまいます」

門弟の一人が尋ねた。

「消えてしまうというのは、どういうことだ?」

「本当に消えてしまうんだ。ぱっと目の前からいなくなってしまう。つかんだときも、その力がふっと消えてしまうように感じられる」

「ほう……」

「本部先生とはまた違った強さを感じた」

その若者は、朝徳のほうに向き直り、改めて深々と頭を下げた。

「失礼の段、お詫びいたします。自分たちは、強くなることに必死なのです」

朝徳はこたえた。

「頭を上げなさい。私は、朝基から稽古を預かっている身。諸君が稽古をするというのなら、それでいい」

門弟たちが若者の後ろに並び、同様に頭を下げた。

朝徳と手合わせをした若者の名は、山田といった。山田は、きわめて熱心な門弟だった。

その日から、朝徳はしばしば唐手術普及会で朝基の代稽古をするようになった。

安子もよく朝正の子守などの手伝いをした。安子にとっては、ヤマトの生活は珍しく、いい経験になったようだ。

大阪での生活は、約一年続いた。朝徳にとっては、あっという間の一年だった。

26

安子とともに故郷に戻った朝徳を、カマーや比謝矼唐手研究所の会員たちが温かく迎えた。この年、年号が大正から昭和に変わった。

朝徳は、クラブグヮーの会合で、さっそく朝基の活動の様子を伝えた。

摩文仁賢和が、それを聞いて言った。

「体育展覧会で、唐手を披露した富名腰義珍さんも、東京に残って唐手の普及に努めているということです。私（ワン）も東京に行こうかと考えております」

朝徳は尋ねた。

「ヤマトで唐手を広めるということだね？」

「はい。富名腰さんは、ヤマトの大学を中心に唐手を広めているということです。大学生は研究熱心で、よく稽古をすると聞いています。ヤマトにはいくつも大学があるので、ワンもそういう方法で唐手の普及を図りたいと考えています」

「なるほど……」

その言葉どおり、摩文仁賢和は二年後の昭和三年（一九二八年）に上京し、東京帝国大学で唐手の指導を始めた。彼は、学生たちに求められて、防具付きの試合を始めたという話が伝わってきた。

クラブグヮーで、さっそくそのことが話題になった。剣道のように防具を着けて打ち合うことを露骨に批判する者もいた。

だが、朝徳はそれも一つの方法だと割り切って考えていた。ヤマトの人々はウチナンチュよりも勝負にこだわる傾向が強い。特に、大学生などはそうだと聞いている。西洋の理論を学んでおり、スポーツの試合の感覚が強いのだろう。

そういう人たちに唐手が受け容(い)れられるためには試合も止むを得ないだろうと、朝徳は思っていた。

そのクラブグヮーは、発足当初からなかなか経営状況が厳しく、次第に資金繰りに行き詰まるようになっていた。中心人物の一人だった摩文仁賢和が東京に行ってしまったこともあり、会長を務めていた本部朝勇が亡くなると、閉鎖されることになった。

この頃、富名腰義珍が「慶應義塾(けいおうぎじゅく)大学体育会空手部五周年誌」に書いた文章の中で、「カラテ」の表記として今後「空手」を使用することを明言した。

これ以降、ヤマトでは「空手」という表記が一般的になっていく。

その翌年、朝徳は、クラブグヮーでの会話や体験をもとに、『唐手の練習と試合の心得』という論文を発表した。昭和五年（一九三〇年）のことだ。

　これまで学んだ唐手の歴史に触れ、さらに、修行において重要な要素について論じた。これには、宮城長順や摩文仁賢和の那覇の手を見聞したことが大きく影響した。朝徳は、こういうふうに書いた。

「現今唐手流儀に二つあり、昭霊流、昭林流是也。而して其の形は数十種ありと雖も要するに『体』『用』の養成に過ぎず。昭霊流は『体』を主とし、昭林流は『用』を主とす。何れも長短得失あり、苟も其の可否を速断すべからず。即ち被教育者の性質体格の如何に依りて、其の何れに重きを置きて教育すべきかを定むるを要する」

　文中の昭霊流というのが那覇手のことで、昭林流が首里手・泊手のことだ。

　那覇手は「体」つまり肉体の鍛錬を主とし、首里手は「用」つまり、技の運用を主とするという意味だ。そして、昭霊流、昭林流の双方に、それぞれ長所短所がある。習う者の特徴をよく捉え、それによってどちらを習わせるかを決めるべきだと述べているのだ。

　本音を言うと、那覇手のことはよくわからなかった。朝徳は体格に恵まれなかったので、もともと那覇手には向いていない。首里手・泊手に慣れているので、那覇手の型もよく理解できない。

　だが、クラブグヮーで知り合った唐手の大家たちへの配慮もあり、こういう表現にしたのだった。

　同じ年、朝徳は自宅のそばに念願の道場を建てることができた。新しい板張りの道場に足を踏み入れたとき、言葉にできないほど感慨深かった。

　ワンはついに、ここまで来たのか……。

　朝徳の唐手人生は、年を取るごとに充実してきた。六十歳を過ぎて、ますますその武名は広まり、チャンミーグヮーの評判を知らない者はいないと言われるほどになった。

　また、その年の八月には、台湾へ行くという話が舞い込んだ。台北市(タイペイ)の武徳殿で、唐手の演武をやってほしいという要請があり、朝徳は、比謝矼唐手研究所の桑江(くわえ)と久高(くだか)という若者を連れて出かけた。

　台北市は、沖縄よりも湿気が強く暑かった。にもかかわらず、武徳殿には大勢の観客が詰めかけていた。

　控え室で出番を待っていると、係の人がやってきて、困ったような様子で朝徳に告げた。

「あの、先生にお会いしたいとおっしゃる方がおいでなのですが……」

「ほう、どなたでしょう?」

「台北警察署で柔道の指導をされている石田信三(いしだしんぞう)という方なのですが……」

「地元で柔道を指導されている方ですか。それは私もぜひお会いしたい。どうぞお呼びください」

「はあ……。では……」

係員と入れ替わりで、控え室に巨漢が入って来た。

「初めまして。石田と申します」

「こちらの警察で柔道を指導されているのですね？」

「はい。講道館の六段です」

「私も、沖縄の嘉手納警察署で唐手を教えています」

「実は、お手合わせをお願いしたくやってまいりました」

朝徳は驚いた。いっしょにいた桑江と久高も驚いた様子だ。係員の態度が妙だったのは、相手の意向を知っていたからなのだろう。石田信三六段は、さらに言った。

「あくまでも研究のためであって、殺し合いではありません。どうかお引き受けください」

朝徳は、こたえた。

「少し考えさせてください」

「では、私は部屋の外でお返事を待たせていただきます」

石田六段は、そう言うと控え室を出て行った。

この年になって、戦いを挑まれるとは思わなかった。朝徳がそんなことを思っていると、桑江が言った。

「先生、どうしますか？　突然挑戦してくるなど、礼儀に反します。断ってもかまわないと思いますが……」

朝徳は腕組みしながら、わくわくしている自分に気づいた。

「いや、ここで断っては、唐手の名折れになる」

朝徳は言った。「それに、ただ演武を見せるより、試合をしたほうが興行としても成功するはずだ」

すると、久高が言った。

「先生がお出になることはありません。私に試合をさせてください」

「いや、君はまだまだ若すぎる。私がお相手するからと、石田六段に伝えてください」

桑江と久高は、まだ何か言いたそうにしていたが、朝徳は決定をくつがえすつもりはなかった。

試合は朝徳の持ち時間の最後に行われる。朝徳は、チントウの型や板の試し割りを見せた後、石田と対峙することになった。朝徳は、久高と桑江に言った。

「型をやって汗をかいた。着替えてくるからと、係の人に伝えてくれ」

「わかりました」

二人は声を合わせてこたえた。

朝徳は、いったん控え室に戻り、唐手の道着を脱いで、薄い生地の襦袢（じゅばん）に着替えた。そして、袴（はかま）を着け直した。

襦袢に着替えたのは、柔道の投げ技を封じるためだ。衣類をつかまれても、引き裂くことで、投げを防ぐことができる。また、袴を着けたのは、足の動きを見られないようにするためだ。柔道の恐ろしさはよく知っている。相手が六段ともなると、それくらいの用心が必要だ。

朝徳は会場に戻った。すでに石田は準備万端の様子だ。

朝徳は、桑江、久高の二人に言った。

「では、行ってくる」

朝徳は、会場の中央へ歩み出た。石田も出てくる。朝徳は、自然体で立ち、言った。

「いつでもどうぞ」

石田は腰を落として構えた。さすがにでかい。

朝徳は、相手が組みついてくるまえに、こちらから出て行くことにした。柔道家に先につかまれると勝ち目はない。

すたすたと石田に近づく。石田は、対戦相手が歩いて近づいてくるなど初めてのことらしく、戸惑っている。

朝徳は、いきなり左手の親指を相手の口の中に突っこんだ。そして、石田の頬（ほお）をぐいとつかんだ。

石田は目を白黒させている。身動きすることもできない。朝徳は、相手の右膝に左足をかけ、気合いとともに右の拳を突き出した。

実際に拳を当ててはいない。突きは、石田の腹の直前で止まっている。

だが、実際に打ち込んだのと同様の効果があった。

石田の体勢が崩れた。左足を相手の膝裏にかけていたので、石田はその場に背中から倒れたのだ。

朝徳は、気合い充分に相手を見下ろしていた。相手が反撃してきたら、いつでも迎え撃つつもりだった。

石田は、その場で居ずまいを正すと、両手をついて言った。

「参りました」

その日から、石田は朝徳が台北に滞在している間中、唐手を習いに日参してきた。

朝徳が柔道家をあっという間に倒したという話は、その日のうちに台北中に広まった。

台湾では別の収穫もあった。この演武会では中国武術も披露されたが、朝徳はその中で、北派少林拳（ほくはしょうりんけん）というものに興味を覚えた。首里手に通じる動きが見て取れる。

左右の連突きや、蹴り、両方の拳による胴打ちや、猿臂による攻撃が含まれている。

朝徳は、その演武を見ながら、思った。

せっかくだから、これを比謝征唐手研究所のみんなへの土産にしよう。

中国武術では、型のことを套路という。北派少林拳の套路は長かったが、すべてを覚える必要はないと、朝徳は思った。

特徴的な動きと、套路の流れを覚えて、宿に戻り、忘れないうちに体に覚えさせた。

それを朝徳は、「アーナンクー」と呼ぶことにした。演武者がそのような名前だったからだ。

昔から一派を立てるときには、自分で型を作ってもいいと言われていた。最近は、道場主になるときにその伝統に従う者もいるようだ。

自分も、比謝橋に道場ができた記念に、アーナンクーを指導する型に加えようと思った。何人かの師から教わった大切な型に、徳嶺の棍とアーナンクーが加わり、朝徳独自の教導体系ができた。

その翌年の昭和六年（一九三一年）には、慶田花宜佐との約束を果たすために、九月と十二月に、石垣島を訪れた。九月は指導のため、十二月は道場設立を目的とした演武会のためだ。

石垣に唐手を広めるためには、その中心となる道場が必要だ。その思いが、石垣島にも武徳館を設立しようという構想につながった。

九月と十二月の石垣訪問の様子は、地元の新聞で次のように報じられた。

「琉球唐手の権威喜屋武朝徳翁が指南所創設す

目下来郡中の琉球唐手の権威者喜屋武朝徳翁は一昨夜八重山館に唐手を公演しているが大川一八〇喜屋武（元呉服店）氏方に指南所を創設して会員に指南している同氏は現に台湾武徳殿唐手講師をなし農林一中の嘱託をもなしている。午前八時より十一時（朝）午后（ごご）七時より十一時迄（まで）会費は二円である。猶（なお）本日迄八重山館で公演することになつている」（『八重山新報』昭和六年九月十五日）

「唐手の演武会

武徳殿建設のため来る七日より一週間

本県唐手が体育の面に重要視され既に中央にも紹介され護身修養の妙技として各方面に採用されつゝあるが、本町では喜屋武朝徳氏が心ある子弟を集め道場を開き熱心に指導して居る。今回両新聞社後援の下に慈善演武会を開き、入場料は建築費に充て南島武徳殿を建てるもののやうである。

十二月七日午后七時開演　一週間公開　千歳座に於て

唐手、唐手の形、組手、棒、棒の組手、テンベー、サイ

木戸銭、大人十五銭、小人拾銭

これにつき喜屋武氏は語る。

石垣町は体育養成の設備がまだないのを痛感し、子弟多数のため道場の必要を認めて今回の挙に出たもので諸賢の御同情を求める次第であります」（『先島朝日新聞』昭和六年十二月三日）

十二月に慶田花宜佐を訪ねると、老人はあきれた様子で言った。

「手のご指導をお願いしたばかりに、なんとも大がかりなことになってしまいました

な……」

　朝徳はほほえんで言った。

「やるからには、徹底的にやるべきだと思います」

「さすがはチャンミーグヮーです」

「いただいたクバの木の棒は、大切にしています」

　慶田花老人は、笑みを浮かべた。

「ありがたいお言葉です。今後は、地元の若者も手を学べるようになる。これで、私（バー）も安心してあの世に行けます」

　その三年後の昭和九年（一九三四年）に、慶田花宜佐は、他界した。九十一歳の大往生だった。

27

六十代後半から七十代に入った朝徳は、唐手家としてまさに脂が乗りきっていた。

朝徳のもとには、熱心で才能ある若者が数多く入門してきた。かつて、妻のカマーは、朝徳の手(ティー)は人を集める手だと言った。まさに、その言葉のとおりになったのだ。

朝徳の武名は年を取るごとに広まっていった。

昭和十二年(一九三七年)には、「沖縄県空手道振興協会」の名のもとに、当代を代表する唐手家たちが集い、基本型十二段を制定した。その会議に朝徳も参加した。

この会合に参加したのは、屋部憲通、花城長茂、知花朝信、宮城長順、城間真繁ら、いずれも有名な唐手家で、かつてのクラブグヮーの仲間たちでもあった。

まさに順風満帆の唐手人生だった。それに影を落としたのは、大東亜戦争だった。日華事変に続き、マレー作戦、真珠湾攻撃で、日本は世界大戦に突入していった。

当初は、連戦連勝が報じられたが、ミッドウェー海戦が転機となり、日本の敗色が濃厚になっていく。

そうした世相の中でも、朝徳は唐手家としての生き方を貫いていた。

嘉手納警察に勤める長嶺将真という弟子が、那覇市崇元寺町に道場を開いたというので、その祝賀会に出かけて行き、バッサイと棒の手を演武した。

また、この時期いろいろな場所で、出征軍人遺族慰問演武会等が開かれたが、そういう催しに招かれ、型を演武したり、板の試し割りを披露した。

昭和十九年（一九四四年）には、七十四歳という高齢にもかかわらず、読谷山飛行場慰問演武会で、チントウを演武した。

年老いてもなお、自分にできることがあると、朝徳は考えていた。戦争によって辛い生活を強いられている沖縄の人々に、唐手の演武を見せることで、少しでも元気になってもらいたい。それこそが、自分の役割だと思っていた。

28

その年、悲しい知らせが届いた。

沖縄に戻ってきていた本部朝基が亡くなったという知らせだ。

「朝基が亡くなった……」

朝徳は呆然（ぼうぜん）とつぶやいた。「あいつは、いつまでも死なないと思っていたのだが……」

それを聞いた妻のカマーが言った。

「あなた（ウンジュ）には、サーラーウメーの分も長生きしていただかなければ……」

それから、嵐のような時代がやってくる。

鉄の雨と呼ばれた米軍の艦砲射撃。それは、那覇の地形がすっかり変わってしまうほど激しいものだった。

そして、米兵の上陸。

朝徳の人生も翻弄（ほんろう）されることになった。

昭和二十年（一九四五年）四月、米軍が読谷山村と嘉手納町の海岸に上陸した。読谷山村、嘉手納町を占領した米軍は、その村民、町民を強制的に疎開させた。

行き先は、このところ急速に発展し、今や沖縄の中心地となりつつある石川（いしかわ）だった。石川の地に、石川という名の豪邸があり、米軍はその屋敷を接収して、難民の保護のための収容所とした。

すでに娘の安子は嘉手納の西平（にしひら）家に嫁いでおり、どこかに疎開したということだ。したがって、朝徳とカマーの二人だけが収容所に入れられた。

二百五十坪の屋敷に、約八十名の避難民が暮らすことになった。狭い上に、衛生上の問題もあった。

朝徳とカマーの夫婦二人に与えられたのは、わずか一畳ほどの空間でしかなかった。日当たりのいい縁側の一角で、朝徳は、柱を背にして座り、一日を過ごした。

屋敷に来た当初、カマーは不安げに言った。

「私（ワン）たちは、捕虜なのでしょうか……」

「そうじゃない」

朝徳は言った。「あくまでも保護されたのだ」

そう言いながら、悔しくてならなかった。家や道場を追われ、劣悪な環境に置かれているのだ。

朝徳の思いを察したのだろう。カマーは、それ以来、一言も文句を言わなかった。

石川家の屋敷にやってきてから、困ったことに体調がすぐれなかった。足腰に力が入らず、型の稽古もままならなくなった。

いつしか、縁側で柱を背にして座っていることしかできなくなっていた。

年のせいもあるが、栄養不足がなによりこたえていた。食料事情は最悪で、八十余名の難民たちに充分な食べ物が行き渡らなくなっていた。


体が日に日に弱っていくのを感じていた。

朝徳は、柱を背にして座ったまま、それでも唐手のことを考えていた。頭の中で型を反復し、いろいろと技を工夫していたのだ。

足腰は立たなくなっていたが、いつも寄りかかっている柱を時折巻藁（マチワラ）代わりに叩くこともあった。

当時、石川家の嫁が難民たちの世話をしていた。久子（ひさこ）という名だった。彼女は、献身的に難民たちの面倒を見ていた。

朝徳は、いつも久子に感謝していた。

「こんにちは（ハイタイ）、おじいさん（タンメー）。具合はどうですか？」

その日も久子は、笑顔で声をかけてきた。朝徳も、笑顔でこたえた。

「いえー、いなぐんグヮー、めーにち、にへーど。ワンが、元気ないねー、ワン手ぬ型みしらやー」

娘さん、毎日ありがとうね。私が元気になったら、私の唐手の型を見せようね。

その言葉が実現することはなかった。

昭和二十年（一九四五年）九月二十日、喜屋武朝徳は七十五年の生涯を閉じた。

収容所で亡くなった人々は、集団墓地に、墓標もないまま埋められた。朝徳も同様だった。死体を担架で運び、村はずれの赤土の森に掘られた穴に投げ入れるだけだったという。

だが、埋葬を担当していた者は、目撃していた。

朝徳が埋葬された場所にだけ、墓標があった。立て板にガラスの瓶をかぶせ、その中にカタカナで「チャンミーグヮー」と書かれていた。それを手がかりに墓を掘り起こし、後に遺骨が首里大名町の墓地に移された。

喜屋武朝徳のもとから、何人もの空手家が育っていった。長嶺将真は、松林流の開祖となった。同様に、島袋龍夫は一心流を、島袋善良は少林流を、仲里常延は少林寺流を、それぞれ開いた。朝徳が伝えた型と空手の心は、現在も脈々と受け継がれている。

朝徳は、語った。

「長年修行して体得した空手の技が、生涯を通して無駄になれば、空手道修行の『目的』が達せられたと心得よ」

それこそが、朝徳が最終的に到達した、空手修行の本質だ。その型と精神が受け継がれていく限り、チャンミーグヮーは永遠に生き続けるのだ。

『沖縄空手界のチャンミーと呼ばれた漢』の著者であり、喜屋武朝徳を偲(しの)ぶ会の事務局長でもある伊禮博(いれいひろし)氏には、貴重な資料をご提供いただき、また取材の労を取っていただき、深く感謝しております。

　故・喜屋武朝徳先生のご子孫である本永春樹様、伊禮氏の仲立ちでお目にかかった金城秀子様をはじめとするご親族の皆様にも興味深いお話を聞かせていただき、心から感謝しております。

　また、故・新垣勇先生、比嘉稔先生、島袋善保先生、渡嘉敷唯賢先生には取材にご協力いただくなど、大変お世話になりました。この場を借りて、お礼を申し上げます。

今野 敏

解説

細谷正充

今野敏（こんのびん）という作家を俯瞰したとき、ライフワークという言葉が、これほど相応しい作品もないだろう。実在した琉球空手の使い手たちを主人公にした、一連の作品のことだ。『チャンミーグヮー』も、そのひとつである。作品の内容に触れる前に、作者の経歴をたどりながら、本書に至る長き道程を明らかにしておこう。

今野敏は、一九五五年、北海道に生まれる。中学生の頃によく見ていたアメリカのテレビドラマ『グリーン・ホーネット』で、無名時代のブルース・リーが演じていたカンフーの達人カトーに憧れ、百科事典を参考にして、独自に空手の修行を始める。なお、なぜ空手なのかというと、当時の作者がカンフーと空手の違いを知らなかったからだ。

北海道の田舎町には空手道場などなく、作者が本格的に空手を始めるのは、上智大学の空手同好会に入ってからである。以後、大学を卒業し会社員になり、さらには作家になってからも、空手を続けていた。だが、次第に自らの求める空手が、空手発祥の地で生まれた〝琉球空手〟にあると確信するようになる。そして一九九九年、所属していた常心門から独立し、「空手道今野塾」を主宰し、現在に至るのである。もっと詳しいことを知りたい人は、自伝エッセイ『琉球空手、ばか一代』を読むといいだろう。

　さて、このような経歴を持つ作者は、早くから格闘技小説に乗り出していた。デビューから三年後の一九八一年、音楽ライターが日本古来の拳法〝宿禰角〟と出会う「飛鳥の拳」という短篇を、「問題小説」三月号に発表したのだ。そして一九八五年、謎多き秘拳の使い手が登場する『聖拳伝説』を書き下ろしで刊行。まったくの偶然だが、この年、夢枕獏(ゆめまくらばく)の『餓狼伝Ｉ』『獅子の門　群狼編』も上梓されている。格闘技小説にとって、まさにエポックな年となったのである。

　もっとも夢枕作品が純粋な格闘技小説だったのに対し、今野作品は拳法に伝奇やアクションの要素を絡めたエンターテインメント・ノベルであった。その後も同様の作品が続き、純粋な格闘技小説は、一九九二年から九七年にかけて書き継がれた大作『孤拳伝』まで待たねばならなかったのである。

　そして『孤拳伝』完結から五ヶ月後の、一九九七年十月、集英社より『惣角流浪』が刊行される。大東流合気柔術の中興の祖といわれる武田惣角(たけだそうかく)の生涯を描いた伝記小説だ。続けて二〇〇〇年十一月には姿三四郎のモデルになった講道館柔道四天王の西郷四郎(さいごうしろう)を描いた『山嵐』を、二〇〇五年には琉球空手を本土に伝えた富名腰義珍(ふなこしぎちん)を活写した『義珍の拳』を刊行。武道家を主人公にしたシリーズとなることを窺わせた。ちなみに「小説すばる」二〇一三年五月号に掲載されたロング・インタビューの中で作者は〝いわゆる格闘技小説っていうのは、書いた覚えがないんですよ。要するに、武道家の評伝ですよね〟といっている。

ところで空手家である作者が、なぜ最初から富名腰義珍に取り組まなかったのか。大東流合気柔術の武田惣角と講道館柔道の西郷四郎を経なければならない、どのような理由があったのか。再びインタビューに目を向けると、九九年に独立するまで、所属していた空手団体に先生がいて、なんとなく空手のことを書きにくい状況にあったという。しかし注目すべきは、もうひとつの理由だ。

「あと一つは、沖縄空手を本格的に勉強していないので、まだまだ沖縄の先生たちのことを書くことはできなかったんですね。ですから、それよりも名の通っている武田惣角という、伝説の武道家ですよね。知る人ぞ知るという。そちらの方が書きやすかったんですよ。面白い人なので、一度書きたいなと思ってましたし、単純にそういうことですね。空手を書く機が熟してなかった」

なるほど、武道の闘いで技を仕掛ける機があるように、小説も書くべき機があるということなのだろう。『惣角流浪』『山嵐』で機を熟させ、満を持して『義珍の拳』に取り組んだのだ。
ついでに付け加えると、『義珍の拳』が刊行された二〇〇五年には、『隠蔽捜査』も刊行されている。早くから警察小説を書き続けていた作者だが、『隠蔽捜査』のビッグ・ヒットにより、警察小説の今野敏と目されるようになり、警察小説の執筆が増大する。しかし空手家の魂の火が、衰えることはなかった。二〇〇九年に『武士猿（ブサーザールー）』、そして二〇一四年には本書と、実在の琉球空手の使い手を主人公にした伝記小説を書き継いだのだ。

本書『チャンミーグヮー』は、「琉球新報」で二〇一三年二月から九月にかけて連載された。明治から終戦直後に至る激動の沖縄を生きた、琉球空手の伝説の流祖・喜屋武（きゃん）朝徳（ちょうとく）の人生を、真摯な筆致で綴った伝記小説だ。

少年時代の喜屋武朝徳は、負けず嫌いだが、体が小さく、ひ弱であった。同じ年の親戚・本部朝基（もとぶちょうき）（『武士猿』の主人公である）と角力（すもう）をとっても負けてばかりいる。やがて朝基が手（ティー）を習い始めると、勝手に劣等感を抱いてしまう。また、徳川から明治の世に変わり、朝徳の父親は「王政一新慶賀」使節団の一員となったが、それにより沖縄の現状に不満を抱く頑固党などから、喜屋武家は憎まれている。あまり屋敷の外に出ることもできず、朝徳の鬱屈した日々が続く。

だが、十四歳になった彼に、転機が訪れる。父親の指導により、手の稽古を始めたのだ。最初は乗り気でなかった朝徳だが、体が丈夫になり、稽古に熱が入るようになる。さらに父親に認められると、武名の高い松村宗棍(まつむらそうこん)の弟子になり、手にのめり込んでいく。「平和は武によって保たれる……」という、重要な教えも宗棍から得た。しかし、その真の意味は、まだ理解できない。

父親の仕事の関係で東京暮らしになると、学校で差別を体験する。だが力を見せたことで、差別をしてきた相手たちと仲良くなり、夜の巷で遊ぶようになった。青春の客気というべきだろう。とはいえ前半生の朝徳は、どうにも危なっかしい。沖縄に戻ったはいいが、女衒(ぜげん)に利用され用心棒まがいのことをして、新聞で叩かれた。これを反省した朝徳は、真剣に手の修行を続ける。偉大な先達に教えを乞い、手の道を深めるうちに、彼の周囲にはたくさんの人が集まるようになるのだった。

主人公が翻弄される明治期の沖縄の状況や、手が唐手を経て空手となる経緯が興味深い。ここは歴史小説として評価したい部分である。だが本書の眼目は、喜屋武朝徳の武の道だ。ひとりの少年が、手と出会い、紆余曲折を重ねながら生涯を捧げる。喧嘩や試合のシーンもあるが、それよりも朝徳の修行に重きが置かれている。先達に教えを乞い、ひたすら修行に明け暮れる。後半では人を教える立場になるが、それもまた修行であった。とにもかくにも修行なのだ。

でも、これがメチャクチャに面白い。訳が分からないままに繰り返す型の意味に、ある日、気がつく。身体の動きに変化が表れる。それを作者は、きわめて具体的に描写している。たとえば朝徳が宗棍に稽古をつけてもらう場面。

「宗棍について稽古を始めて何日目だろう。突然、変化が表れた。
　体の中心に壁ができたような感覚があった。その壁を支点にして貝殻骨が動くような感覚だ。すると、肩は動かないが、力が拳に乗るような気がした」

　おそらくは作者自身の経験も、フィードバックされているのであろう。空手家ならではの具体的な表現が、物語独自の魅力に直結しているのだ。しかも、こうした部分がたくさんある。それを通じて作者は、琉球空手がどのようなものか、分かりやすく説明してくれるのだ。朝徳の成長を楽しんでいるうちに、琉球空手のあれこれを学んでしまうのである。

　この点に留意しながら、もう一度、インタビューを見てみよう。一連の伝記小説を〝手控えみたいなもんですよね。自分の修行の〟という作者は、

「さっき言った自分の手控え、修行の手控えであると同時に、空手の原理主義なんですよ。空手は沖縄で生まれたので、沖縄でやられているもの以外は信じない。それで、沖

るんです」

縄にあるのが本当なんだよということを、世に知らしめる役割も担っていると思ってい

と、決意表明しているのだ。ロシアにまで支部を持つ「空手道今野塾」を主宰し、実践による琉球空手を追求する作者は、小説という形でその歴史・技術・理念を残そうとしているのである。ここに作者が、琉球空手の使い手を主人公にした作品を書き続ける理由があるのだ。

それを証明するように今年（二〇一七年）、本書にも登場する琉球空手の達人・松茂良興作（まちむらこうさく）を主人公にした『武士マチムラ』が上梓された。一連の作品に込められた、作者の琉球空手に対する熱き想いには、ただただ圧倒されるしかない。

（ほそや・まさみつ　文芸評論家）

本書は史実をもとにしたフィクションです。

初出　「琉球新報」二〇一三年二月～九月
本書は、二〇一四年九月、集英社より刊行されました。

今野　敏の本

惣角流浪（そうかくるろう）

会津の戦塵がおさまり、武士の世が終焉を迎えた頃、少年は武術に生きる決意を固めた。触れるだけで相手を投げ飛ばす奇跡の武術、大東流合気柔術の中興の祖・武田惣角の波瀾の青春。

集英社文庫

今野　敏の本

山嵐

五尺に満たない小兵ながら、その天賦の才を講道館創始者・嘉納治五郎に見出された西郷四郎。不朽の名作『姿三四郎』のモデルとなった天才柔術家の半生を追う傑作歴史長編。

集英社文庫

今野　敏の本

義珍の拳

琉球の下級武士の家に生まれた富名腰義珍(ふなこしぎちん)は、かつて武家の秘伝であった唐手を教育に取り入れることを考え、古伝の精神を本土に普及させようと努めた。空手の原点に迫る長編。

集英社文庫

今野　敏の本

闘神伝説（全四冊）

映像プロデューサーの笹目は、名前以外すべての記憶を失った少年・タケルをシルクロードで助ける。タケルの「真の力」を恐れるテロ組織は、彼を抹殺しようと次々に襲いかかり……。

集英社文庫

今野　敏の本

武士猿（ブサーザールー）

明治初期、琉球王朝の末裔として生まれた本部朝基（もとぶちょうき）。命のやりとりの中で〝真の強さとは何か〟を追求した伝説の唐手家が、戦いの果てに辿りついた真理とは……。武闘小説の真骨頂。

集英社文庫

チャンミーグヮー

2017年12月20日　第1刷
2021年6月23日　第2刷

定価はカバーに表示してあります。

著者　今野　敏（こんの　びん）

発行者　徳永　真

発行所　株式会社 集英社
東京都千代田区一ツ橋2-5-10　〒101-8050
電話　【編集部】03-3230-6095
【読者係】03-3230-6080
【販売部】03-3230-6393（書店専用）

印刷　大日本印刷株式会社

製本　大日本印刷株式会社

フォーマットデザイン　アリヤマデザインストア　　マークデザイン　居山浩二

ISBN978-4-08-745675-2 C0193